艾伟作品系列

敞开的门

艾伟

著

浙江文艺出版社
Zhejiang Literature & Art Publishing House

图书在版编目（CIP）数据

敞开的门 / 艾伟著. — 杭州：浙江文艺出
版社，2025. 3. — ISBN 978-7-5339-7844-0

Ⅰ. I247. 7

中国国家版本馆 CIP 数据核字第 2024KC2162 号

策划统筹　曹元勇
责任编辑　张苇杭
营销编辑　耿德加　　胡凤凡
责任印制　吴春娟
装帧设计　金　泉
数字编辑　姜梦冉　　诸婧琦

敞开的门
艾伟　著

出版发行　浙江文艺出版社
地　　址　杭州市环城北路 177 号
邮　　编　310003
电　　话　0571-85176953（总编办）
　　　　　0571-85152727（市场部）
印　　刷　浙江新华数码印务有限公司
开　　本　880 毫米 × 1230 毫米　1/32
字　　数　173 千字
印　　张　9.125
插　　页　1
版　　次　2025 年 3 月第 1 版
印　　次　2025 年 3 月第 1 次印刷
书　　号　ISBN 978-7-5339-7844-0
定　　价　56.00 元

目　录

敞开的门

这是寒冬季节。连日连夜的北风与大雪在某天突然停了，天地间一下子安静得出奇。在阳光惨淡的白天，栖躺在楼梯间仅能容身的木床上沉沉地睡死过去了。这个冬天，他一直裹在印着细碎花纹的被子里，足不出户。被子的花纹是蓝底白花，在漆黑的楼梯下疲倦地打皱。栖往往在夜幕沉降的时候醒来，抬头看看窗外的景物。窗口是他联结世界的唯一途径。月光不是直接从窗口投射到栖的床上，而是由雪反射进来的。栖看到雪蓝莹莹的，仿佛镶满了天上的寒星。行人走在雪地上，和雪一起在栖的视线里上升，与天空衔接。栖觉得天堂近在眼前。

　　对栖来说，天堂就像一团让人产生幻觉的光芒。天堂是个无声的世界，只要静静体味，他总能感到时间之流在他的思想里一闪而过，又倏忽消失在一个他无法认清的地方。这让他感到恐惧。我怎么会对天堂恐惧呢？栖总是这么嘀咕。

然而这恐惧也是瞬间的，来不及品味便无影无踪了。

栖看到母亲头发凌乱，正在厨房里搓着面粉。母亲上下运动着的双手沾满了白色粉末，显得张牙舞爪。母亲头顶的灯光昏暗，她掷在地上的投影非常的黑。冬天饿坏了肚子的老鼠飞快地从母亲背后窜过，震动的空气荡漾在栖的耳边。栖看到母亲瘦弱的身体也颤抖了一下，她的眼睛警惕地扫视四周。栖闭上双眼不敢再想。

好像有人敲门。院子里的大门吱扭一声打开了。栖闻到了一股火车的气息，栖觉得火车的气息有股温暖的水草味，这让他想起一些事，像独自远行时见到家和灯火。

"尚家住这里吗？"

"那家就是。"是邻居王太太的回答。

"谁呀？"母亲在屋里高声地问。

母亲出了屋子。栖也跟了出去。院子的雪光里站着一胖一瘦两个年轻人，透着疲惫与凉意。那胖的很黑，衣着单薄，像是刚从南方来。那瘦的背着一个黑色旅行袋，袋子下垂，把他的灰色衣衫拉向身后，前领抵着脖子，后颈露出雪白的一块。那瘦的向栖笑了笑。栖有点喜欢这个瘦的。

"舅妈。"那胖的对母亲叫道。

母亲冷冷地对两人说："我不认识你们。"

栖也不认识叫母亲舅妈的这个人。他感到新奇，因为这个人可能是他的表哥或表弟。他好像隐约听说过有这么一位表哥或表弟，但从未见过他。栖觉得这个人是有点像自己的父亲。

栖看到邻居王太太站在一旁，眼睛凸现着警惕。王太太的眼泡浮肿得像眼皮长错了地方。院子里的秃树直指苍穹。雪人是栖很久以前做的，现在孤单地蜷缩在院子的中央，充满飘零感。

"我是华海庆呀，刚从福建来，尚坤是我舅舅。"那胖的又说。

"什么事？"母亲漠然道。

"我在火车上把钱丢了，向他借了钱。"

那瘦的严肃地点点头。栖看到他的喉结上下滑动，眼睛暗淡无光。

"他不住这里，"母亲说，"我与尚坤没关系了。他从来没关心过这个家，没关心过这个孩子。"

栖看到母亲指自己，又傻笑了一下。栖觉得母亲凌乱的头发像屋檐下坚硬的冰凌，母亲的脸僵硬冷漠，了无生气。

"舅舅住在哪里？"那胖的一脸失望地问道。

"我不知道。"母亲说。

"我知道。"栖接口道。

母亲白了栖一眼，说："你们别问他，他什么也搞不清。"

栖听到母亲这么说，脸变得非常严肃。他从屋里拿出纸和笔，说："我画给你们看。"

栖画了半天没画出来，脸涨得通红。母亲在一旁向他翻白眼。

栖看到凑在他面前的胖子的脖子上已冻得起了鸡皮,他丢了笔说:"我领你们去。"

栖领着两人踏进雪地,向天边走去。远处,巨大的光亮浮在天边,仿佛通向永恒。

"你叫什么名字?"栖问那瘦的。

"姓姚。"

"你得过肝病是吗?"栖说,"你的肝切去了一大块。"

"你怎么知道的?"

栖暧昧地笑了笑说:"我知道许多别人不知道的事。"

栖看到姚背着沉重的旅行袋走在雪地上,像一棵杨柳一样羸弱地摇摆着。一缕热气从他的嘴中呼出后迅速消散。

"我帮你背。"栖说。

"我自己可以的。"姚说。

于是他们闷闷地走。踏雪声非常清凉,像天堂的歌谣。栖觉得雪是圣灵投向人间的谶语。

栖的家在一个古老的大院里。栖听人说,这个院子原先是尼姑们住的。

每个春天到来的时候,邻居王太太的脚就会出现艳若桃花的伤口。伤口随着春天的加深而溃烂化脓。在太阳下,王太太习惯于裸露小腿。小腿伤口的脓水一滴一滴往下淌,像树枝抽浆时浆水从刚擦伤的树皮中溢出的景象。这时会飞来一群苍蝇。栖看到王太太此时会露出一种满足的表情，仿佛进入了一个极乐世界。

栖常常花一整天看着苍蝇吃饱喝足，然后远走高飞。他仿佛在这个过程中入定了。院子里的人觉得栖真的是一个白痴。往往在他独自冥想，他的灵魂逃之夭夭时，王太太会突然问一些奇怪而神秘的问题。

"你爸妈又在吵架了吗？"

栖点点头。

"你知道为什么吗？"

栖摇摇头。

王太太叹了一口气："你长大了就知道了。"

有时候父母的吵闹会在这样寂静的午后如平地惊雷般炸开，那往往是星期天的下午，栖看到父亲好像处在极度惊恐之中，瞳孔放大，嘴上嗷嗷叫个不停，欲哭不能。母亲衣衫褴褛接受着父亲的拳打脚踢。母亲的口中说着一个陌生的名字和一些恶毒的诅咒。栖听着听着便笑起来，现在他已经习惯于父母的这般操练，这是一场旷日持久的游戏，让他感到好玩。

王太太说："还笑呢。"

王太太的脸严肃得让栖感到无地自容。王太太说："你知道吗，这幢楼很老了，早先这里住着一个尼姑。尼姑年轻的时候结过婚，她嫁了一个穷人，他们相依为命。后来他们发了财，她的男人却携着财产与一个比她年轻漂亮的妇人跑了，而她已人老珠黄，只好做尼姑了。"

栖喜欢听一些神奇的故事，便坐下来痴痴地听。父母的扭打声渐渐地在他的感觉里隐去。

王太太说："她做了尼姑后，就关起门来念佛吃斋。后来她死了，但她的阴魂不散，她常在半夜里出来，赶走住在这幢房子里的所有男人。"

王太太说着眼睛变得凶狠起来，她说："我的男人就是被她赶走的，所有的男人都是被她赶走的，你爸爸迟早得走。"

栖的父亲终于应了王太太的预言，在那次扭打后一去不复返了。母亲总是没完没了地骂栖，你们尚家都是怪人，就像你一样，是个白痴。每当这个时候，栖总是傻笑。母亲说完就砰地关上房门，独自在里边哭。栖就回到楼梯间睡觉，看着窗外发呆。

一天，母亲一脸鄙视地对栖说："你父亲有女人了，你看你们尚家就是这德性，他们住在一间仓库里。我不知前世作了什么孽，要被姓尚的害。"

那时栖已初识风情，他抑制不住好奇心去看了父亲一次。父亲住在城边一幢破旧的仓库里。父亲看上去十分疲惫，头发已明显脱落，显得稀稀拉拉。父亲的双眼发着精光，一副十分贪婪的样子。

他推门进去的时候，父亲警惕地看着他。父亲问："你来干什么？你怎么找到这里的？"

栖没回答父亲。他想，只要他愿意，他可以找到任何他想找的地方。他看了看房间，一个女人正躺在床上，四周堆着一些破铁具及木头。栖想他们说的没错，这真的是一间仓库。

这时父亲迅速地站了起来，恶狠狠地说："你来干什么？这个月的赡养费已给了她，你赶快给我回去。"

说着父亲就把栖推出了门。父亲说："你以后不要出来，你这个白痴听到了吗？"

栖点点头说："我只是来看看你过得好不好。"

父亲说："你自己都管不住还来管我，你快回去。"

栖就走了。他听到仓库里女人的声音，女人问："那个白痴就是你儿子？"父亲大声呵斥道："他不是白痴。我不允许你叫他白痴。"

踏着雪路，栖带着华海庆和姚来到父亲住着的仓库面前。

栖敲仓库的门。父亲打开灯，门外的雪一下子暗了下来。接着门开了。一张床蜷缩在仓库的西角，显得相当渺小。仓库里堆放着一些废铜烂铁，金属闪着疲惫的光泽，房间里散发着生石灰的气息。这时栖看见那女人躺在床上。栖想，这个女人难道是永远躺在床上的吗？女人的脸被灯光照成阴阳两面，那双眼睛露着不满。父亲披了件大衣走到门外的雪光里，父亲的头发越发稀疏，像乌鸦做在老树上的窝。

父亲奇怪地看了看这群人，问栖："你带他们来干什么？"

栖暧昧地笑笑。

这时华海庆说："你是尚坤舅舅吗？我是华海庆呀。"

父亲开始审视华海庆。华海庆结结巴巴地说道："我在火车上把钱丢了，向他借了钱，请你还他。"

姚点点头。

父亲没什么表情。他想了会儿说："我身边没钱，要去银行取，但银行现在已经关门了。"

姚说："那怎么办？我急着要赶路的。"

父亲说："你只能明天来取了。"

姚想了想，无可奈何地点了点头。姚说："你反正认识我了，那我明天来取。"

栖想，姚的脾气很好。一会儿，姚渐渐地走远了。姚的黑色旅行袋左右摇摆，姚羸弱的身体像风中的纸片随风飘荡。最后，姚的背影在雪地上消失了。

栖问华海庆："你住哪里？"

"还是住旅馆吧。"

"我领你去。"

这时栖看到天上的寒星越来越低，越来越明亮，栖想，那是镶在天上的一个一个冻果。

"表哥，舅舅和舅妈离婚了吗？"

"没有。"栖答道。

过了会儿，栖问："你爸和你妈离婚了吗？"

华海庆说："看来你真是个白痴。我妈说你是一个白痴。"

栖说："这话不要让我爸听到，他不愿别人说我白痴。"

华海庆又说："有人说我不是我爸生的，你呢？你是你爸生的吗？舅舅为什么不回家？"

栖皱了一下眉头，想，华海庆是个白痴，我不是白痴。栖就不怎么喜欢同华海庆说话了。

一会儿，他们找了一家旅馆，是地下室。当他们办完手续进去时，感到一股浑浊的暖意。他们打开门，开灯后，黑暗迅速逃逸，房间里出现两张床，床单上有几斑血迹，枕巾乌黑发亮，墙上到处是字迹，是一些下流的话。栖一愣神视线便散了，视线散了后，墙上看上去好像爬满了密密麻麻的虫子。栖感到浑身发痒。

"被子里有虫子吗？"栖脱口而出。

"别说了。"华海庆近乎哭腔。

华海庆被安顿下来后，栖走出了这个地下室，回到白茫茫的冰天雪地中。

天空寒星依旧。

栖总是在春天到来时坐在院子里，看王太太小腿上那些灿若桃花的疮口。他一天到晚不发出任何声音，安静得像是天边的一缕晨曦。有时候，王太太会在栖面前骂一些恶毒的话。王太太说："你母亲一定是偷了我昨天晒的那块丝巾，我知道一定是你母亲，看看那双闪烁个不停的眼睛，我就猜出是她偷了我的丝巾。"栖听了只会傻笑。王太太就说："不过你是个白痴，同你说你也不懂。"

母亲的耳朵像耗子一样能听到空气中的任何声音。她听到了王太太的话，赶到王太太面前，抓起王太太的衣襟，给了王太太一个耳光。母亲说：

"你才是一个白痴。"

父母把栖丢在楼梯口的小床上，似乎把他遗忘了。栖躺在床上，只要集中思想倾听，他就能听到楼梯的木头柱子中有白蚁啮噬的声音。那是一种温柔而低缓的声音，这种声音让栖的心中涌上一丝暖意。

很多时候，栖躺在床上看一本不知从哪儿弄来的书。王太太看见了就大声地说："你看尚家的白痴装得像个书生，真好笑。"栖放下书，从楼梯口出来，指了指来看王太太的那个老头说："他马上就要死了，因为他得了癌症。"说完，栖回到了楼梯间。王太太吓了一跳，这个白痴竟然会骂人！王太太就大声地在院子里嚷了起来："呀，白痴说出来的话也这么恶毒啊！"谁也没有理会栖所说的意思，直到一个月后那个老头真的死了，王太太才记起栖的话来。王太太说："那个尼姑已经附在尚家的白痴身上了，他是个怪物。"

每当父母在屋子里开骂，栖只要闭上双眼便会看到，母亲在昏暗的灯光后面的眼睛充满仇恨，而父亲的话就像金属相互摩擦一样尖厉破碎，充满暴力。这种时候，栖的家充斥着丑陋的隐私、不可告人的往事及没完没了的生殖器官。一天，父母为一对手镯吵了起来，因为母亲放在箱子里的手镯不见了，这是尚家最值钱的东西，母亲认为手镯一定是父亲

偷走了。栖就走了上去，含混不清地说："不要吵了，手镯
在那只抽屉里。"父母同时向那只抽屉扑去，果然发现了这对
手镯。父亲说："你这个白痴，一定是你藏在这里的，你是
不想活了。"父亲说着，抓起栖从二楼窗口掷了出去。栖的头
重重地落在地上。

一缕光线在栖的思想里出现，栖觉得自己出了这个院
门，头就炸裂般地痛，感到有什么东西像老鼠一样吞食着他
的脑白质。他走过小卖部时看到糖果鲜艳无比，发出幽灵一
样的光芒。他看到人们挂着一丝意味深长的笑，像藏着什么
玄机。

他晕晕乎乎爬上了一幢大楼的顶层，躺了下来。水泥地
板很温暖，像粗糙的牛背或母亲的怀抱。他睡着了，梦中，
母亲的脸扭曲变形，双眼深陷，露出少见的温情。

他醒来的时候，满天的星星挤进了他的眼中，出奇地清
晰，仿佛近在眼前，举手可触。他觉得自己是一只虫子。

栖从表弟华海庆的地下旅店出来后就没有回家睡觉，整
个晚上他都在雪地上不停地游走。他觉得他身处天堂，与寒
星做伴。后来寒星被天边渐渐浮出的一抹雾状的白色吞噬
了。他正身处一个高坡，坡下是个兵营。号声吹出一队士
兵，在冰天雪地里聚在一起吐着梦幻似的白气。

栖便津津有味地看了起来。

坡上有一块裸露的石板，栖用力把它挖了起来，一群蚂蚁乱作一团，一会儿它们便排列整齐开始迁徙了。栖动了怜惜之情，小心地把石板还原，然后他松了一口气。

士兵们随着口令整齐划一地操练起来。栖觉得兵营像一只船，士兵拼命划着却纹丝不动。栖看过去他们像蚂蚁一样细小。太阳升起来了，像一只冻僵了的西红柿，阴气逼人。

栖这时候想起了姚，想起姚昨晚走在雪地上，有一种类似天堂的光芒笼罩着他。

栖决定去父亲住着的仓库，等待姚的出现。

仓库就在前面，栖在附近的拐角处蹲了下来。拐角处有一堆垃圾，垃圾里有一些吃剩的罐头，发出腐烂的气息。

他看到人群从远处的路上骑着自行车掠过，女人们用红色围巾裹着头，活像一只只红头苍蝇。他在雪地上胡乱画了一幅画。他画了一个头戴水雷一样的钢甲的宇航员。

东边的太阳依旧十分苍白，一动不动，十分安宁。栖觉得那像是天堂的门，洞开着，如果他从这里进去，他便能看到一片让人发晕的光芒，这光芒将会把他化成一缕轻烟。只要闭上眼睛，栖便能听到一些奇怪的声音从远方飘来，进入他的身体，让他落入一个说不清是黑还是白的世界。那地方温暖而干燥。

姚就是这个时候出现的。姚从东边过来，在栖的视线里慢慢下降。栖觉得姚像是从天堂里下来的一样。姚的双眼看上去温柔而迷茫，像是没有归途的旅人的眼睛。他看到姚熟练地翻过围墙来到父亲的仓库前。姚敲了好长时间的门，父亲才出来。一会儿后，姚和父亲站在雪光里。父亲和姚争执起来。他不知道父亲和姚有什么可以争执的，只觉得那两个在雪天里争执的人像两棵孤独的树，他们凌乱的头发像是随时将要凋零的树叶。栖断断续续听到他们之间的对话。

"我没钱，"父亲恶狠狠地说，"这是你们年轻人之间的事，不关我屁事。"

"是你叫我今天来取的。"

"昨天我累了，不想饶舌。"父亲说，"其实那个人根本不是我的外甥，我想一定是他找错了人。"

这时，栖爬到围墙上面，坐着看姚和父亲吵。姚显然生气了，但他的生气是那么苍白无力，在父亲高亢而激越的声音包围下，姚说的话没有了力量。于是父亲的声音变得越来越响，越来越不可遏制，越来越理所当然。路过的人们都围上来看热闹。姚开始向人们诉说他的遭遇，但他说得颠三倒四，结结巴巴。

父亲却鄙夷地、不容置疑地对大家说："他是个骗子，请不要相信他。"

栖看到看热闹的人越来越多，从高处往下看，踮着脚跟向里边探头探脑的人活像一群无聊的爱管闲事的猴子。栖傻笑起来。

父亲就是这个时候看到坐在围墙上的栖的，父亲的目露凶光，歇斯底里地指着围墙上的栖说："你来干什么？你这个白痴！你还不赶快回去。"围观的人都回头看栖。

栖害怕父亲像鹰一样的眼睛，他一骨碌从围墙上滑了下来。他跑了一段路，见父亲没追上来，就站住往仓库那边张望。他听到姚带着哭腔在说：

"我说不过你，你是个不讲理的人，算我倒了大霉。"

那边发出一阵哄笑。姚就在人们的笑声中落荒而逃。

栖不知道那里发生了什么，他永远弄不懂这世界发生的事。这时，姚从他前面经过，栖就跟了上去。姚没理睬栖，但栖一直跟着姚。姚正向东边走去，他不停地在看表。栖想，他是要去赶火车。远处，一条铁路在雪地上划过一条弧线，通向看不见的北面。栖喜欢火车，它像一棵躺在地上的树，能把许多分散的东西联结在一起。它通向远方。栖喜欢远方，他想远方一定很安宁也很干净。他们沉默地走了好长一段路。

"那是你父亲吗？"一会儿姚似乎有点缓过气来了。

栖点点头。

"他是个不讲理的人。"

栖傻笑。

"你父亲说你是一个白痴，你是吗？"姚问。

"我不是一个白痴。"

"那你父亲怎么叫你白痴？"

"我不是一个白痴，我父亲不允许别人叫我白痴。"

他们继续往前走。行人很少。雪把一切都染成了白色。太阳被云遮住了，天空看上去越发苍白。栖觉得世界是一只巨大的雪船，在宇宙中飞翔，而人们只不过是一些暂时栖息的鸟，他们最终要像尘土一样飞散，飞向天堂。

"我有一个冬天没出门了。"栖换了个话题。

"在那个楼梯下睡觉？"

"是的。"

"环境不好。"

"是的。"栖点点头，"但我现在出来了。我昨晚在雪地上待了一夜。"

栖的眼睛闪闪发光。

"你没回家？"

"我不想回家，这样很好。"

"你不冷吗？"

"我不冷。我不饿，也不困。"

他们说着到了火车站。火车站是黑色的，散发着一种来自另一个世界的气息。栖对这种气息十分着迷，有一些暖意，有一些绝望。这时姚回头对栖笑了笑。栖知道该止步了。

栖穿过铁路往东走去，前面是一片白色的田野，河流都结了冰。远方的事物朝他的视线里扑来。这样不停的游走让他有一种说不出来的快感。他看到天边的太阳已从云层中钻出，发着黄色的光晕，看上去真的像一扇天堂的门。

1992 年 10 月 8 日

标　本

一　采集者

天柱人对遍地都是的天蛾、石蝇、大蜓、鹿角锹、螽斯等昆虫熟视无睹。除了对山上飞舞的蝴蝶稍有节制的赞美，这些外形美丽的昆虫对他们来说没什么意义。他们常常看到那些头戴草帽、背着旅行袋的外乡人来到天柱，用网兜捕捉它们。那些人的行为对天柱人的生活没有什么影响，那些人戴着眼镜，衣着朴素，沉默寡言，基本上不和天柱人交往。他们的到来只不过让天柱人学会了"亚热带"和"北回归线"这些时髦的词语。这些词语到了天柱人的嘴上也只不过用来开开玩笑，他们关心的是庄稼的长势与收成。

天柱人不在乎北回归线和亚热带本来的含义，天柱人给这些词语赋予了独特的意义。这么说吧，他们把住在山顶那个奇怪的女人叫作亚热带。不过在天柱人眼里没有所谓奇怪的事情，就像遍地的昆虫长什么形状的都有。人群也一样，什么货色都有。亚热带是一个外来采集者，人们已经记不清她是哪一年来的，只记得这女人一来便住进了山顶上的黄泥小屋，没有回去的意思。考虑到是个女人，并且看起来是个纤弱的女人，天柱人没有把她从黄泥小屋中赶走。让她住着吧，天柱人大度地说，反正也不碍事。

天柱的男人对女人是有兴趣的，他们在山上干完活，去女人的小屋坐坐，顺便讨碗水喝。在山上干活老是出汗，口容易渴。女人却避开他们。小屋的门关着，女人不知去向。男人们不得其门而入。这激发了男人们对小屋的好奇心。他们想办法打开了小屋的门，走了进去。他们先闻到一股难闻的气味，这气味就像他们做的发臭的酒，有一股浓重的氨水味。他们看到屋内的景象，全震住了。几乎所有的墙面都被数以万计的昆虫标本所占据。它们用大头针一一固定在墙上，所有的种类无一例外地呈现一种栩栩如生的状态。他们从来没见过这么多昆虫聚集在一起，虽然他们一辈子生活在天柱，有些昆虫他们却是从来没见过。北窗的光线照在那些昆虫标本上面，昆虫们显示出不同的神态，有的安详从容，有的面目骇然，有的其复眼警觉锐利，有的其身子痛苦扭曲。特别是昆虫身体和翅膀上的图案，色彩令人生怖，有的呈现出耀眼的天蓝色金属光泽，有的其背部镶嵌着犹如钻石一样的晶体，在光线下发出斑斓的颜色，有的其头部完全是金色的，但其细小的尾部却呈现出一种类似海洋中银鱼那样的透明的颜色（天柱人不知道这是什么虫子，他们觉得它很像一只金色的蝌蚪）。屋内还有一面在天柱人看来可称巨大的镜子。他们站在镜子面前，吓坏了，他们看见他们在镜子里的形象变成了一只巨大的虫子。他们汗毛倒竖，不住发抖，胸口发闷，连忙从小屋里退出来，到小屋外不住地呕吐。他们没有喝到水，反倒把肚子中仅有的一点水全吐了出来。从此以后天柱的男人不再对她存有幻想。他们也没有多想，那女人本来就与他们没有任何关系。

天柱的男人们再次对她发生兴趣是因为来了一个外来男人，他也是个昆虫采集者。天柱人发现不久后那男人与女人住在了一起。这事很让他们吃惊，他们不知道那两个外来者在小屋里干什么。

没结婚的小伙子晚上偷偷来到小屋后面，听到屋子里传来恐怖的声音，声音似哭似笑，有点像冬天在山上嚎叫的狼。一会儿，他们才明白两个采集者在干什么。他们听过村里人新婚之夜的床第之乐，却从来没听到过如此怪异的声响。他们吐吐舌头，骂道，贼他娘的，浪成这个样子。

不久外来男人走了，女人没走。从采集者口中听来的亚热带这个词语开始在天柱的男人们中间传开来。天柱的男人在闲聊时很自然地把那女人叫亚热带，不仅如此，他们还把房事叫成亚热带。他们开这样的玩笑，贼他娘的，昨晚上和老婆亚热带了一回。

天柱人记不清是谁首先使用亚热带这个词语，他们发现这个词真他妈的概括得好，很有表现力。他们注意到几乎所有到天柱来的男采集者都住在女人的黄泥小屋里。

那些男人来去匆匆，住几天就走了，于是天柱人把这些男人叫北回归线。

那个被天柱人叫作亚热带的女人总是一早醒来。她从床上起来几乎一丝不挂，站在从窗口投射进来的清晨的光线中，闭眼呼吸。有一回，她在清晨的窗口上看到一双巨大的眼睛，那是天柱男人的眼睛，眼珠突出，被一片眼白包围，活像一只天蛾幼虫。这一度让她改变了早晨裸露行走的习惯。不久后她又恢复了这个积习。她用身体轻轻触碰挂在墙上的标本，昆虫的羽翼温柔而凉爽，令她的身体异常地舒服。这是雄蛾的羽状触角，样子像一株热带植物（对了，它就像沼泽地里的菖蒲）；这是交配着的螳螂，它们一旦合成一体就很难再分开；这是双斑圆臀大蜓，它黑色身体上的黄色斑纹让它看起来非常神秘，仿佛不是来自这个世界；还有这一个，它叫天姬，一种罕见的鳞翅目昆虫，她花了整整一个月才捉到它。天姬的行踪飘忽不定，捉到它不是件容易的事。她光着身子走到这一标本前，在它光滑的头部摸了一下，在思想里默诵着自己写的关于天姬标本的描述：

【标本 1189 号】天姬　鳞翅目（LEPIDOPTERA）昆虫。身体如由金属铸造而成，其羽翼颜色由红色、青色、蓝色、黄色等构成，图案规则对称，体光无毛，富有光泽。它总是单体出现，交配时才与同类结伴，交配结束便各奔东西。因其十分罕见，它的生态特性还不被人们所知。有待观察。

　　近段日子以来，她的主要精力花在对这种叫天姬的昆虫的观察上。这种昆虫总是在清晨太阳出来之前或黄昏太阳下山之际出现，它来去匆匆，倏忽不见，像负有重大的使命，因此它出现时常给她昙花一现的感觉。这种昆虫从不出现在同一个地点，从她记录的图表来看，它似乎一直在迁徙，它的出现有一定的规律可循。她由此断定今天它应该会在菱湖谷出现。

　　再过一个小时，太阳就要出来了，她必须在一小时内赶到菱湖谷。她从黄泥小屋出来，已穿得严严实实。即使在亚热带酷暑，她也穿一件肥大的军棉衣（天柱人因此认为这女人的身体不会发热，就像一根冰棒，需要厚厚的棉衣抵挡阳光，不然会融化）。她穿着棉衣匆匆离开小屋，她远去的样子颇似天柱随处可见的飞翔的虫子。

　　天柱人在山上砍柴时，捡到一只牛皮纸封面笔记本。笔记本上画满了各种各样的虫子，有些是彩画，笔触有点变形，使虫子的形状更加可怖。图边上写满了文字。一个眼睛形状颇似天蛾幼虫的小伙子大声地读了出来：

【观察记录 第 1312 天】今天观测到一种蝴蝶,它的左半身呈现雄蝶的形状,爪长而粗,头上的触角非常美丽,但其另一半却呈现雌蝶形状,爪细嫩娇艳,触角灵敏。这是罕见的雌雄蝶。此蝶类有一个奇怪的习性:自杀。自杀时,其羽翼突然变得鲜艳,通体发光,扑打翅膀撞向岩石,粉身碎骨。

砍柴的天柱人都笑出声来。小伙子的外号就叫半雌雄。这是个难听的外号,但小伙子似乎并不介意。小伙子目前还是个光棍,他找不到女人只好去听房,天柱人就送他这个绰号。他听房从来不偷偷摸摸,如果有人向他打听都听到了什么,他会把听到的一切惟妙惟肖地描绘出来。他能描摹每家天柱男人与女人的房事。小伙子还有一个外号叫橡皮筋。外号的出处也同听房有关。有一回,他听房时,里面那一对正在欢乐,男人突然动粗打起人来,他受惊不小,从二楼的窗口摔了下来,但没有受伤。这是他自己说出来的,他向人们描述了那晚看到的一切,但当人们问那对夫妻时,那对夫妻断然否认。天柱人并不想知道这种事的真伪,他们只不过听个乐子,从不往深里想。天柱人都知道小伙子晚上不睡觉,从这家的窗口奔向那家的窗口,可以想象,他总能看到一些怪事。怪事只能由平常人来说,由半雌雄这样的人说出来,不免大打折扣。倒是此人晚上不睡觉、白天照样下地干活这件事让天柱人好奇,此人竟不知疲倦。他们问半雌雄,你不用睡觉吗？小伙子说，我的一个身体一直睡在床上，另一个身体在村子里游荡。确实有很多次，天柱人看到小伙子在屋子里睡觉，但他们向村子深处走，或许又会碰到小伙子。不管怎么说，此人是天柱人快乐的源泉。

小伙子翻过去一页。这一页也是一幅画，画了两只虫子正在交媾的情形，诡异的是另一只虫子正在靠近它们。画下面写着一行文字。他再次朗读：

【观察记录　第 1313 号】短尾花蛾，鳞翅目昆虫。图为它们飞翔中的交配姿势。它们交配的姿势非常丰富，随时变换各种角度，有时它们只有尾部接合，飞翔的方向却完全相反，它们几乎在垂直方向上不停地打转（像是晕眩了似的）；有时它们拥抱在一起，雌性收起翅膀，靠雄性带动，飞行的样子十分癫狂（像一架摇摇欲坠的直升机）；有时会有三只短尾花蛾交合在一起，它们叠在一起，尾部纠缠（像连体婴儿）。和人类不同的是，它们在飞翔中交配时完全没有快感，而人类在性交中却因快感而进入飞翔状态。这是一种行为奇怪的昆虫，它们喜欢三只齐飞（可能是一雌二雄，也可能是二雌一雄）。某个时候，其中的一只会突然狂怒，把另外两只杀死，然后慢慢吞噬。

描述昆虫交配的文字很合天柱人的胃口。他们屏住呼吸，听出感觉来了。他们听完后咂了咂嘴，骂道，贼他娘的，这些外乡人真是下流，把虫子搞腐化也写得这么露骨，外乡人都是流氓。小伙子若有所思地说："我想起来了，亚热带和男人们就是这么干的，他们的动作和图画里一模一样。他们亲热时发出虫子一样的叫声。"

这天，那个被天柱人叫成亚热带的外乡女人在菱湖谷没有等到神秘的昆虫——天姬，却等来了一个男人。她首先听到远处林子里传来沙沙声，声音像是雨水打在叶子之上。她以为天姬正在靠近她，天姬出现时总是伴随着这样的声音。她血液上涌，闭上眼睛，张开鼻翼，深吸一口林中空气，试图嗅到天蛾那种芬芳的体香（这种香气如果被提炼、开发成日用化妆品一定会受到全世界女性的欢迎）。她没嗅到，倒是一股陌生的气味闯入了她的鼻子。她皱了一下眉头。这股陌生的气息是从男人身上散发出来的，男人的气味带着长途汽车浑浊的气息。她靠嗅觉分辨出他是位外来者，从远处传来的气息所带的信息中判断，那个正在靠近她的男人不是一位采集者。一会儿，她看到那人，那人眼神混乱而迷狂，神情严肃。那人的气息随着走近变得越来越清晰，她嗅到那人身上的火药味。她断定那人带着枪，可能是一位警察或者军人。

她慌张起来，拔腿就跑。她狂奔在菱湖谷，树木和野草向她的视线扑来。她向后面张望。那人正在追赶他。她判断出那人比他跑得更快，她就停了下来。停下来的地方有一座坟墓，她在坟墓边蹲下，双手蒙住头，眼中充满了惊恐。那男人跑到她的身旁，说："你为什么跑？"她低着头，不时用眼瞟那人。那人又说："你不是本地人吧？你一定不是本地人。"她依旧没有吭声。那人严肃的脸上露出羞涩的笑容，他拿出一张照片，说："你不要怕，我不会伤害你。你看这照片，见过这个人吗？好好想一想是不是见过这人。"她还是没有说话，把手指放入自己的嘴里，发出呜呜的声音。那人显然很失望，自语道："他娘的，是个哑巴。"那人把照片收起来，走了。她见那人走远，才站起来吁了一口气。

她回到黄泥小屋已是傍晚。她踏进小屋，看到那些标本，心中涌出温暖的情感，一种回归家园之感油然而生。屋子里那种类似臭牛奶的气味、那种由标本腐烂所散发的气味让她感到自己像是回到母体的婴儿。闻着这熟悉的气味，某种奇特的快感在她体内滋滋发酵。她心中充满温柔的情感，站在镜子面前，双手像翅膀一样扇动起来，宽大的袖子随风飞扬。她幻想自己是一只昆虫，在天空飞翔。

她听到了哭声。软弱的婴儿般的哭声。这哭声激发了她的母性，她心中涌出一种把什么东西拥在怀里的愿望。她站在镜子前凝神聆听。哭声是从柜子里传出来的。她把镜子的门打开，看到柜子里藏着一个男人。这男人此刻已哭得泪流满面。

男人穿着一件色彩斑斓的真丝衬衫，圆圆的脸，微胖。

她认出这男人就是那照片上的人，她猜想他就是警方追踪的那个人。男人的眼神此刻显得很遥远。她熟悉这样的眼神，那是昆虫研究者才有的眼神。她断定他是她的同行。他们这些人总能在成千上万的人群中辨认出同类，就像同性恋者总能在公共浴室里一眼认出彼此。

为什么警察要追踪这男人呢？这男人犯了什么罪？他在走私昆虫标本吗？她不知道这男人为什么哭得如此软弱，她想可能同她满屋子的标本有关，这男人可能是看到这满屋子的昆虫标本喜极而泣。她蹲在他身边，问："你怎么了？"男人的头靠向她，委屈地说："他竟敢这样把尿撒在我的头上。"女人没听懂男人的话，问："什么？"男人说："臭警察，他以为他是谁，竟把尿撒到我的头上。"男人哭得更加伤心了，样子像一个在外面遭人欺负而寻求保护的孩子。她忍不住伸出手去，在男人的头上抚摸起来。

晚上，那个被天柱人叫成半雌雄和橡皮筋的小伙子像壁虎一样贴在黄泥小屋的北窗上，他天蛾一样的眼睛几乎睁到了极限，眼珠好像要就此发射出去。在山脚下他已听到屋内惊天动地的欢叫了。他几乎是连滚带爬来到黄泥小屋，向室内偷窥。没错，他们已癫狂到不可描述了。令他吃惊的是，一会儿他看见里面的男女变成了两只巨大的虫子，他们长出了翅膀，长出了像虫子一样轻柔的羽翼。羽翼扑扇着，他们就飞了起来，在那些标本中间盘旋。他们的翅膀扑扇出巨大的风浪，把小伙子从窗口吹下，小伙子仰面重重地坠落在地。他翻过身，如一只壁虎窜入林中。

他趴在地上的手触到一个柔软而潮湿的东西，他把手放到眼前，看到手上沾满了鲜血。他想，他也许碰到了刚刚被人猎杀的一头野猪。这是天赐的好运，意味着他可以美餐一顿。他在那东西身上摸起来。他觉得有点不对头，那东西摸上去软绵绵的，很光滑。他摸到的东西更像是衣服。他感到奇怪，野兽怎么会穿着衣服呢。他的手往上摸去，摸到头部。他摸到高耸的鼻子，摸到眼睛，摸到嘴，摸到整张脸，皮肤十分光洁。他的心狂跳起来。难道这是一具尸体吗？他把周围的小树木撩开，借着月光，看到了一具三十岁左右的男尸。男人的头部已被钝器撞碎，血痕像河流一样遍布他的脸部。旁边放着几块石头，石上沾满血迹。他屁滚尿流向山下跑，中途还跌了几个跟斗。

早晨，几个天柱男人来到小伙子住着的简陋的房子里。他们发现小伙子睡得很死。他们说，不知半雌雄会告诉我们什么奇闻。他们把小伙子叫醒。小伙子猛地从床上坐起来，黑白分明的眼睛露出骇人的恐惧。他说："昨天晚上，我碰到了怪事，先是看到亚热带和北回归线变成两只虫子，接着我变成了一只壁虎。后来我在林子里发现了一具尸体，男人的尸体，大约三十来岁，他的头被石块砸烂了，满地血迹。"

男人们听了笑出声来，他们骂道："他娘的你是做了一个噩梦吧，昨天晚上你根本没出过门，你整晚都在睡觉。告诉你吧，我们就守在你门口，一整夜没离开过！"

这天，天柱人真的在山腰上的林子里发现了一具男尸，就像半雌雄所说的，尸体的头部已被砸烂，满地都是血迹。

二　警察

赵小莲下班回家第一件事就是洗澡。热水从莲蓬头上洒下来，落在她一头长发上，落在她细腻白嫩的肌肤上，落在她乳房上，她闭上眼，双手搓揉着，感到体内慢慢安静下来。在她洗澡前，也就是回家的路上，赵小莲的耳边回荡着尖利的呼啸，眼前浮动着那一张张绝望的脸。他们的眼睛总是绽放着惊惧之光，光芒像是来自另一个世界。他们呼喊的神态惊人地相似，又各有特色。他们总是先闭上眼睛，像是在潜入另一个时空，然后突然尖叫起来，一口气能呼喊很长时间，好像要把身体内的恐惧全喊走。喊完之后，他们出现不同的表现，或是哭或是笑，甚至有人会一支接一支唱歌。赵小莲的工作是照顾他们。她工作的医院在城市北郊一个风景秀美的山谷里，医院聚集着各种神志不清的病人。山谷安静，喊声凄厉，赵小莲感到身体被这尖叫声一块一块地割裂。她感到自己的灵魂在喉咙里冲撞，把她冲撞成一个不完整的人，污秽的人。只有在清澈的水中，在热气腾腾的暖流中，她才觉得自己干净起来。热水让她感到身体里面弥漫出一种安详的气息。

　　她穿着浴衣来到自己的房间，打开了音响，放上一张猫王的唱片。猫王的歌声顿时充满整个房间。

　　　　噢亲爱的，折磨我，
　　　　揉碎我，但你要爱我。

　　猫王的歌声在她听来带着垂死的气息，并且有点自大。她不知道自己为什么喜欢猫王。她认为猫王的歌本质上同她的病人有相似之处，有一种无法左右自己情感和命运的灼痛感。最初是因为生命而灼痛，然后因灼痛而抵达疯狂，再因疯狂而抵达刹那的自由和宁静，就像她刚才在热水下面，突然变得如婴儿般安静。

　　房间里的电话响了起来。她让电话响了六下，才接。她知道电话不是丈夫打来的。她丈夫很忙，没时间让电话响六下。

　　打电话的是罗为民。电话那头罗为民的声音十分疲倦，仿佛是从海底浮出来的一个气泡，显得非常遥远，好像他不是在这个城市里。罗为民说："小莲，你在干什么？你没看电视吗？快打开电视，本市电视台正在报道一则新闻，你会感兴趣的。"

　　赵小莲并没挂断电话，她把电话搁在一边，走到电视机前打开电视，突然亮起的屏幕光芒几乎把她的双眼灼痛。电视机先响起声音，然后画面跟着清晰起来。

"昨天，位于本市西郊的监狱发生一起罕见的越狱案，一名叫马大华的罪犯不知去向。据同囚室的犯人说，睡觉前马大华还在室内，当他第二天早上醒来时，发现马大华已经不知去向。囚室的门及墙并没有留下敲凿的痕迹，马大华突然消失了。监狱的监控没有录下马大华行动的蛛丝马迹，狱方无法解释马大华是如何躲过布满监控的监狱并逃离的……"

一个警察出现在荧屏上，他的背后是那所监狱，警察一脸严肃，侃侃而谈。

"马大华曾是个昆虫学家，人有点古怪，他专门制作昆虫交配时的标本，他拿这种标本给儿童玩，并多次猥亵儿童。我们不能让这样的人逃到社会上，一定会抓获此人。我们已经得到了线索，有群众反映，马大华曾于今天清晨出现在远郊，我们正在全力破案，缉拿逃犯。等抓到了马大华，我们就会知道他是怎么逃走的……"

罗为民在电话里不停说话，赵小莲没理罗为民，站在那里，眯眼看着电视。等到这个报道结束，她才把电话放到耳边。罗为民的声音已经由刚才的倦怠变成兴奋。

"我知道你会感兴趣的，嘿嘿，怎么样，有何感想，你认为这个叫马大华的人是怎么逃出监狱的？"

赵小莲说："也许没有人会相信我的话，我认为这个叫马大华的人是像一只昆虫那样飞离监狱的，就这么简单，他变成了一只昆虫，然后就飞走了。"

罗为民说："如果你这样同警方说，或者同你的丈夫说——你丈夫不在家吗？他们会怀疑这话是不是出自一位精神科医生之口，嘿嘿，说这话的更像是一位疯子。"

赵小莲说："你别笑话我。"

罗为民说："可我就喜欢你这个样子，你对事情的看法总是很离奇，简直天生有一颗艺术家的脑袋，可惜你做了医生。怎么样，我可以到你家来吗，或者你到我这里来？"

赵小莲说："你别闹了，我今天很累，等会儿我母亲要过来。"

母亲到来前，屋外突然响起了雷声，紧接着雨就洒了下来。从窗口往外看，黑夜中雨水像精灵似的发出亮光。突然降临的雷声和大雨给人一种不真实的感觉，浮躁喧嚣的现实悄然隐退，赵小莲觉得自己仿佛置身于一个孤岛中。雨像是厚厚的窗帘，把她与外界隔绝起来。不过在隔绝中雨丝又仿似一个通道，一头连着梦境一头连着现实。雨像是下在时间之外，她因此滑出时间的轨迹，落入空旷的寂静里。

赵小莲喜欢这种宁静的时刻，每当这时候她喜欢独处。她盼望母亲今天不要来。不过母亲要来是挡也挡不住的，母亲是以为女儿操心的名义来的，母亲的到来总是那么理直气壮。母亲小巧精干，有一双明亮而锐利的眼睛，能够一眼看透赵小莲自己都没来得及意识到的潜在的想法。两个月以前，因刚刚退休而无聊透顶的母亲嗅到了赵小莲身上某种危险的气息。那天赵小莲从医院回家，脸上的恍惚还没退去，她打开自己的房间，看到母亲坐在里面等她。赵小莲吓了一跳，问，妈，你怎么来啦？你是怎么进房间的？母亲说，门根本没关，你总是这么粗心，要是没有我替你看房子，你这里早被洗劫一空了。赵小莲笑了起来，说，谁敢来我们家偷，我的丈夫可是个警察。母亲说，小莲，你们夫妻俩很久没来看我了，你们还好吧？赵小莲说，好的啊，不是都忙嘛。母亲以怀疑的目光审视了赵小莲，说，赵小莲，你没欺负你老公吧，你这个人从小刁蛮，谁娶你谁倒霉。赵小莲说，说什么呀，这可是你要我嫁给他的。母亲说，赵小莲，不要对不起你老公，我对你不放心，现在我退休了，要好好管管你。母亲说到做到，真的管起她的事来。母亲总是在赵小莲最不愿意见她的时候到来，母亲成了赵小莲生活中一个令人烦恼的闯入者。

雨还在下。赵小莲想，这样大的雨，母亲大概不会来了吧。但母亲还是在不久后到来。母亲对雨天显然没有赵小莲那样的好感，加上她没带雨具，一路上被淋得像落汤鸡，因此她一进门就开始发牢骚。母亲说："我今天给你打了一天的电话。你去哪里了，你连班都不上了啊。"赵小莲说："妈，这么大的雨你也来啊，叫你别管我，你偏不听，这下好了吧，淋成这个样子，当心生病啊。"说着赵小莲找出一件衣

服递给母亲，要母亲把外衣脱了披上这件衣服。母亲没理睬
她，母亲说："我能不来吗，我要是不来说不定你们已经离
婚了。赵小莲，我不允许你们离婚。这么好的男人你到哪里
去找。"

　　赵小莲的丈夫是警察。赵小莲和丈夫青梅竹马。赵小莲
的母亲从小喜欢他，开始叫他干儿子，后来索性把赵小莲嫁
给了他。那时候赵小莲很迷恋这小警察，小警察总是向她描
述血腥的罪案现场。赵小莲天性对犯罪好奇，几乎着迷，她
不满足听小警察描述，希望亲眼看到。小警察不可能随身带
着她，他搞了一些犯罪现场照片给她看。她对这些照片感兴
趣，养成了收集这种照片的爱好。那小警察开她玩笑，是不
是也想犯罪，如果她以身试法，他可不会放过她。她没有告
诉小警察她看这些残忍照片时内心的感受。这些照片让她浑
身痉挛起来，仿佛那些刀子不是插在受害者身上，而是插在
她胸口。她身体发凉，全身颤抖。赵小莲楚楚可怜的样子让
小警察涌出澎湃的保护欲。他拥抱住赵小莲。他们拥抱了几
次，赵小莲嫁给了小警察。

　　警察的工作没日没夜，来无踪去无影。赵小莲觉得每次
他回家时周围漆黑一片，赵小莲想象干他们这一行的就像一
只只在黑夜中出没无常的蝙蝠，到了夜晚，他们不但在这个
城市飞来飞去，还常常飞到另一个城市。赵小莲从丈夫身上
嗅到枪子的火硝气味和血腥气味。她问他有没有杀过人，他
笑而不答。

　　危险和动荡开始出现在她的生活中。很多个夜晚，她独守空房，常常睡不着觉，脑子里出现各种各样的幻觉。她翻出这几年收集的犯罪现场的照片，照片中死亡的气息像雾一样弥漫。这气息从照片里溢出，在她的房间里缠绕。那些死者的眼睛有着骇人的恐惧，他们临死前的眼神同她的病人是多么相似。死者的脸像瓷器一样发着寒光，好像他们的生命在刀子进入身体前已经不存在。刀子冰冷而锋利，有的还插在他们的身体里，有的散落在周围，握过它们的手早已不见。死亡者是一些什么样的人呢？他们为什么会死于非命？他们在临死前预感到危险降临吗？他们知道自己死亡的原因吗？丈夫说，很多激情罪犯不选择谋杀对象，他们的行为可称得上随机。还有更为偶然的死亡，比如有人无意中见到他们犯罪，这个人就必须死。死亡就是这么容易。她体会到刀子的威严。她仿佛看到刀子从照片中飞起来，飞向一个目标。她闭上了眼睛，想象丈夫倒在一片血泊之中。她无法控制这种不祥的幻觉。

　　赵小莲认识了罗为民。罗为民是一个画昆虫的画家，他的画有种堕落后的安详。赵小莲是无意中发现罗为民这个画家的。有一天，赵小莲感到很无聊，见到展览馆正在办画展就走了进去。赵小莲对观赏到的画作并没有表现出很大的惊奇，看了一会儿她嗅到来自另一个世界的气息。这种气息赵小莲是非常熟悉的，她服务的医院里总是弥漫着这样的气息。她意识到自己对这些画中的图景非常熟悉，只要给病人颜料和纸张他们就能画出这样风格的画来。在病人笔下，色彩非常强烈，线条扭曲变形，画面呈现出令人惊心的梦魇气质。在此人的画中，安静和狂躁结合在一起，美丽与腐朽结合在一起，奔放与垂死结合在一起。赵小莲站在一幅叫《文身》的女人体画前，女人体被肢解，肢解的身体上文满了各种各样的昆虫，每一种昆虫的色彩都透着非人间的气息。

罗为民来到赵小莲身边。像所有自以为是的艺术家一样，罗为民长发披肩，不同的是这个人没有一双故作深沉的锐利的眼睛，他的眼神看起来有些浅薄，带着孩子式的调皮。她想起来了，那些花花公子往往有这样的眼神。

这个人一开口就不正经，他说，你是看画展的女士中最漂亮的一个。赵小莲职业性地打量了画家，问，为什么你对昆虫感兴趣？那个人说，这也要理由吗？我没想过这个问题。赵小莲说，你有一个奇怪的脑袋，脑袋没出过问题吧？那个人说，什么意思？赵小莲说，你应到我们医院里来看看，即使你脑袋没问题也应该来，这样你能更有力地把握主题。我从小对昆虫感兴趣，已经研究了十年，我发现昆虫和我的病人之间存在着某种神秘的联系。我的病人病征各异，但他们对色彩的喜好呈现一致性，并且总能在各种昆虫目中找到对应关系。昆虫是有灵性的，它的灵魂就是它的色彩和图案。昆虫是上帝对人类的暗示，上帝通过昆虫图案向人类暗示其解放的途径，在垂死和堕落中接近灵性。我这样对我的丈夫说过，可他总是嘲笑我胡思乱想。总之你的画似乎符合我的想法。罗为民看了赵小莲好一会儿，说，我要和你好好谈谈。

通过几次交谈后，赵小莲意识到罗为民是个白痴，什么都不懂。赵小莲试图向罗为民灌输她发明的"人类 – 昆虫病理学"，当赵小莲在滔滔不绝地述说时，罗为民在试图接触她的身体。

母亲在不停地说话，她见赵小莲想着心事，突然提高了嗓门，说："我早已猜到了，你有了情夫，当然这不能怪你，你老公工作忙，没空陪陪你，你找个人聊解寂寞并不奇怪。不过，赵小莲，我告诉你，找野男人可以，但你决不能离婚。"母亲声音响亮得像这个雨夜的雷电划破了长空，赵小莲担心邻居们听到，说："妈，你可不可以轻点，嚷什么嚷，谁找野男人了，不要乱说。"母亲说："我自己的女儿我最清楚，你的心思野着呢。"赵小莲说："好好好，我有野男人，这下你满意了吧。"母亲听了赵小莲的话，还是相当吃惊，她用陌生的眼光打量了赵小莲一会，摇了摇头，说："好个赵小莲，你真的有情夫了呀，告诉我，他是干什么的，不会是你的病人吧，像你这种人什么事都干得出来。"这回轮到赵小莲尖叫了，说："妈，你有病啊，说那么难听的话，再这样下去你非去我们医院不可。"母亲说："这个你完全可以放心，我脑子不会出毛病，其他地方才可能有病。"

母女两个这样吵着的时候，响起了重重敲门声。在寂静的雨夜，骤然响起的敲门声听起来相当突兀，就像来了一群试图闯入的强盗。母女俩停止了争吵，竖起耳朵等待着敲门声再次响起。

再次响起的是一个粗狂的男人的声音："赵小莲，快开门，我知道你在屋里。"赵小莲听了差点晕过去，她没想到罗为民竟然在大雨瓢泼的夜晚来敲她的门。母亲已把一脸冷笑献给赵小莲，母亲说："赵小莲，你们胆子可真大呀，你们竟在这里约会，要是你老公突然回来了怎么办？他可带着枪啊，你老公非把门外那白痴杀死不可。"赵小莲没睬她母亲，朝门外喊："罗为民，你来干什么？你快回去吧，我不会给你开门的。"罗为民说："赵小莲，你如果不开门，我就把你的门踢开，你知道我做得出来。"赵小莲想，罗为民确实做得出来。罗为民是个亡命之徒，他喜欢在赵小莲家和赵小莲鬼混。赵小莲告诉他这是在赌命，她丈夫要是撞着了非一枪毙了他不可。罗为民不怕，相反他倒很想见见她丈夫。

敲门声一阵紧似一阵。母亲说："赵小莲，你还不快去开门，我倒要看看你找了个什么样的土匪。"赵小莲无可奈何地打开门，罗为民一把拥住赵小莲，用嘴堵住了赵小莲的嘴。赵小莲奋力挣扎，口中呜呜作响，只是她的力气敌不过罗为民。罗为民吻了一会儿，睁开眼，看到身后站着一位脸上挂着讥笑的老妇。罗为民小声问赵小莲："这是谁啊？"赵小莲从他怀里挣脱出来，说："你要什么流氓。"罗为民抬头同那老妇打招呼，满脸灿烂微笑。母亲说："你不要同我笑，你留着献给姑娘们去，在我这里你得不到回报。"赵小莲说：

"妈，有你这样说话的吗，当心人家笑话你。"母亲说："你胡说什么呢，我没笑话你们已经不错了，你们还来笑话我？你们有这个资格吗？"罗为民凑到赵小莲耳边，小声说："我看出来了，她是你母亲，你们俩神似，我喜欢你母亲。"赵小莲白了罗为民一眼。母亲说："你不是在骂我吧，我在这里妨碍了你是不是？"罗为民说："没有没有，还真没有。"赵小莲说："罗为民我妈说的没错，你就是个白痴。"母亲说："不但他是白痴，赵小莲，你也是，你们这是不要命了，你们如果继续在这屋子里搞，总有一天你那警察老公会一枪毙了你们。你们俩快滚吧，滚得远远的，不要在我面前丢人现眼。"

两人被母亲轰出了屋。他们没有带任何雨具，一头扎入雨夜之中。罗为民拉着赵小莲的手飞快地奔跑。赵小莲有点跟不上，上气不接下气地说："罗为民你发什么疯，我快要窒息了。你不要跑那么快好不好。"罗为民说："我等一会让你更加窒息，窒息而死。"与这句话同时出现的是欲望，赵小莲突然觉得自己的身体打开了，脸一下子涨得通红。她本能地、趔趔趄趄地向前奔跑，希望早点到达罗为民的住处。她认为自己肯定中了邪，并意识到有点离不开罗为民了。

到达罗为民住地，他们早已淋得湿透。淋湿的衣服使得赵小莲身体曲线暴露。罗为民抚摸赵小莲的身体。

赵小莲已经熟悉这里。屋子里摆满了罗为民的画。赵小莲看到那些神态各异的昆虫向他们投来警觉而诡异的眼神。赵小莲已经晕眩，她看到画布上的昆虫也跟着旋转起来。赵小莲嗅到某种垂死的气息从身体深处渗透出来，她觉得连她的灵魂也跟着渗透了出来。灵魂钻出身体在不远处飞翔。没有灵魂的身体异常安详。她沉溺在这种感觉里。一会儿，她的身体活了过来。四周重又变得嘈杂。

赵小莲是听到罗为民的说话声才感到四周充满聒噪之声的。罗为民说："你什么时候嫁给我啊。"赵小莲吓了一跳。这句话揭示了某种真实境况，赵小莲一直不愿正视的境况。这种声音比窗外的噪音更让她心烦。

这句话罗为民已不是第一次说了，对赵小莲来说，这句话充满动人心魄的力量，罗为民第一次说这句话那天，她感到身体更加亢奋和饱满，充满了献身的欲望。但赵小莲无法真正面对这个问题。她无法做到，或者还需更多的理由。赵小莲身体出现微妙的变化，刚才平躺的身体忽然蜷曲起来，罗为民想他的话已进入了她的脑子，她在思考这个问题。罗为民说："你必须做出决定，不然我们哪天真的有可能被你丈夫杀掉，他可有枪啊。"赵小莲说："他要杀人的话只杀你，他不会杀我。"罗为民诡秘一笑说："他连我也不会杀。"赵小莲说："你怎么知道？"罗为民说："他其实早就发现了我们的事啦。有一天，我们躺在你家床上，我看到你丈夫站在窗口古怪地看着我们，他的枪对着我的脑袋，吓得我差点小便失禁。"赵小莲大吃一惊，问："真的？"罗为民说："没那事，没那事，骗你的。"赵小莲用手在罗为民脸上扭了一把，说："无聊啦。"

罗为民的说法至少可以成为一个不错的理由。他们是在枪杆子下偷欢，时刻存在生命危险，这对谁都没有好处。赵小莲因此认为和警察丈夫离婚是一个现实而明智的做法。当赵小莲的脑子出现这一想法时，她感到既犹豫又迷茫。

窗处的雨越下越大，雷电从窗口射入，瞬间把室内照得雪亮。赵小莲看到她给罗为民的那些犯罪现场照片，已被放大成巨幅图画。这些画作有着深入人心的力量，在雷电过去后，那些画作依然在黑暗里发光。赵小莲想，她同罗为民在这一点上至少是相似的，都喜欢垂死的事物。

警察的表情在办案现场总是很严峻。赵小莲嘲笑他们是全中国玩深沉玩得最厉害的一批人，毛病比文艺界的人还严重。此刻警察表情茫然，他穿着便衣，坐在一家酒吧里。酒吧十分清静，吧台里面那服务生打着哈欠，眼睛都快眯成一条线了，随时要睡着的样子。音乐很地道，老式爵士，带着一种红尘浮华的腔调。警察不太适应正儿八经坐在这种地方。这种地方老是闹出么蛾子，总是聚集一票惹是生非的人。他通常为了抓人才来这种地方，像今天这样衣冠楚楚地坐在这里十分少见。他心情沮丧，意识到赵小莲把他叫到这里来的目的是什么。赵小莲喜欢在这里向他宣布她做出的某个决定。赵小莲也是在这里答应嫁给他的。这是赵小莲的作风，他对此持保留态度，不过没有办法，他改变不了赵小莲这一习惯。女人们有一种把形式看得比内容更重的毛病。他看了一眼坐在对面的赵小莲，她脸上的表情异常温柔，充满爱怜。他意识到事情已无法挽回了。他很清楚，赵小莲这表情是专门用来对付她的病人的。这表情居高临下，充满了优越感。不过他心里依旧存有幻想，也许是他想多了，赵小莲只是想和他喝上一杯，来点浪漫。这时赵小莲握住他的手。他的身体震颤了一下，他不想让她说话。他从口袋里拿出一张照片和一叠纸，是他为赵小莲收集的新一起罪案现场照和相关解剖报告。这份材料已在口袋里放了好多天了，他没机会交给赵小莲。这段日子赵小莲对他态度非常冷漠。赵小莲接过照片和报告，看了起来。

验尸报告：死者，姓名不详。女性。体态丰满。年龄二十五到三十岁左右。其耳朵、鼻子、嘴唇均被利器割去，眼睛被挖，左乳房被一分为三，右乳房整只割去。阴部有精液。精液化验表明，死者大约在凌晨 2:15—2:30 有过性事，于 2:30—2:45 被杀。

赵小莲感到一阵恶心，一股酸液冲上她的喉咙。她用餐巾纸封住嘴，向卫生间跑去。进入卫生间，口中的秽物像消防笼头似的冲向大便器。她伏在大便器上面，头部几乎伸到大便器里面，这姿势使她看上去像一只偷吃大便的狗。呕吐耗完了她的力气，她流着泪瘫伏在卫生间地砖上，艰难地咽了几下苦涩的唾液。她比刚才舒服多了。她用手擦了擦头上的冷汗。

她从卫生间里走了出来，向自己的座位望去，吃了一惊，丈夫已经不在了，桌子上放着一张纸条。纸条上写着几句话：

"昨天越狱的逃犯出现在天柱，上面传呼我，要我马上归队缉拿犯人。我知道你一直担心我的安全。有什么事回来再说。对不起。"

赵小莲站在那里，松了一口气。她还是没同他说出她的决定，只好等他回来再说了。她看到那照片放在那纸片下面。她的肚子里再也吐不出什么了，她可以好好看看照片了。她拿起照片，觉得有点不对头，疑虑起来："他为什么给我看这样的照片？是别有用心吗？还是借此给我一个警告？他也想把我割成这样子吗？"赵小莲觉得自己很不正常，她摇了摇头，说："你这个幻想狂，你是不是希望他蹂躏你呢？"

三　逃犯

警察穿着便衣登上了去天柱的夜班长途汽车。夜不是很深，大约九点多一点，乘客们已满脸倦容，一些人面孔有点浮肿。车站的灯光昏暗，附近停着的汽车黑压压一片。车站四周的高楼霓虹灯闪个不停，霓虹灯下有一些女子在走来走去。人们纷纷挤上长途汽车，穿着便衣的警察看上去与他们没有什么不同，连脸上浮现的焦灼也大同小异。警察向自己的位子走去，他的位置已被一个三十多岁的麻子男人占了。这男人有不少行李，他几乎是捧着它们。警察习惯性地观察那人的眼睛，那人眼神里有一丝不易察觉的警惕。警察出示车票，示意那人让座。那人没有反应，还白了警察一眼。警察再次要求那人让座。那人突然发起怒来，他从座位上站起来，一把抓住警察，说："你他妈是不是想找死，不想死就滚开点。"警察本能回应，动作迅速，把那人的手扭向背部，让那人坐了一回"飞机"。这几天警察的心情恶劣，他趁机发泄，用脚狠狠地踢了那人。那人向前一个趔趄，摔了个重重的嘴啃地。发泄并没有让警察平静，他发疯一样把那人放在座位上的包扔到汽车的过道上。

麻脸男人趴在过道上泣不成声，那人边哭边说："你干吗欺侮我啊，我已经够倒霉的了，我在外面做生意，我老婆却同别人搞上了。你们看啊，这是我父亲写给我的信，还有他拍的照片。你们看啊，我老婆被别人压着呀。他娘的，我非杀了他们不可。"乘客们笑了起来，只有警察没有笑，他坐在自己的位子上厌恶地皱了皱眉头。他把便衣领子竖了起来，让自己的脸沉入其中，闭上眼睛。长途汽车已远离了城市，正奔驰在一望无际的夜色之中。警察感到自己恶劣而绝望的心情就像这黑夜一样无边无际。

警察醒来的时候，发现汽车在一个小站上抛了锚。一些乘客下了车，在公路边小便。小站边有一家小餐馆，餐馆内灯火通明，餐馆玻璃窗上有几只苍蝇在安然睡觉。刚才被警察揍过的麻脸男人讨好地对警察说："汽车他娘的坏了，他娘的看来要在这个鬼地方过夜了。"警察没理麻脸男人，他走出汽车，深深吸了一口夜晚的空气。司机钻在汽车下面，口中叼着一支手电筒。警察站在一边问："要帮忙吗？"司机没好气地吼道："站一边去，一会儿就好。"警察抬头翻了个白眼。麻脸男人见他被司机骂，在一边偷偷地笑。警察瞪了他一眼，他就不笑了。麻脸男人走了过来，说："我猜他今天修不好啦？我看你很着急，去天柱办什么急事呢？"警察没好气地说："肯定没你的事急。"那人说："我可不急。他娘的，反正我女人已被人家睡过了，多睡一天也没什么关系了。"警察冷笑了一声，看那小馆子。麻脸说："肚子饿了？怎么样，进去喝一杯？我请客。女人都跟人家跑了，我赚的钱还有个卵用。"警察没理睬那人，他蹲了下来，想心事。他听到麻脸男人还在滔滔不绝说他的女人，说他女人的屁股、乳房和嘴。他说："但它们被另外一个人摸过了……"那人的话在夜晚的空气中膨胀，把他引向一直不愿正视的一幕。他的耳边响起赵小莲不可遏制的呻吟声和一个陌生男人狗一样的喘息声。这个场景像雷电一样击中了他。他脑子里出现自己那张苍白而危险的脸，被夜色染黑，他从怀里摸出了手枪，对准了那个陌生男人。窗子里的陌生男人也看见了他，那陌生男人的眼睛十分单纯，简直像一个少年，他庞大而成熟的身躯说明他是个成年男人。那男人看了他一会儿，低下了头去吻赵小莲。那男人的这一举动迷惑了他，他想，难道那男人没看见一支手枪正瞄准着他吗？那男人的行为超乎了他的经验，让他困惑。干这一行的人多年来养成了一个习惯，没把事情弄明白是不会有所行动的。那晚他没开枪，一个人悄然离开了自己的家。

"喂，你在想什么心事，车要开了，再不上去你只能留在这个鬼地方过夜了。"麻脸一边说一边用脚踢了他几下。他摇了摇头让自己清醒了一点，然后钻入长途汽车。麻脸男人说："我不应该叫你上车，这样你的位子就是我的了，但我看你也是个老实人，一脸晦气，看起来和我一样倒霉，我良心发现，叫醒你。我告诉你，你是最后一个同我说话的人，这车一到天柱我决定不说话了，我会把我老婆和那个男人杀掉，然后自杀。我打算今晚和你把话说爽快。"警察冷冷地说："你别胡来，你胡来我会把你抓起来。"麻脸男人说："笑话，你又不是警察，你凭什么抓我。"

一会儿，警察在麻脸男人喋喋不休的话语洪流中睡着了。

天柱的天空飞翔着各种各样的虫子。警察在向村子里走去时，觉得自己来到一个奇怪的地方，一种异样的气息在天柱的房舍、树木、山峦、河流间缠绕。警察的脑子里涌出"化石"两个字，他不知道为什么会想起这两个字。从车站下车后他就有点搞不清楚这里的时间，他觉得这里的时间有着自己的方式，不是由天上的太阳显现的，而是由古老的树木、神奇的昆虫和那些看上去显得极为原始的民居显现的。这里的建筑用黄泥筑成，黄泥在岁月中风化成蜂窝一样的形状，有许多孔，但如果用手击墙，会发现黄泥墙极为坚固。警察还发现这里的狗也同别处不同，特别高大，体态雍容华贵，仿佛盛唐美女。

警察警觉地看着四周。小巷的尽头有一只巨大的天蛾向他爬来，待走近，那天蛾变成了一个人。这个人真的有一双天蛾一样的眼睛，巨大眼睛里的眼白几乎把细小的眼珠淹没。那人来到警察面前，说："你一定是昆虫采集者，我一眼就看出你是一位昆虫采集者。嘿嘿，你知道我们怎么称呼你们吗？我们把你们叫成北回归线。"警察没明白那人说的话，他说："什么，什么北回归线？"那人说："你是第一次来这里吧，所以你不知道亚热带和北回归线。告诉你吧，亚热带指的住在山上的那个女人，北回归线就是同她睡觉的男人。"警察意识到他可能碰到了一个有线索价值的人。警察笑了笑，说："看来你知道的事情还挺多的啊。"那人说："那当然，你看，我还捡到一个笔记本，你看上面的画，多么下流啊。"那人从口袋里掏出笔记本，翻开画着昆虫交媾的那页，脸上露出厌恶的表情。

见到这笔记本，警察的心狂跳起来。走之前局里告知他逃犯的一些特征，其中之一是逃犯在狱中总是研读他多年来做的笔记。这人没带任何书籍到牢里，只带了些古怪的笔记。警察把那笔记本要过来，假装不经意地问："这东西从哪里弄来的？"那人说："从山上捡的。"那人指了指方向，说："就是那座山下面。"警察点了点头，从口袋里拿出一张照片，问："这个人你见过没有？"那人脸上露出不以为然的表情，抬着头说："我凭什么要告诉你，你以为你是谁，你以为我会把所有的事都说出来，你问别人去吧，我不会告诉你。"警察突然发火了，他一把抓住那人的衣襟，往上提，那人的脚便离了地，两只脚在空中划动。警察说："你说不说？告诉你，我现在火气很大，你不说我会打断你的腿。"那人说："你他娘的有病啊，你们这些采集者都是些古怪的人，都他娘的是神经病，算我倒霉。你放我下来，你不放我下来我怎么说。"警察把他放下来。那人的颈部被衣领硌痛了，他用手揉了揉颈部，头不住地转动，忿忿不平地嘟囔："这个人我当然见过了，告诉你吧，每一个来天柱的人都逃不过我的眼睛。"警察说："你在什么地方见过他？"那人说："在林子里。你知道那个人在吃什么吗？告诉你吧，那人在吃虫子，那人靠吃虫子生活。"

警察放了那人，朝那人所指的方向走去。

警察意识到逃犯已在他的视野之内了。他的目光发出光芒，嗅觉细胞跟着扩张开来，能够分辨空气中任何气味。他已经嗅到了逃犯的气息。他向山林里走去。他闻到昆虫分泌出的性激素，闻到牛粪的臭气，闻到山岗上坟墓里散发出来的尸体腐烂味，还闻到了青草和河流的气息。他意识到自己正在接近逃犯，身体里的激情完全激发了。接近猎物时的紧张与兴奋让他暂时摆脱了这段日子以来的沮丧情绪，身体内积聚的仇恨被激发了出来。他在心里发誓："我如果抓住你不会饶了你，我会好好教训你。他娘的，我弄到今天这个地步都是因为你们，你们让我东奔西走，不让我过一天安宁日子，他娘的，连我老婆都要跟人跑了。"

警察骂骂咧咧向林子里走去。

警察找到逃犯已是下午，太阳挂在西边，十分苍白。逃犯在树林下面睡着了。逃犯穿着色彩斑斓的真丝衬衫，结实而微凸的腹部裸露在外，熟睡中的逃犯面孔出奇的安详和柔弱，口涎从嘴中溢出，像一个智力尚不健全的婴儿。警察迅速拿出手铐把逃犯的手铐在附近的树上。逃犯醒过来，挣扎了几下，发现自己一只手被手铐铐住了，眼中露出惊恐的神色。警察的脸上浮出古怪的笑容，他狠狠地踢了逃犯一脚，说："我终于抓到你了，你不是本事很大吗，不是从狱中不翼而飞了吗，你有本事再逃啊。"逃犯从警察疯狂的表情中感到事情不妙，他冷静地说："你想干什么，你不能打我，不能随便打人。"警察说："告诉你，我今天不是警察，我是受害者，我今天想对你干什么就可以干什么。"警察对着逃犯撒起尿。一股热流像瀑布一样落在逃犯的头上。逃犯露出痛苦的表情。

　　警察撒完尿，见逃犯没反抗迹象，在一旁坐了下来。警察拿出一支烟点上，深深吸了一口。逃犯小心地要求："可不可以给我抽一支？"警察白了逃犯一眼，迟疑了一会儿，递给他一支烟。警察说："你他娘的做好准备，我歇口气，等会儿再收拾你。"逃犯用嘴接过烟，烟没点上火，他向警察要。警察说："事情真多。"警察拿出打火机替逃犯点上。逃犯吸了一口烟说："看得出来，你心情不太好。"警察说："我心情不好关你屁事。"逃犯说："怎么不关我的事，你们警察比谁都流氓，要是心情不好就发泄到别人头上。"警察说："对付你们这种人心不能太软。你们这种人禽兽不如。"逃犯嘿嘿笑了一声，说："你这样对付犯人是第一次吧，我看出来了，你眼睛和善，我猜你一定碰到了不顺心的事，不然你不会这样对付我。"警察没好气地说："算你聪明。"逃犯说："很正常，我是昆虫学家，智商当然比常人高。"警察说："聪明什么呀，你们这种人只有在变态方面比别人强，别的地方狗屎不如。"逃犯说："我洞察人性，你信不信我可以把你看穿。"警察不以为然地笑了笑，说："你说说看，你都看出什么了。"逃犯说："你老婆有了外遇。"警察警觉地看着逃犯，说："什么，你他娘的说什么？"逃犯护住头，说："你不要打我，算我没说。你老婆要是没外遇，你用不着生我的气。"警察安静了下来，又拿出一支烟点上。逃犯再次向警察讨烟。警察很不耐烦地看了看逃犯，给了他一支。逃犯接过烟，对警察说："你看，我就是事多，还是需要借个火。"警察脸上没有表情，皱了一下眉头，凑过去替逃犯点上。

逃犯的另一只手没被拷住，他摸到一块石头，紧紧抓住了它。警察替他点烟时，他举起石头向警察的太阳穴砸去。警察猝不及防，没有任何反应，就被砸昏了。逃犯没有罢手，将手中的石头频频向警察的脸、脑袋、耳朵和嘴巴砸去。逃犯冷静地察看警察，警察的眼睛已经翻白，鼻子里没有呼吸。他这才扔了手中沾满鲜血的石头。

逃犯把手伸进警察的口袋，拿出钥匙，打开手铐。手铐在他手腕处留下伤痕。他看一眼手腕上的伤痕，踢一脚警察。警察的头部比他的脚坚硬，好像他的脚踢在石头上，令他的脚十分疼痛。逃犯想起警察刚才用小便羞辱他，他也拿着家伙，对着警察的头颅撒起尿来，他边撒边说："他娘的，你竟敢这样，我从来没有被人这样侮辱过，你竟然把尿撒在我的头上。"撒完尿，逃犯用脚踢警察的头部，一边踢一边流下屈辱的泪水。警察已面目模糊。血液在黄泥地上不停地流淌。

逃犯从警察的身上拿出一盒烟，抽出一支叼在嘴上。他向西边望去，太阳还在山顶上，发出通红的光芒。远处山顶上有一间黄泥小屋，在夕阳下呈现梦幻般的意境。他向那小屋吐了一口烟，他看到小屋在他吐出的烟圈里飘荡起来。

他信步向黄泥小屋走去。

四　北回归线

警车在那个叫天柱的村口停下时，警察们产生了错觉，觉得他们仿佛不是乘警车而来，而是坐着飞行器抵达这里的。这个地方好像不在地球之上，而是存在在另一个星球。一些古怪的自然景观和建筑让警察们有一种不真实之感。他们是第一次来到这个偏僻的村庄。他们听说过这个村庄发生的离奇事件，比如他们总是声称有人失踪，因为发生的事过于离奇，他们当作无稽之谈，没有想过需要调查。晚报上曾连载过一位科普作家写的一篇纪实文章，声称这个地方就像好望角上的魔鬼三角海域那样具有超自然力量，可能是人类进入宇宙的通道。警察们对这类文章通常一笑了之。但当他们来到这个地方之后，觉得那个科普作家说的也许有点道理。

警察们是为天柱发生的两起凶杀案来的。在同一天发生两起凶杀案让他们不得不来这个地方。

他们对第一起凶杀案没感到惊奇。在一间屋子内，杂乱躺着三具尸体，其中的两具赤身裸体（一位男性，一位女性），另一具男尸穿戴整齐。一起婚外恋的悲剧，这样的凶杀案警察们见得多了。

警察在屋子里取证时，屋外围了许多村民。他们把脖子伸得像软体昆虫那么长，他们把舌头伸出来，不时舔着嘴唇。他们看一眼屋里，回头议论一番。他们说："这个麻子，够狠的啊，连自己的命都不要了。"他们还说："麻子的女人他娘的多胖啊，这样的女人谁吃得消。"

引起警察们注意的是另一位死者。他们马上弄明白死者是同行，和局里联系过后，他们确认死者是局里派来追踪越狱逃犯的。警察们脸上露出严峻的神色。他们当即在村里调查此案。

那位有着一双天蛾般巨大眼睛的男人一直跟着警察，脸上布满了不以为然的表情。他不是对警察不以为然，而是对领着警察去看尸体的村长不以为然。那尸体是他首先发现的，应该是他领警察去才对。他在背后骂："他总是恬不知耻，他自己发现不了尸体，却把别人的发现当作自己的发现。"

他们来到林子里。警察在打听谁见过死者，天蛾眼男人忍不住跳了出来，说："我昨天在村口见过他，他和麻子乘同一辆长途汽车来的，我猜他是位虫子采集者。"一位警察回过头来看了他一眼，对他发生了兴趣，警察招招手让他过去。他得意地站到村长的旁边。警察问："你认识他？"天蛾眼男人说："笑话，我当然认识他，他还同我说过话呢。他给我看过一张照片，我想他一定在找照片里的人。"警察拿出一张逃犯的照片给天蛾眼男人看，问："是不是这张照片？"天蛾眼男人说："是这张照片。我告诉他，我在林子里见过这个人，他就去林子里找了。你们一定断定死者是照片中的人杀的吧？"天蛾眼男人脸上露出诡秘的笑容，他压低声音说："我知道他在哪儿，他在亚热带那里，我昨晚看到他俩他娘的在交配，说出来你们都不会相信，他们交配时变成了两只虫子。"警察没听明白他的话，皱了皱眉，说："你慢慢说。"天蛾眼男人说："同你们说不清楚，这样吧，我带你们去找他。"

天蛾眼男人领着警察们向山顶的黄泥小屋走去。正是中午时分，山上非常炎热，穿制服的警察对天柱这种闷热的天气很不适应，汗水湿透了他们的背脊，但没有警察把警服的风纪扣子解开。

他们来到那黄泥小屋。天蛾眼男人趴在黄泥小屋的窗口往里看，他失望地回头对警察们说："女人不在。"警察问："男人呢？"天蛾眼男人说："女人不在男人当然也不在，也许男人跑到林子里捉虫子去了，也许男人回城去了，这些到天柱捉虫子的外地男人很古怪，来得快去得也快。我怀疑他们就是虫子，刚刚还在你前面，一下子便飞得无影无踪。"警察们对天蛾眼男人的说法不以为然，他们用不信任的目光看着他。天蛾眼男人对此很恼火，说："我知道女人在哪儿，她一定在菱湖谷。"

警察们带着几只警犬，天气太热了，它们把舌头伸得老

长，哈气声短促有力。警犬忠于职守，鼻子不停地伸向各个
方向，狗眼狂乱，上蹿下跳。它们的脖子被一根绳子拴着，
一个牵着警犬的警察对警犬烦躁不安很不耐烦，他骂道：
"你们闹什么，又没有地震，你们闹什么。"警犬呜呜叫了几
声，依旧试图挣脱绳索。警察意识到警犬们如此躁动定有原
因，他们把警犬脖子上的绳索放开，警犬如箭一般向山腰跑
去。警察尾随其后。警察跑得飞快，天蝎眼男人跟不上，在
后面上气不接下气地喊："你们去哪里啊，你们等等我啊。"
没人理睬他。

几只警犬在一堆刚刚翻动过的泥土上用爪子扒，它们一
边扒一边狂吠。警察们赶到时，它们已经扒出一具尸体，死
者有一个健硕的肚子，穿着一件色彩斑斓的衬衣。死者的头
部还埋在土里。刚刚赶到的天蝎眼男人尖叫起来："就是这
个人，就是这个人和那女人交配的。真的，我不骗你们，骗
你们是狗。"警察不动声色地站在一边，他们已经判断出死者
是谁。一会儿，一个血肉模糊的头颅出现在他们面前。他们
意识到碰到了一件大案子。越狱者是怎么死的呢？天蝎眼男
人的脸上露出既痛苦又疑惑的表情，他骂道："真他娘的见
了鬼了，这几天老是碰到死人。"

警察们开始在山上搜寻。那个天蝎眼男人被抛得远远
的。警察们把怀疑的重点落在那个尚未谋面的女人身上，根
据种种迹象推断，逃犯的死很可能同那女人有关。

警察们找了一天没找到那女人。当他们意识到女人可能

就在黄泥小屋时，已经是傍晚时分了。他们在警犬的带领下开始向山顶聚集。太阳一点一点下去，他们一点一点上升。他们如临大敌，爬山时小心翼翼，给人一种职业性夸张的感觉。天蛾眼男人远远看着他们，很不以为然，他们面对的只不过是个女人，这个女子又没什么枪，没必要弄得这么神神道道嘛。

警察来到黄泥小屋前。黄泥小屋里面静悄悄的。警察们往里张望，屋里杂乱放着各种各样的标本，不见一个人。警察用脚踢开黄泥小屋的门。门刚打开，屋内就飞出无数只飞蛾，黑压压地向警察们飞来。因为没有准备，警察们从屋子里退了出来。同时窜出来的是一股类似臭鸡蛋的气味，其中夹杂着刺鼻的酸味，这气味令警察们反胃，有人在门外干呕起来。

他们没有停止行动，举着枪小心向屋内移动。他们站在黑暗的小屋内，透过小窗口投入的光线，他们看到那些昆虫标本形状各异，色彩纷呈。拥有金属外壳的昆虫有着宇航员一般的头盔，线条和造型很像科幻电影里的飞行器；软体昆虫的眼睛和人眼类似，它们的眼神无一例外地既天真又邪恶——没有任何杂质的天真和邪恶；鳞翅目昆虫的羽翼则呈现某种既阴郁又惊心的美艳。面对从未见过的景象，警察们骤然紧张起来，头上的汗水一滴一滴往下掉。汗水掉到地上叭叭作响。

警犬突然对着那柜子狂吠起来。警察们的枪对准了柜子。一个警察小心打开柜子，一个软软的东西从柜子里滚了出来。是女人，他们正在寻找的女人。女人口中吐着白沫，眼睛翻着白眼，身子不住地痉挛着，处在昏迷状态中。

警察们松了口气。他们从屋里退了出来。两个警察把女人抬到屋外。一个警察对女人做起人工呼吸。放松了的警察们开起玩笑来，那做人工呼吸的警察抬起头来骂："你们这帮狗杂种，你们来试试看，这女人满嘴口臭。"

女人突然醒了过来。女人醒来后向山下狂奔，长发高高飘扬，看上去像一匹受惊的烈马。警察看着女人奔跑的样子笑了起来，他们认为女人逃不出他们的手心。女人能逃到什么地方去呢，除非像本地人所说的那样，她真的是一只虫子。这种可能性倒不能完全排除（到了天柱，警察们也唯心主义起来）。警察放了警犬追逐女人。女人一路奔跑呼啸，没有明显的方向，她奔跑的线路看起来杂乱无序。有几次女人甚至朝警察的方向奔来。这天女人一直在跑，速度惊人，连训练有素的警犬也追不上她。她的耐力也十分惊人，永不知疲倦，奔跑的样子像一列呼啸而过的列车。女人在山林间来来回回，像一只困兽，叫声凄厉，在天柱的山林间回荡。

警察抓住女人时，天已经完全黑了。警察立刻审问了她。女人似乎处在一种精神迷乱之中。他们问女人问题，女人只对他们傻笑。他们怀疑女人是在装疯卖傻。

晚上，拴在电线杆上的警犬不安地躁动和狂吠。警犬的狂躁激发了警察们的灵感。不知是谁突然想起那些在天柱失踪的外来者。他们意识到一个大案可能会在他们手中破获，得以真相大白，他们的脸上荡出难以遏制的兴奋。他们还断定那些外来者应该不在人世了。

月色阴冷地照在天柱的山林上面。天幕很蓝很低，缀满了星星，仿佛触手可及。天柱人一向早睡，当村长把他们从睡梦中叫醒并要他们拿铁镐上山时，还不知道发生了什么，在半睡半醒中骂骂咧咧地上山，有的甚至闭着眼睛走路。

在每一个警犬狂吠处挖出了尸体后，他们这才真正醒了过来。尸体的恶臭没让他们恶心，反倒令他们十分兴奋，一个个都涨红了脸。这样的气味他们闻得多了。天柱遍地都是的虫子总是成堆成堆地死亡，他们把死亡的虫子弄回家，放在酒缸里酿酒。酒缸里会冒出腐臭的气味。天柱人爱喝虫子酒，他们闻到臭味有一种喝虫子酒的感觉。他们酒不醉人自醉。

天蛾眼男人突然意识到这些尸体的来历。他的心不由得猛烈跳动。原来那些被村民们叫成北回归线的采集者还在天柱的土地上，只不过他们成了死鬼。他咋咋呼呼地向大家说出了他的看法。天柱人的脸上都露出惊恐之色。

天蛾眼男人高声地说："我现在才明白，我们叫他们北回归线真是叫错了，正确的叫法应该是'不回归线'。"

五　亚热带

那个住在天柱山顶上的外来女人究竟来自何处，警察们一直没查明白（实际上很可能是他们懒得为一个疯女人花费更多的精力）。他们把这个女人抓起来后交给了另一个部门。关于这个女人的相关资料还是赵小莲发现并提供给警方的。

那个一身黑衣、戴着墨镜、神色苍白的女人是赵小莲，她是在接到警方的电话后赶到天柱的。

她记得电话响起时内心涌出的不祥预感。她意识到令她恐惧的时刻终于来到了。她脑子里出现这样的场景，丈夫在一道寒光闪过之后猝然倒下，丈夫倒下去时，头慢慢往右边转，好像在看着她，他的目光里有一种对所有事了然于胸的暗示。这目光显然刺痛了她。她闭上眼睛，像驱逐一个噩梦一样试图让脑子里的图像消失。

她站在她丈夫的尸体前面，出奇地镇定。这是她第一次来到犯罪现场，目睹暴力的后果。丈夫衣服敞开着，肌肤即使没了生命，依旧极富质感。她的双手曾无数次在他的肌肤上抚摸，她非常熟悉她的手在他肌肤上划过时他的反应。她的手不自觉在空气中划了一下。她的手心依然能感到丈夫敏感的肌肤潜藏的力量以及某种毁灭的欲望。

她心中会产生一种奇怪的感觉，一种像水一样流逝的感觉。她审视内心，不知道是出自她的心愿还是出自她的恐惧，她似乎早已意识到这个男人将如流水一般逝去。在医院里，她经常毫无由来思考一些宏大的命题。没有人能主宰自己的生命，某种无法预料的力量总是不失时机对生命发起致命一击，疾病、车祸、战争、瘟疫、饥馑、灾难潜藏在无人知晓的地方。恐惧如影随形。恐惧是人存在的本质，却不是人可以面对和抵达的。她的病人就是因为不幸抵达了这个内核，从而失去了所谓"文明"的伪装，成了恐惧本身。

赵小莲心怀愧疚和怜悯，俯下身去，为丈夫整了整衣服。

天柱人知道这个装束古怪的女人是那个死去警察的妻子。他们脸上露出不以为然的表情。这个女人竟然对自己丈夫的死亡无动于衷，竟然不哭一声。他们认为她不是个好女人。再看她一身打扮，他们更反感了。他们露出惯有的调侃的腔调说："瞧，她就像电影里的女特务，一个妖怪。"

警察们把一个纤弱的女人带下山。赵小莲觉得这个女人十分面熟，她一时想不起在哪里见过这个女人。

赵小莲后来在医院的档案中找到了这个女人，才知道这女人的来历。她想，也许警察们用得着这份材料。她复印了这份档案，把它寄给公安部门。

对于去天柱执行任务的警察来说，天柱的经历就像一个梦境，事后回忆起来很不真实，有一种发生在 20 世纪的感觉。他们从天柱回来那天就产生了这种感觉。他们回到所在城市熟悉的阳光下，感到在天柱经历的一切都不可思议。出于对未知恐惧的抵抗，他们很快就忘了这段经历。因此，当他们收到赵小莲寄过来的资料时，还有点不适应——他们要努力回想才能记起发生在天柱的几起杀人案件。他们打开了资料，看到了一张那女人的照片和有关犯罪嫌疑人的描述。

马娴静：女，30岁，曾是××大学教师，2089年4月16日犯严重的广场综合征进本院治养。据目击者描述，16日下午一时许，马娴静和其丈夫孩子一起在街心公园游玩时突然发病，精神失控，咬死了丈夫和自己的孩子（所咬的地方为人体最为致命的太阳穴）。马娴静在事发后就恢复了神志，当她知道自己杀死了丈夫和孩子时表现得非常悲伤，失声痛哭达36个小时。马娴静在医院的一年间，一直表现得很平静。马娴静于2090年10月从本院逃出后下落不明。

……

警察们对精神疾病缺乏研究和了解，对有关精神领域的术语也知之不多。读这份资料时，有一个警察问道："什么叫广场综合征啊？"其中一位满脸稚气但表情装得比谁都严肃的年轻警察说："所谓广场综合征，简单地说，是对人群产生恐惧心理而导致的精神失控现象。"

1998年4月7日

传花击鼓

王昆明感到身体越来越不对劲了。他一刻不停地咳嗽。他的咳嗽就像雨季那样湿润，他咳嗽一下，气流就在肺部沙沙响，就像夜里的风吹着窗户。他的肺部生了个巨大的肿瘤，医生说他活不久了。窗外的天空分外地明亮，根本看不出细小的雨丝，但雨分明是在下着的，不然屋檐不会滴下令人厌烦的雨滴来。王昆明在屋里待腻了，如果肺部没出问题，他会带着雨伞去雨中走走。

　　里屋传来了孙子哼唱的哀乐。孙子在里屋模仿追悼会的场面。春天电视播放了一位领导人的葬礼，场面当然十分庄严、悲哀。王昆明自查出疾病以来，看到死亡总会变得软弱而敏感。孙子看着电视上的葬礼突然笑起来，并且用愉快的声调哼唱出哀乐。孙子没学过音乐，却无师自通地把哀乐的唱名准确地唱了出来。从那以后，模仿电视里的葬礼成了孙子每天的游戏。他给洋娃娃穿上黑色的衣服，让它躺在一张小凳上，凳子周围放着花盆。他哼着哀乐绕着凳子转一圈，然后站在洋娃娃前鞠躬。有时候他还模仿民间的葬礼，烧几张锡箔，弄得屋子里烟雾缭绕。王昆明呵斥过孙子几次，想起孙子可怜，也不去管他了。

烟雾从里屋钻出来。王昆明闻到烟味咳嗽得越发厉害，连绵不绝的咳嗽声像破碎的风箱呼呼作响。王昆明觉得自己要气绝了，最终还是顺过气来。王昆明贪婪地拼命呼吸，好像要把世上的空气全吸进肺里去。

孙子房间里的烟雾越来越浓重了。

孙子又玩起新的花样，他用煤球炉烧锡箔，冒出淡黄色的烟雾。孙子已被熏得眼泪涟涟了，但他很高兴，凸着小肚子，一副像是刚赢得一场战争的模样。

王昆明担心孩子弄出火灾来，把这房子烧了。王昆明咳嗽着说，你不要玩了，你成天玩这个游戏，你不腻烦吗？

孙子没理老人，专注于他的葬礼。

一股无名火涌上王昆明心头，他舀了一勺水倒到炉子上，呲一声，炉子里的锡箔灭掉了。

孙子躺倒在地上打滚。他的两只脚正好落在王昆明不慎溢到地上的水迹里，砰砰地敲击着，溅起的水花有几颗击中了王昆明的脸。

孙子说，你干什么呀，我给你办葬礼，你捣什么乱呀，你赔我锡箔，这可是我用捡来的香烟壳子折的。

王昆明想，孙子真的在替我办葬礼，难道他知道我要死了吗？我可没告诉过他啊。想起自己快死了，留下孤零零的孙子在这世上，王昆明感到心酸和担忧。他死之后，谁照顾孙子呢。

王昆明叹了一口气，说，你起来吧，是爷爷不对，爷爷赔你香烟壳子。

孙子说，你骗我，你根本没有香烟壳子。

王昆明说，我赔你十只好不好，你快起来。

孙子说，我不相信，你根本没有香烟壳子。我要看见香烟壳子，才起来。

王昆明确实没有香烟壳子。

孙子同他谈条件，说，你没有香烟壳子也没关系，你带我去码头，那儿地上到处都是很多香烟壳子。

王昆明看了看窗外，说，天在下雨，怎么去码头呢，等天晴了爷爷陪你去好不好。

孙子在躺在地上继续打滚，喊道，妈妈呀，你去哪里了呀，要是你在的话，你一定会陪我去码头的是不是？你要是在的话，不但陪我去码头玩还会买东西给我吃是不是？

王昆明听了心里难受。王昆明知道孙子利用了他的弱点。王昆明没一点办法，只好答应和孙子一起去码头。

出门的时候，孙子拉着爷爷的手，说，爷爷，你的头发一下子全白了，像春天的柳絮一样，你脸好脏啊，胡子也脏，都把你的脸都遮住了。

巷子里到处都是积水。孙子有点闲不住，他见到水洼就会去踩，踩起的水花满街飞，王昆明的衣服也被溅湿了。孙子见到路上的石头就用脚踢，好几次差点踢着行人。

王昆明知道说他也没用，一脸无奈地摇了摇头。

他们来到码头。码头风很大，王昆明干枯的头发被吹得东倒西歪。王昆明不小心被一口风呛着了，引出一阵猛烈的、无始无终的咳嗽。他感到肺部一定已经开裂了，听听这咳嗽声，像永江里出了故障的柴油机发出来的，干燥、尖利，刺得人耳膜生痛。王昆明走不动了，在码头一间仓库的屋檐下坐了下来。

透过溟濛的雨丝，远处水面像一块飘荡着的银幕，几只船孤单地停在码头上，船上的旗帜历经风吹雨打，早已泛白。

孙子一到码头就高兴起来。他在码头上窜来窜去。不远处有一个四十多岁的男人在东张西望。男人眼睛外凸，是个多眨眼，他的眼睛凸得太出，眼皮涨得很薄，上眼帘布满了红色经脉。与他眼睛外凸形成反差的是他的嘴朝内瘪，像是脸上长着一张老太太的嘴，嘴里发出的声音也类似女性，尖声尖气的。他们说他是人贩子。

客轮上有乘客下来了。人贩在拥挤的人群中穿梭，用蛤蟆似的眼睛寻找那些刚刚从乡下来城里打工的女孩或在码头走散的孩子，然后用他那张瘪嘴发出的动听的声音迷惑这些人，使他们听从他的安排，心甘情愿地被贩卖掉。

孙子正在捡香烟壳子和糖纸，为了把他的葬礼游戏搞得像那么回事，他希望拥有更多的锡箔。

王昆明希望在人群中发现儿子。儿子三年前就离开永城，不知去了哪里。王昆明虽怀着希望，但心里其实并无指望，他不指望儿子会突然出现在码头上。如果儿子出现，那可真是太阳从西边出来啦。

儿子不是个好鸟，他没有正经职业，他曾是酿酒厂的工人，他把婚离了，把工作辞了，成了一个游手好闲的人。他把孙子交给王昆明，就"搞世界"去了。王昆明知道儿子不会有出息，他除了吃喝嫖赌，还会干什么呢。有次邻居金桑子对王昆明说，这小子带着一帮女人在公园荡，金桑子神秘地说，你知道他在干什么吗？他在拉皮条呢；又有一次，一个人怒气冲冲跑到王昆明家里来，向王昆明要人，儿子欠了他两万元赌债，儿子想赖账，那人把王昆明家里的一只陶罐当作古董拿了去；还有一次，儿子酿酒厂保卫科的人来王昆明家抓人，说儿子纠集一帮人偷厂里机器的零件。

王昆明不知道儿子去哪里了，他已经几年没见到儿子了，儿子的世界越搞越远。

王昆明生病后，找过儿子。王昆明找遍整个城都没找到儿子。他们告诉王昆明，儿子去了南方。王昆明不能带着孙子去南方，他托人把自己病入膏肓的信息带去，叫儿子快点回来。

王昆明不知道带去的信有没有传到儿子那里。他们从南方回来，带来一些关于儿子的消息，他对那些消息将信将疑。王昆明想，这些消息一定是他们编出来骗他的。有人说他的儿子在南方发啦，成了老板；有人说，他的儿子成了个黑社会的老大；还有人说，他的儿子逃到金三角种罂粟去了；又有人说，他的儿子在缅甸打内战。这些消息就像风一样把王昆明耳朵灌满啦。

码头因为乘客的到来充满了喧闹声，各种方言混杂，叽叽喳喳的，像麻雀那样聒噪。王昆明好像看到了方言的碎片在空气中溅来溅去，犹如击碎的玻璃。

孙子在人群中钻来钻去，不时对人们撒野。他踢一脚乘客的行李，用手去摸姑娘的屁股（小小年纪就学会了耍流氓），他还把早已准备好的、藏在口袋里的泥块和石头塞到乘客的口袋里。

一个乡下男人把孙子当作小偷抓了起来。孙子的手伸进男人的口袋，男人一把抓住了他。孙子的手捏成了一个拳头，好像手心正攥着一枚金币。孙子根本不怕男人，他在有意引逗男人。男人要孙子摊开手，孙子就是不肯。男人很生气，把孙子的手当成了一只容器，打算用石头把这容器砸开。男人用左手把孙子的手按在水泥地上，右手握着一块石头，高高举起，要砸孙子。王昆明想，男人是个残忍的家伙，连孩子都不放过。

孙子可是个机灵鬼，当然不会让那家伙砸着。那石块快速朝孙子的拳头砸来时，孙子迅速抽回了自己的手，结果石块砸中了那家伙自己。男人左手涌出鲜血，痛得哇啦哇啦大叫。孙子趁机跑了。

孙子是个聪明的孩子，只是聪明用错了地方，和他爹一模一样。王昆明很忧虑。

码头上的人都散去了，重归于沉寂。孙子跳到了客轮上。一个女服务员为了把他撵下去，正在追赶他。

人贩看来今天没有收获。好几天了，人贩只要一开口，选中的目标便像躲避瘟疫一样从他身边跑开。

他对自己的口才失去了信心。他便来到王昆明身边来练嘴皮子。他显得百无聊赖，没有了刚才行骗时的劲头，脸上带着兴奋过后的疲惫。

不过人贩的兴奋速度很快，他同王昆明没聊几句，顿时变得神采飞扬。

他指了指正在船上同服务员调皮的孙子说，那孩子将来一定比他老子还要坏，你得好好管管他。

人贩这话说到王昆明的心上去啦。他已是个快死的人，他死了后，谁来管教孙子呢。

人贩把一根纸烟递给王昆明。王昆明很吃惊，人贩可小气啦，竟递烟给他抽。王昆明把纸烟接住，人贩客气地给他点上火。王昆明的肺部有一个肿瘤，医生说不能抽烟，反正总是一死，他才不想在死前受烟瘾的折磨。

人贩深深地吸了一口，嘿嘿一笑，说，这烟你没抽过吧，可是好烟。

人贩说这烟是好人家给他抽的。人贩说他是好心人，他在做善事，他把那些农村姑娘和无家可归的孩子介绍到好人家。有一回他把一个孩子介绍给上海的一对夫妇，那对夫妇富得流油，住着三层洋房，天天山珍海味，人白白胖胖的，就是生不出孩子。那孩子到了这样的人家，一辈子荣华富贵啊。

人贩又猛地抽了一口烟，问，这烟不错吧，这烟就是上海夫妇送我抽的，上海烟就是味道好。

人贩多眨的眼睛一直在打量王昆明，好像在测试嘴皮的力量，以此找回这几天磨损的自信心。

远处的客船上，女服务员把孙子赶到了岸上。她站在船上骂孙子。孙子不甘示弱，索性扒下裤子，用光屁股对着女服务员。这个习惯是向街区的老光棍王福学来的。王福喜欢给孩子们看他屁股上的伤疤，说那十七块伤疤是淮海战役被国民党的枪击中的，是光荣的伤疤。王福牛皮越吹越大啦。

女服务员见到孙子耍流氓，红着脸骂了几句钻进了船舱。

人贩见状哈哈地笑起来，说，老头，你死了后他怎么办？你死了后你孙子会成为一个流氓，成为一个小偷。老头，你想过他的将来吗？

王昆明叹了一口气，说，贩子，我不知道怎么办啊，他爹不知道去了哪里，我找不到他爹。

人贩的眼珠子放射出光芒来，说，老头，如果你愿意的话，我替他找一家好人家。

王昆明立马从人贩身旁走开，就好像刚刚被火烫了一下，身子不由得缩了一缩。人贩对他热情不是无缘无故的，他在打孙子的主意呢。

王昆明不停地咳嗽。

王昆明来到客船边，对孙子说，我们回家去吧。

孙子也累了，打了个长长的哈欠，打得眼泪涟涟。

王昆明说，孩子，爷爷活不长了。你爹也不知道去哪里了，我死了后你怎么办呢？你这么野，谁会愿意收养你呢？

这些话王昆明说的遍数太多了，孙子已不爱听，他眼白上翻，露出不屑的神情，然后闭上眼睛，说，爷爷，如果你死了，我会给你搞一个盛大的葬礼，比电视上的葬礼还要隆重。

人贩的话时常在王昆明耳边响起，他的话说到王昆明心里去了。王昆明吃药时想，人贩说得没错，也许他真的能为孙子找到一户好人家。医生说他活不过这个春天了，他得尽快找到愿意抚养孙子的人家。王昆明睡觉之前想，也许他这一睡就再也醒不过来了，他若去了另一个世界，孙子就没人照顾了。

也许人贩真的能帮上忙呢。

王昆明独自一个去了一趟码头，和那个人贩谈了这事。人贩把胸脯拍得像锣鼓一样响，他说出来的话也像唱歌那样动听。

他说，你放心好啦，你找我算是找对啦，你孙子将会有享不尽的荣华富贵，你孙子从地狱飞到天堂里去啦。

王昆明把孙子送走后，他睡不着觉啦，晚上躺在床上，没了睡意，常常一晚上睁着眼看着天花板。他晚上不睡觉，奇怪的是一点也不感到累，相反他的精力比任何时候都要来得充沛。王昆明想，可能我马上要死了，这情形是回光返照。

后来王昆明就睡着啦。不知道睡了多久他醒了过来，世界变得非常安宁，原本笨重的身体变得轻盈起来，他甚至感到自己有了力气，呼吸也顺畅了，他怀疑肺部那个巨大的肿瘤消失了。

王昆明变得非常想念孙子。孙子现在在哪里呢，在干什么，他过得好吗？他想知道孙子的一切。王昆明试图说服自己，人贩一定替孙子找到了一户好人家，可总也感到不踏实。想起他把孩子送给了人贩，不能原谅自己。

王昆明决定去一趟码头，他得弄清楚孙子在哪里，他还得把孙子找回来。人贩还在那里，像一棵树一样一动不动立在那里，好像几百年前就在那里似的，好像他是码头的一部分。王昆明叫人贩，人贩没有反应。王昆明从后面过去，用手拍了人贩的肩。人贩转过头来，眼神惊诧。

过了好一会儿人贩才认出他，脸上展露惯常的嘲弄表情，笑道，你还没死啊。

王昆明说，我已有好几天没睡着觉，你看到了吗，我的眼睛布满了血丝，眼睛都红了。

人贩说，你不是快要死了吗？

王昆明说，我的病好啦，我要把我孙子找回来，不把我孙子找回来我睡不着。

人贩眨眼的频率比刚才快了一倍，说，你这个老头真是古怪，你孙子正在过神仙日子呢，你把他找回来等于在害他，他在好人家过的日子比在你身边强多啦。

王昆明说，告诉我，他在哪里，我一定要找他回来，不找回来我睡不着觉。

人贩不清楚孩子现在在哪里。在王昆明的步步追问之下，人贩告诉王昆明，他把孩子转卖给了另一个人贩。

王昆明听了，心脏脆弱地跳了几下，他料到人贩会把孙子卖掉，但没想到他竟然被卖给了另一个人贩。

王昆明双手颤抖，揪住人贩的衣襟，说，你怎么能这样干，你不是说要给他找一个好人家吗，你把他卖到哪里去啦。

人贩说，你想干什么，你一把年纪，别动手动脚好不好，你年纪大，我让你，我碰不起，你要是有个闪失，我就说不清楚啦，你身上所有的病都会推到我头上，我可不想沾上你泼过来的洗脚水。

码头上人来人往，没人像往常那样围住他们看热闹，他们甚至看都不朝这边看一眼，好像他们在另外一个时空里。

人贩缓过气来，他挖苦起王昆明，你也不是个东西，猪狗都不如，你竟把自己的孙子卖给我。

王昆明的痛处被人贩击中，脸一下子惨白，眼中噙满了泪水，他像被蛇咬了一口，全身疼痛。

王昆明决心去找孙子。

他不知道孙子在哪里，但他一定要找到他。

这个春天，阴雨像脚下的路那样漫长，延绵不绝。王昆明昼夜不停，在雨丝中穿梭。王昆明觉得他好像同雨丝混为一体，或者成了被雨丝浇灌的植物。王昆明仿佛透过雨丝看到孙子站在远方，正用古怪的眼神看着他。王昆明熟悉这眼神，他来到这个世界上时就带着这种古怪的眼神，好像他来到的是一个奇怪的人世。

王昆明一个村庄一个村庄地找。古老而破败的街区被远远抛在了身后。南方的村庄大同小异，王昆明有一种进入迷宫的感觉，好像他一直在原地踏步。

南方的毛毛雨感觉上好像并不存在，但如果不穿雨衣，没一会工夫就会从里到外淋个湿透。天空依旧明亮，朝前方看，能看清几里之外的东西。王昆明虽然一把年纪，视力还行。他的耳朵不行了，老是出现幻觉，听到孙子的声音。孙子正唱着哀乐。

王昆明的眼前出现画面，孙子像一只兔子一样在四处逃窜。

王昆明看到孙子被吊在树上，一个女人哭泣着在骂孙子，我花了那么多钱把你买来，你怎么可以逃跑，你逃到哪里去呀，你没有亲人，你爷爷也死了。你要是保证不再逃跑，我就把你从树上放下来。

孙子一直在呼唤他，爷爷，你快来呀，你为什么把我交给人贩啊。

孙子的叫喊声让王昆明心头生痛。

一连几天，王昆明都看到孙子被吊在树上，树上的毛毛虫一只一只掉到孙子的身上，孙子看上去也像一只巨大的虫子。

有一天，王昆明看到有一个男人用烧红的铁条在孙子的身上刺字。铁条刺在孙子的皮肤上，白色的烟雾升起来。王昆明嗅到了皮肤烧焦的臭味。

又有一天，王昆明看到孙子立在一个坟头上哭泣，那墓碑上竟写着王昆明的名字。

王昆明觉得自己意识迷乱。他已有多日没睡，难道他看到的都是幻觉？

他看到的景象太清晰了，太逼真了，仿佛触手可及。他相信所见都是真实的，孙子离他不远了，他一定能找到孙子。

有一天，王昆明终于找到了那个曾在幻觉中出现过的村庄。村庄的人告诉他，村里确实有一对夫妇不会生孩子，他们愿意领养一个小孩。这对夫妇目前还没有找到合适的孩子。

孙子在哪里呢？

王昆明一个村庄一个村庄找孙子，期间他没睡过觉，好像他已失去了睡觉的能力。气候慢慢变得寒冷了，王昆明想，一定是冬天来临了，这么说来他找了整整一个年头啦。王昆明突然感到十分疲劳，觉得不能再找下去了，他得回家了，不然他会客死他乡。

王昆明往回走，却有点迈不开步子。他感觉双腿无力，就好像他正走在棉花上面。他知道回去意味着这辈子可能不会再出门找孙子了，意味着这辈子再也见不到孙子了。他知道自己时日不多了，他会在一遍一遍的思念中死去，在无尽的不安和折磨中死去。

王昆明回到街区，街区被一场罕见的大雪覆盖。令他吃惊的是街区已被拆毁，成了一个巨型工地。到处都是打桩机和脚手架。那堆得像雪山一样的积雪下面应该是建筑垃圾。他居住的小屋还矗立在一片废墟之中。街区人很少，熟人们都迁居到别的街区去了。

王昆明感到不踏实，在自己的小屋待了一会儿，又来到了街上。他得找到一个熟人问问相关情况。他走出街区，走在这个城市之中。他几乎认不出这个城市了，大雪把城市的街道和房舍塑造得千篇一律。他差点在雪地里迷失方向。

人们躲在屋子里过冬。街头行人稀少。偶尔王昆明在街头碰到熟人，同他们打招呼，他们都认不出他来。王昆明叫他们的名字，他们好像听不到他的声音，好像他并不存在。王昆明不知所以，但当他站在玻璃窗面前就明白了，他自己都认不出自己了。他头发花白，像春天飞舞的生着白花花的花絮和白花花的毛毛虫的柳枝；胡子黏结着，像冬天挂在屋檐上的冰凌；脸孔肮脏，被长发和胡子占去了大半。

王昆明来到了码头。那个人贩竟还立在那里。人贩穿着从前的衣服和鞋子，表情一成不变。看着人贩，王昆明对自己花了一年时间寻找孙子一事产生了怀疑。这个世界没有一点变化，而他变成了从另外一个世界归来的人。

王昆明看到人贩在向一个人招手。王昆明一看，竟然是孙子，竟然是他春天以来一直在寻找的孙子。王昆明禁不住狂喜起来，原来孙子在码头，原来孙子他回来啦。王昆明奔过去，叫孙子的名字。孙子听到王昆明在叫他，在东张西望。他没有认出王昆明来。王昆明想，他现在这个样子谁能认得出来呢。人贩对王昆明的呼叫浑然不觉。

孙子说，我听到爷爷在叫我。

人贩说，你是不是脑子出问题了？你爷爷已经死啦，再也不会叫你啦。

王昆明听了很生气，骂道，你他娘的才死了呢。

人贩没听到骂声。

孙子哭啦，说，我真的听到爷爷在叫我呢。

王昆明想，孙子一定吃了很多苦，他哭得多悲戚呀。王昆明的心头发酸。

人贩说，这孩子越来越讨厌了，再装神弄鬼当心我给你一记耳光，他娘的，我见到大头鬼了，碰到像你这样没人要的劣等货，现在倒好，我他娘的还得贴你饭钱。

人贩撇下孙子，向刚到的上海轮走去。

孙子哭得更伤心啦，眼中满是泪水。王昆明觉得孙子看见了他，因为他从孙子眼中的泪水里看到了自己的形象。

王昆明怕孩子听不到他的声音，高叫道，孩子，你认不出我了吗，我是你爷爷呀。

孙子直愣愣瞪着他看，没有反应。王昆明想，现在大概没人认得出他来，他头发这么长，胡子这么脏。

但孙子认出了王昆明，扑向他，把他紧紧抱住。

孙子说，爷爷，真的是你啊，你去哪里了呀，他们说你死了，他们说你已被葬到公墓里去了呀。

王昆明带孙子回家。孙子身上到处都是伤，手臂、脖颈、脚踝处都是乌青和淤血。孙子把衣服脱下来，给王昆明看刺在身上的字，它们是：王成功之子，张小三之子，白求是之子……孙子说这是那些收养他的人家刺上去的。

王昆明见孙子伤成这个样子，心如刀绞。

孙子说，爷爷，他们说你把我卖掉啦，他们把我送到很远的地方，我不愿意待在那地方，逃了出来。他们就打我。爷爷，他们说你死了，他们还把我领到你的墓地去看过，我看见一块墓碑上写着你的名字，想你真的是死啦。爷爷，你怎么又回来啦。

王昆明说，爷爷怎么会死呢，爷爷要照顾你怎么会死呢。

孙子说，爷爷，你不会再把我卖掉吧。

王昆明的双眼噙满泪水，摇摇头，说，不会，爷爷怎么会把你卖掉呢?

孙子终于回到王昆明身边。大雪封门,他们整天待在屋子里。小屋被废墟包围,显得孤单而宁静,看上去像《聊斋》里鬼魂出没的荒郊野地上的破庵。王昆明想念迁走的街坊们,打算等雪融化后去看望他们。他们现在在哪里呢?

孙子变得听话了。他依旧喜欢烧纸钱办丧事的游戏。每天他都去附近捡香烟壳子,折成锡箔,在屋子里办葬礼。孙子告诉王昆明,听说爷爷死了以后,他为爷爷烧了很多纸钱。他说,你在天堂一定有花不完的钱是不是? 孙子唱起哀乐。

过了一段日子,大雪融化了。四周露出了破败而凌乱的面目,青石和沥青冒着重见天日后的白气,行道树肃立着,依旧没有生机。人们像冬眠的动物那样苏醒过来,他们纷纷钻出了屋子。街头马上恢复了往日的喧哗。

王昆明在大街上转。

在另一个街区,另一条街上,王昆明见到了原来的邻居,他们正在街头闲聊,脸上堆积着冬天淤积起来的热情和精力。

王昆明高兴地向他们打招呼,没有人向他转过头来,就好像他发出的洪亮的声音被隔在某个真空,传不到别人的耳中。王昆明又对他们叫了几声,没有回音。他感到很奇怪,不知道他们为什么不理他。

王昆明转入另一条巷子。王昆明见到了王福。这个老家伙,老得身上都没有一根黑毛了,还是没学会体面,他扒开裤子给孩子们看他屁股上的伤疤。王昆明同他打招呼，王福没理睬他。王昆明碰到了鬈毛，这个忠厚的人，这个从前酿酒厂的劳模如今成了下岗工人，他待人随和，但这天也没理睬王昆明。王昆明还碰到马六甲、郭昕、李小强、瞎子喻军、金桑子、金鱼眼（这小子如今当上公安局局长啦），每一个熟人都没理睬他，就好像他们并没看见他。

王昆明回家后想了很久，不明白这是怎么回事。王昆明感到自己从大地上飘了起来，开始自我怀疑了。也许孙子说得对，他真的已经死了。也许他早已经变成了灵魂，在孙子喜欢上葬礼游戏的时候，他已经是灵魂了。也许他就像那个住了一辈子的旧街区那样在这个世界上消失了。王昆明坐在那里，出神地想啊想，怎么也想不明白。

他索性不去想这事了，他想通啦，他死或没死并不重要，重要的是他终于找到了孙子又和孙子生活在一起，重要的是他终于可以照顾孙子了。看着孙子高兴地活着比什么都要紧。

1998 年 8 月 20 日

1958 年的堂吉诃德

关于"堂吉诃德"这个词，我们村的人以前没听说过，也不知道是个什么意思。这个词出自那个叫蒋光钿的右派之口，我们村的人听到蒋光钿说我们的行为像堂吉诃德，还以为他在骂我们，因此不管三七二十一，狠狠地批了他一回。

让我们从头说起。

1958年，我们村在三面红旗照耀下，决定在天柱造一个水库。我们村的支书冯思有，把这个决定呈报上级，希望得到上级支持。上级很重视，给我们派来一个叫蒋光钿的工程师，帮我们搞水库设计。蒋光钿来之前，上级已同冯思有支书通了气，说蒋乃一右派，派他来是让他向贫下中农学习，要我们好好地改造他。由于这个背景，蒋光钿虽是来支援我们搞建设的，但我们对蒋的态度就不像对待别的上级派来的人那样恭敬。蒋光钿来我们村的那天，我们没有刻意搞欢迎仪式。

　　我们虽没组织人去欢迎蒋光钿，但实际效果好像有人在夹道欢迎，因为我们在蒋光钿身上找到了不少乐子。首先是孩子们发现了蒋光钿的有趣。那天孩子们在村头玩，看到有一个人一跳一跳朝我们村走来。那人很瘦，大约四十岁，瘦脸上戴着一副像瓶底那般厚的近视镜。他上身穿着中山装，下身穿黑色长裤。长裤裤脚筒挽起后用一根绳子系着，露出一段又白又细的小腿肚子。小腿肚子下边是一双比一般男人小得多、被我们村的人认为像女人的脚，脚上穿着一双草鞋。这样的打扮我们村的人没见识过，同我们想象中的知识分子大右派有距离，更不像贫下中农劳动人民，总之我们认为他的样子有点不伦不类。事后我们问过他为什么把自己打扮成这样，他说是为了表示"知识分子劳动化"。他这身打扮已让我们觉得古怪了，更让我们奇怪的是他走路的样子，像我们村的大香香装神弄鬼时跳的大神。原来知识分子穿惯了皮鞋，不会穿草鞋，穿着草鞋走在石子路上，免不了被石子刺疼，于是他走路就像跳大神。他摇摇晃晃地走着，孩子们跟在后面同样笑得摇摇晃晃。大人们不知道孩子们为什么笑得那么开心，也来看热闹，看到蒋光钿的样子，都笑得合不拢嘴。我们一笑，那个知识分子蒋光钿跳大神似乎跳得更欢了。

　　我们村的大人小孩跟着蒋光钿来到队部。冯思有已在里面。我们挤到队部门口，站着看热闹。蒋光钿踏进屋里，屋里的地板用水泥浇筑，他的脚感到舒服了一点，走路稳了不少。他站在冯思有面前，先不说话，而是从包中拿出一张介绍信，双手捧给冯思有。他说，你就是冯支书吧，我是蒋光钿，这是我的介绍信。冯思有是个老革命，解放前参加了我党游击队，解放后回村当了村的支书。照他的资格当个支书小了一点，但再大他也当不了，因为他不识几个字。因为不识字，因此他不喜欢别人拿纸条给他看。他见蒋光钿拿介绍信给他，皱了皱眉头，说，你收起来。他自上而下打量了眼前这个右派分子，接着说，听说你会搞设计？蒋光钿说，我学的是水利，清华毕业。冯思有不知道清华是什么玩意儿，他没听说过。他想了想说，你来了，好！你先安顿下来，明天就搞设计，好好干。蒋光钿说，为了赶超英美，一天等于二十年，我马上工作。蒋光钿口号喊得很响，脸上并不激动，眼睛直愣愣看着冯思有，看得冯思有很不舒服。冯思有冷冷地说，随你好了。

果然下午蒋光钿跳着大神去了天柱。他在天柱的山上转来转去，不停地在笔记本上记些什么，不知道他葫芦里卖什么药。我们村的孩子认为他有点儿装神弄鬼。他们在天柱的山下高喊，打倒蒋光头。天柱这地方山多，孩子们一叫回声四起。孩子们已经知道蒋光钿是个大右派，是个反面角色。孩子们认为蒋光钿这个名字同大右派很相称，一看这个名字就知道他不是个好东西，因为这个名字让他们想起臭名昭著的蒋介石，蒋介石头上没毛，我们一般称他为蒋光头，蒋光头和蒋光钿听起来相差无几。于是孩子们不再叫右派分子为蒋光铏，而是叫他蒋光头。这个右派，比较认真，他听到山下孩子们叫他蒋光头，就从山上下来，来到孩子们跟前说，我不是蒋光头，我头上有头发，我的头发又黑又粗，估计还不会脱落。我叫蒋光铏，我起这个名字是有意思的，我的蒙馆老师参加过太平天国，太平天国失败后他隐居起来了，给我起了这个名，是希望光复金田的意思。太平天国是农民起义，是正义的进步的。太平天国，孩子们听说过，但孩子们说，大右派想沾农民起义的光，我们坚决不答应。孩子们依然叫他蒋光头。

经过几天的踏勘，蒋光铏拿出了水库设计方案。但他提出的方案让冯思有支书很生气，因为这个右派分子把设计搞得太保守。蒋光铏向冯思有这样汇报：根据地形，水库集水面积八百平方，按历史文献推算，每百平方米可集七十万方，这样水库造好后能集五百六十万方水，能灌溉一千亩粮田。这个方案显然不能体现大跃进精神，也没有一点跑步进入共产主义的气魄。

冯思有当即向蒋光铏发布两条指示：一，水库造得必须足够大，要灌溉一万亩粮田，不但本村粮田要受益，还要支援别村；二，水库还要发电，发电的指标也定了，共计五千瓦。我们村一共一百一十户人家，这么多电用不完，但考虑到即将到来的共产主义社会，我们要实现机械化和电器化，因此五千度电不能算多。蒋光铏听了，当即把头摇得像货郎的摇鼓，说，这是不可能的，水库造得那么大，到时候不但集不了那么多水，还灌溉不了粮田，更别谈发得了电。冯思有想，怪不得这个人被划成了右派，原来是个书呆子。他训道，资产阶级知识分子就是迷信书本，崇拜他娘的文献，不愿意到人民群众中去找根据。蒋光钿说，科学就是科学，你要造那么大的水库，你就是堂吉诃德。冯思有不知道堂吉诃德是啥东西，听不懂。不过他猜想不会是好话。冯思有就找到守仁问他堂吉诃德是什么意思。守仁虽然只有二十岁，见识不见得有冯思有广，但他读过初中，是我们村最有学问的人。他要求进步，冯思有正在培养他。守仁也不懂堂吉诃德是什么个意思。守仁就对冯思有支书说，资产阶级知识分子愚弄贫下中农，这样的人应该好好地批斗。冯思有也早已对蒋光钿不耐烦了，他想索性破除迷信，解放思想，自己设计。

冯思有听了守仁的话，决定批斗蒋光钿，批斗大会由冯思有主持，守仁负责批斗，守仁平时看点儿报纸，虽然他看不起知识分子，但在批斗时他还是想露点知识出来。他说，蒋光钿，我问你，去冬今春，我国大搞水利，新增灌溉面积四亿多亩，这个在清华大学水利系书本上有吗？没有。蒋光钿，我再问你，你不向群众学习，一心做大跃进的促退派，你居心何在？守仁这样问的时候，蒋光钿心里在冷笑，如果一冬可以新增灌区四个亿，那么地球就会向西转，水还会往高处流。这话蒋光钿不能说，他是来改造的，是来向群众学习的，群众的批评他该虚心接受。因此守仁不停地质问，他不住地点头。守仁接着说（下面的话他也是从报上看来的，是好不容易才背熟的），资产阶级知识分子认为土改、农业生产可以搞群众运动，走群众路线，但他们认为搞农业科学、搞水利设计就不行，搞这些只能冷冷清清，不能轰轰烈烈。这是唯心主义谬论，这是不承认人民群众是历史的创造者。他们脱离群众，脱离实际，迷信书本，留恋实验室，必须坚决地予以批判！守仁的批斗发言结束，冯思有支书宣布：不再让资产阶级知识分子搞水库设计，蒋光钿从此以后必须参加体力劳动。

我们村自己设计水库就等于再也不用什么设计了，就等于冯思有脑子一拍，他让怎么干就怎么干。既然不用设计了，那就马上开工。开工典礼搞得很热闹。工地上贴满了标语，这些标语都是守仁想出来的。标语写道：苦战一百天，幸福万万年；三面红旗东风吹，天柱水库拿下来；一天等于二十年，共产主义在眼前；女的争当花木兰，男的个个赵子龙；等等。标语一贴，工地就像个工地了。我们村的男女老少都来到工地，人马分成两队，一队开山筑坝，另一队挖塘取泥。筑坝队由梅龙负责，取泥队则由守仁掌管。水库建设总指挥部由冯思有和另一位老革命老金法组成，冯思有为正，老金法为副。开工前两队的队长上台表了决心。守仁因为事先做了充分的准备，发言滔滔不绝，他不但向筑坝队宣读了一份挑战书，还单方面公布了竞赛计划，并保证按指挥部的命令，一百天内完工。守仁演说时，他手下的人就欢呼，像是对筑坝队示威似的。筑坝队很不服气，等到筑坝队梅龙讲话了，梅龙已憋了一肚子气。梅龙这个人有点梗，头脑比较简单，也不怎么会说话，他不会搞守仁这样的花拳绣腿。他来到台上，就气鼓鼓地说，竞赛就竞赛，不竞赛是婊子养的。他一说完，台下笑成一片。台下一笑，梅龙的气也消了，自己也憨笑起来。冯思有觉得梅龙干活可以，但就是要乱讲，为了不让他再说出上不了台面的话，冯思有站起来说，好，好，两位队长都表了态，很好。下面，我宣布，天柱水库工程正式开工。

右派蒋光钿被分到取泥队。蒋光钿人很瘦，走路也不稳，现在让他挑泥，简直要了他的命。他挑着的泥，加起来不足五十斤，他却双脚发抖，摇摇晃晃往上爬时就像在打醉拳，又像是在抽风。我们村的人刚开始干活，劳动热情普遍高涨，同他们比起来，蒋光钿挑泥的速度就像蚂蚁在爬。我们村的人不计较蒋光钿的劳动效率低，每回空着担子往回走，碰到蒋光钿都会开心地笑，笑容当然还是比较友善的。挑了几天的泥后，我们村的人就感到累，人一累，心情不好，就想找点乐子解闷。最现成的乐子就是右派分子蒋光钿。蒋光钿只能挑五十斤土，多了他就挑不起来。我们村的人就是要看他挑不起来的样子，让他挑趴下，看他出洋相。他们站在一边，看蒋光钿做动作。蒋光钿弓着背，全身发抖，眼睛可怜巴巴地看我们，一会儿他咬了咬牙，开始使力气，结果双脚一滑，趴在烂泥地上。我们村的人找到了乐趣以后，就感到不那么吃力了。大家继续干活。

蒋光钿想，如果他这样挑下去，那一定会死掉。他虽然活得很窝囊，但还不想死。为了让自己从繁重的体力劳动中解放出来，他决定发挥一下自己的脑力，帮冯思有想些科学的办法。当然这办法一定是村里人不懂的，但又是简单的，实用的，他们喜欢的，一学就会的。蒋光钿一边劳动，一边观察。后来他找到了一个方法。

他的办法不是为取泥队想的，他讨厌挑泥。他挑泥的时候，老看那些挖山筑坝的人，对挖山筑坝的人很羡慕（实际上筑坝和挑泥一样累），他因为羡慕他们，就希望和他们一起干，不由自主替他们想更轻松的办法。他想出的办法就是造土炸药。当时我们国家炸药很紧张，仅有的一点炸药都造炮弹去了。这当然是出于备战的需要。没有炸药，开山筑坝队的进度很慢，山表面那层松软黄土还好解决，碰到石头，只好用铁钻凿，土方量少得可怜，这样下去，一百天完成工期的目标不可能达成。冯思有听右派蒋光钿说他会造土炸药，将信将疑，不过想起炸药把山炸开时美妙的景象，他立即拍板，让蒋光钿从筑坝队中选几个人同他一起研制炸药。

土炸药的配方蒋光钿早已心中有数，即由硫黄、硝、木炭、砷原料配制而成。硫黄和砷商店里可以买到，木炭当然更容易办到，每户人家都有，问题是硝从哪里来。这难不倒蒋光钿。蒋光钿来到我们村，发现我们村特别古老、特别潮湿，房子大都陈旧破败，在潮湿的房子的墙上一般会生一层白色的像霜那样的粉末，就是可以做炸药的硝。现成的硝不是很多，右派蒋光钿在政治运动中也学会了走群众路线，他向冯思有做了汇报，希望能群策群力，每人都搞点硝来。大家纷纷出力，在自家墙脚下刮硝，硝也不是很多，但还是制造了一批炸药。

首批炸药做成后，冯思有急着想试验一下。试验当然在挖山筑坝工地。试验由蒋光钿负责。试验时大家都停了手中的活，围着看。右派蒋光钿看到那么多人看着他，不免有点得意，知识分子老毛病又犯了。他指挥起人来有点颐指气使了，叫人干什么也语言坚决，好像他是个领导。一般人让他这么支使也就算了，因为人家虽是右派，但冯思有正重用他，可蒋光钿指挥梅龙时，梅龙就有点受不了了。梅龙训斥蒋光钿，如果试验不成，看我怎么收拾你！听了这话，蒋光钿才有所收敛。

点火前，我们村的人都躲到一百米之外。爆炸处只留下蒋光钿一个人。只见蒋光钿点上火后，一颠一颠朝我们跑来，大概是他的脚被什么东西刺了一下，他的一只脚离了地，另一只脚一跳一跳的，惹得我们不停地笑。冯思有没有笑，他显得特别紧张，一直看着那咝咝地吐着火舌的导火索。大概我们的笑声让冯思有感到心烦意乱，他回过头来愤怒地喊了一声，肃静！就在这时，只听得轰的一声，山被炸开一个大坑。我们村的人见爆炸成功了，心花也被炸开了，齐声高呼起来。只有那个蒋光钿，因为还没奔到我们这里，半道上炸药就炸开了，所以捧着头躺在地上，一动也没动。

他大概被炸破了胆。我们高兴地朝山岙奔去时，还顺便踢了他几脚。

土炸药制作成功，挖山筑坝的队生产力大大提升，进度比挑泥队更快。守仁感到风头被梅龙压住了，很生蒋光钿的气。特别是冯思有在一次群众大会上表扬了筑坝队，他就更生气了。不但守仁生气，所有的取泥队队员也生气了，他们见到蒋光钿就骂，你这个叛徒，反革命分子大右派，你就等着我们怎么收拾你吧。蒋光钿听得心惊肉跳。

蒋光钿虽给筑坝队制作了炸药，但这份功劳并没记在他账上。特别是他制炸药时好为人师、趾高气扬的样子，让梅龙很反感。梅龙这个人很梗，气量也很小，蒋光钿制作炸药时，他插不进手，觉得筑坝队不属于他领导了，让右派分子夺权了，心中常常涌出一股无名火。但经过右派分子的指点，现在我们村的人已经学会了制作炸药，已不需要右派分子了，已嫌碍手碍脚了，于是梅龙决定一脚踢开蒋光钿。梅龙向冯思有做了汇报，征得了冯支书的同意后，就让蒋光钿回到了挑泥队。

蒋光钿一走，炸药班就由梅龙负责。梅龙碰到的最大问题是硝不够，但劳动人民比资产阶级知识分子更有想象力，梅龙想，这种白霜似的硝是从砖头里生出来的，这说明砖头里面有硝，问题是怎样把砖头里的硝弄出来。他想到老婆煮猪肉的情景。猪肉一煮，鲜味会从肉里跑到汤中，凭感觉，他认为只要把这些砖头拿来，用热水一煮，就会把硝煮出来。这是个天才的想法，他拿了砖头煮。开始时因为水温高，他没有看到水中有白硝，以为失败了。第二天早上，水冷却后他才见到结晶硝。他的这个创举再次受到了冯思有支书的表扬。

实验成功后，梅龙一声令下，让手下人去拆有硝的墙。我们村已搞了大食堂，正在向共产主义飞奔，私有制已批臭了，我们的住房也是统一调配的，拆墙不用房主本人同意，如果发现含硝的墙就整堵拆去。煎煮硝的工场就设在河边的一间平房里面。因为炸药开山效率高，大家拆墙的积极性比较高，没多久炸药班就制作了三千斤炸药，堆放在平房里。

梅龙一般待在挖山筑坝的工地上，如果他感到干活累了，就会到炸药班来看看。当领导的在这方面总归占点便宜。冯思有只需动口不用动手。梅龙只是个队长，而且是临时的，不但要动口还得动手。虽然这样，还是比队员们自由一些。这天中午，梅龙叼着烟，来到炸药班平房。平房里只有一个人在值班。梅龙是造水库才开始当队长的，以前不会说话，现在他当了一段时间的官也会几句官话了。他端着架子问那人，别的人到哪里去了？那人说，去找有硝的砖了。梅龙点点头，坐下来，准备和那人拉家常。他的前面放着一石，是用来拌和炸药的。梅龙发现，石臼底部凹处有黑黑的一块，不大，大约小指甲那么大，他想用手擦干净，但黑迹粘得很牢，轻易不能擦尽。梅龙就用香烟火去引燃。嗞的一声，火药引着了。谁知地上也有落下的火药，也燃着了。周围的工具，如盛火药的袋子、撮火药的勺子、石锥等等，都留下了火药的痕迹，这些东西都着了起来。那个队员见状，知道大祸临头，反身就逃。梅龙一时没有反应过来，等反应过来为时已晚。火苗跑得很快，像蛇一样钻进那堆放炸药的仓库，只听得轰的一声巨响，三千斤炸药一起爆炸。整幢平房被炸得粉碎。梅龙被炸药爆炸时冲过来的风力吹入十米之外的江水中。那个队员虽然跑得快，但被炸飞的一根木梁击中，当即毙命。

梅龙被炸入水中，冷水一浸，醒了过来。我们村的人听到巨响，纷纷赶来。我们看见梅龙从水中钻出来，耳朵、鼻子全没有了，上眼帘也炸飞了。刚露出水面时，他的脸上身上还一片白，过了会儿，血像红蜡烛油一样，从他的脸上挂下来。又过了一会儿，脸上的血像泡泡糖似的吹出一个一个大气泡。他身上的棉袄、棉裤都被烧得所存无几。我们还以为挂在他手臂上大腿上的一条一条、一丝一丝的东西是被炸碎的布片，仔细一看，我们才看清那是从他身上炸开的肉丝。我们还看到他的身上有的地方露出又红又白的骨头，样子十分可怕。我们当即把梅龙送进了城里的医院。也是梅龙命大，这个医院不久前刚抢救了一名叫邱财康的被烧伤的全国劳模，那班医生对这类病已有经验，他们把梅龙救活了。梅龙从医院里出来时已面目全非，脸上是没有毛孔的内层肉，他的耳朵鼻子已经被炸掉，再也长不出来，他的样子看上去就像传说中的鬼。因为没了上眼帘，他睡觉闭不上眼睛，吓得老婆不敢同他睡觉。后来老婆因为受不了他的丑相，同他闹着要离婚。

炸药房爆炸案自然要立案侦查。冯思有平时阶级斗争的弦也不算绷得很紧，对村里的四类分子有温良恭俭让的倾向（所以他在"文革"当中被人赶下了台），但在爆炸案中冯思有却表现得很敏感，他认为这个爆炸案一定同右派分子蒋光钿有关。他这样推理：梅龙把右派从炸药班赶了出来，让右派去取泥班挑泥，右派怀恨在心，于是报复。因为爆炸那天为 12 月 1 日，守仁就替冯思有出主意，把案子命名为 12·1 反革命爆炸案。冯思有还把破案的任务交给了守仁。守仁因为蒋光钿替梅龙造炸药，让梅龙出足了风头，早就想教训蒋光钿了。他命人把蒋光钿抓起来，关在队部。他让蒋光钿交代 12·1 反革命爆炸案的经过。蒋光钿一听，吓得魂飞魄散，连话也说不清了，像虾米一样一跳一跳地在守仁面前乱窜，说，没没没没有，我什么也没没没没干。守仁见他不想招供，就说，你要是不老实交代，就不让你吃东西，饿死你。守仁这个人说得到做得到，果真不给蒋光钿饭吃。蒋光钿在旧社会替资本家当工程师，手里有点钱，又懂得享受，从不肯委屈自己的嘴。他这人长得瘦，食欲却惊人地好，在城里时，只要听说哪里新开了一家饭店，有什么特别的美味，就会像没头苍蝇似的赶去。自从被下放到我们村，他老是有一种吃不饱的感觉。现在他晚上唯一可做的梦是自己在吃美肴，而不会梦见诸如美女之类。这说明资产阶级知识分子已经没有更高层次的精神要求了。对于蒋光钿来说，美女可以不想，尊严可以不要，但肚子不可以不饱。他饿了一天就感到惊恐不安。到了第二天中午实在受不了啦，他向门外看守他的人喊道，我交代，都是我的阴谋呀，反革命爆炸案是我干的呀，我饿死了，快给我吃点东西呀。守仁知道了蒋光钿自动招供，冷笑一声，命人把饭送去。

但右派蒋光钿吃完饭就翻案了，死不承认自己是反革命爆炸案的主谋。于是守仁就又让右派饿肚子。这样折腾了几次，那梅龙也出院了。梅龙虽然很梗，气量也不大，可他本质上是个老实人，他见右派蒋光钿被当成爆炸案的罪魁祸首，就把事情的前因后果说了出来。他说，不是右派报复，是他不小心把火药点着了，是一起事故。支书冯思有听了梅龙的话，让守仁把蒋光钿放了。但队部已立了案，也搞得轰轰烈烈了，现在说抓错了，面子上说不过去，因此决定开一个群众大会，狠狠批一批右派分子的狼子野心。蒋光钿饿着肚子，站在工地上，任我们村的人批斗。还是梅龙批得实在，梅龙说，蒋光头，你这个大右派，教我们造炸药，不教我们安全，你就是想炸死我们贫下中农，你居心何在！蒋光钿因为肚子太饿，我们村的人对他的批判他一句也没有听进去，脑子里全是香喷喷的米饭和猪肉。顺便说一句，蒋光钿已有半年没吃过猪肉了。

右派蒋光钿又回到取泥队挑泥。蒋光钿心情绝望，他知道这次回来没好果子吃，挑泥队的队员一定会捉弄他，寻他开心。被捉弄倒也罢了，他习惯了，他害怕让他挑重担泥，他会累死的。他对自己如此害怕劳动这事在心里做了深刻的检讨，他对自己说，你这个人就是好逸恶劳，怪不得人家说你是资产阶级知识分子，这不是没有道理的。他狠狠地批了自己一通后，决心好好劳动，好好改造，争取早日和贫下中农打成一片。

没挑几天，蒋光钿就受不了啦。他希望自己能从这种原始劳动中解放出来。他旧病复发，又想用科学技术解放生产力。这回他当然不会见异思迁、为筑坝队想办法了，他总结经验，认为不能身在曹营心在汉，他要做个扎根派，在取泥队干到底。他想出的办法是用机械化代替人工挑泥。他知道如今守仁操着他的生杀大权，这回他想出的方案没先向冯思有汇报，而是直接找到守仁，向守仁提出方案，满脸都是讨好守仁的表情。

蒋光钿小心翼翼地对守仁说，人工挑泥，太累，我已设计出一种简易木头车，可以大大减轻劳动强度。图纸蒋光钿已经画好，他画的是立体图，看起来比较清楚明白。原来这是一辆木头轮的车子，木头轮装在两根人字形的木头中间，轮子两边还制作了一个木头车斗。据蒋光钿说，这样的木头车可运送二百斤泥。守仁看了看图纸，但没有表态。他黑着脸把蒋光钿的图纸拿了过来，说，你他娘的又不老实，是不是又想搞破坏？还不好好劳动去。听了守仁的话，蒋光钿心凉了半截，垂头丧气地走了。

　　守仁对蒋光钿的发明是感兴趣的，他认为这是个好办法，可以使自己在开工前作为挑战书所宣读的目标早日达成。开工时守仁牛皮吹得大，要和筑坝队试比高，但自从可恶的右派蒋光头替他们发明了土制炸药，筑坝队的进度大大超过取泥队，为此筑坝队的社员碰到守仁都要挖苦他，嘲笑守仁放出的卫星落地了。他们说说倒也罢了，连冯思有支书看他的眼光也不一样了，好像他是个不可靠的人似的。守仁很恼火，但想不出任何办法，只好把气撒到右派蒋光钿身上。他很想把本队的进度抓上去，原定一天一个工挑二十方土的计划根本实现不了，不要说社员，就是他这个队长也挑不了那么多。开始几天拼一拼尚可，日子一长，实在累死人。现在右派又想出新办法，守仁觉得挽回面子的机会来了。当然守仁不会自己拍板，拍板的事总归要让支书干的。守仁把这事同冯思有一讲，冯思有很有兴趣，命令守仁马上去办。

　　蒋光钿又从繁重的体力劳动中解放了出来，开始指导我们村的木工做他设计的木头车。蒋光钿不免有点得意，知识还是有用的啊，只要自己有本事，不管是国民党统治还是共产党掌权，都可以发挥作用啊。他指导木工干活时，同他们讲起这个设计的来源。他说这个车来自《三国志》，原是诸葛亮发明用来在山路上运送粮草的。我们村的木工知道三国故事，他们以前看过《桃园三结义》《千里走单骑》等大戏，不过戏文里没有造车这件事，他们就要求蒋光钿仔细讲讲。他们说，右派，你就给我们讲讲三国吧。刚开始讲古，蒋光钿还收敛一点，不太敢讲得声情并茂，时间一长，他变成了一个说书先生，说得一板一眼，威势十足，听得木工大呼过瘾。蒋光钿这个右派确实有点儿多才多艺，学一样精一样。说书这事他当然是自学成才，解放前他手中有钱，常去书场听书，听多了也就全记在心上了。《三国》讲完后，蒋光钿又讲《水浒》，讲到武松和潘金莲的故事，蒋光钿讲得声色俱全，害得那些做木工的晚上回家就想干自己的女人。可怜那些女人白天干活已经累得不行，晚上还要被男人折腾，都骂自己男人下流。后来她们了解到男人的下流来自右派分子讲的下流故事，就骂右派。

　　木头车造好后拉到工地一试，效果果然不错。取泥队进度大大提高，守仁很高兴。冯思有表扬了取泥队，号召筑坝队向取泥队学习。梅龙病已康复，还当筑坝队队长。自从梅龙受伤后，进取心不像从前那么强。虽然他样子比从前更可怕，人不人鬼不鬼的，面孔的肉不会笑，不会任何表情，但他的队员现在反而不怕他了。他也愿意和队员开一些床上的玩笑。有时候，梅龙还喜欢对队上的妇女动手动脚。当然他有所控制，不做过头的事，纯粹是占点小便宜。那些妇女因为可以在和梅龙调笑时趁机休息一会儿，也不生气。梅龙之所以变成现在这个样子同他的老婆有关。自从他烧伤后，他老婆就不同他上床，还要同他离婚，他已有几个月没碰女人了，因此见到女人双手就有点忍不住。这样筑坝队的劳动效率就下降了。筑坝队受到了冯思有的批评。

但没过多久，取泥队又遇到了麻烦。过了元旦，天气骤变，整日下雨，水库工地变成了沼泽地，脚踏下去，小脚踝就陷入污泥之中。蒋光钿发明的那些木制车载上泥后一拉，半个车轮就陷在污泥里，怎么拉都拉不动。车拉不动，挑也很困难（尝过机械化的滋味后，社员对挑泥的积极性普遍不高）。眼看着取泥队要停工，水库不能如期在农闲这样大搞水利的黄金时期完成，冯思有很着急。他来到取泥队，动员大家想办法。大家没有办法。其实办法冯思有支书早就想好了，就是用木头铺一条拉车用的车道。问题是木头从哪里来？冯思有决定发动群众，把自己家里藏着的用来做家具的木板捐献出来。我们村已办了大食堂，正在向共产主义社会迈进，木头这样的私有财产看来也没有什么大用。社员是准备捐的，这个他们有心理准备，不过他们捐之前还得看看干部的表现，如果干部捐得多，他们也相应地多捐一些。

守仁是干部，当然得带头。他家没做家具的木头，他的父亲倒是藏着一些寿方。所谓寿方就是活着的人为自己准备做棺材的木料。在我们村，这样的木料比较神圣，一般不能动用。这当然是迷信。守仁为了表现积极一点，在冯思有那里讨个好彩，他打算把父亲的寿方捐出来。

守仁回到家，同父亲说了这个事。守仁以为父亲贫苦出身，会答应他的进步要求，可他想得太单纯了，他父亲不但不答应，火气还大得惊人。他的父亲七十多岁了，耳朵已聋眼睛也花，行动也十分迟钝，这天却惊人地敏捷。他听到守仁想把他的寿方捐出去就破口大骂，好一个末代子孙，我养你这么大，你为我做过什么，你给过我一个零用钱还是给我买过一个馒头（自从有了人民公社大食堂后，大家都吃不太饱，特别馋馒头），你现在竟打我的寿方的主意。你娘死得早，我这一生只有两个心愿，一个是把你们五个兄弟从苦水里泡大，另一个是省吃俭用买口寿方，让我百年后可以享个福。我来日不多，你这个末代子孙竟不让我实现这个小小的心愿。你如果想打我寿方的主意，我就用柴刀劈了你。老头儿说着真的拿起柴刀去砍守仁，吓得守仁夺门而逃。老头儿见追不上儿子，就跑到儿子屋里，把儿子睡的木头床砍了个粉碎。

父亲发那么大脾气，让守仁头皮发麻，他不敢再向父亲提捐寿方的事。冯思有碰到守仁，拍拍守仁的肩，好言相劝，守仁你是干部，得带头，干部要首先说服家属嘛，否则怎么教育群众呢。守仁感到很为难。

一部分人捐出了木头。木头一铺，又可以拉车了。水库工程照常进行。这段日子我们村造水库也算轰轰烈烈，进度却不那么令人满意。原定工期百天，现在过去了快三个月，离完成还差得很远。冯思有支书很着急。一天他给我们村的社员开了个全体会议。会议的报告是守仁起草的。冯思有在报告中把水库的进度问题提高到是拥护"大跃进三面红旗"还是高举"右倾保守白旗"的高度。他振聋发聩地发问，是做"促进派"还是做"促退派"？是"知难而上"还是"畏缩退让"？是"力争上游"还是"甘居下游"？我们应做前者而不是后者！最后他提出，我们现在的工作是以水利建设为中心，一切为这个中心服务，因此他建议工地实行军事化管理，从今天起，所有工地上的社员都要吃在工地，睡在工地，不能回家。

我们村的人这天发现冯思有的腰间佩着一支驳壳枪。我们都知道冯思有有一支驳壳枪。他是老革命，有一支驳壳枪是正常的。他一般不轻易佩枪，也不让我们看他的枪，他的驳壳枪在我们眼里就显得有点神秘。冯思有因为拥有这样一支驳壳枪，在我们村威信很高。今天冯思有做报告时佩着枪，说明这个会很重要，表明他为工地实施军事化管理这个决定是下了大决心的。我们都知道冯支书只有在非常时期才佩他的枪。我们还能有什么选择呢，我们只能听冯思有的指挥，生产军事化，把床铺搬到工地上来，吃喝拉撒都在工地。

水库工程刚开始时，我们村无论筑坝队还是取泥队都是认真的，筑的坝基也比较稳固。现在工期太紧了，土方量又太大，有人想出了一个办法，筑坝队从山上开挖出来的山渣和取泥队挑来的烂泥混合在一起，用来筑堤坝，这样一来，取泥队可减少一半工程量，筑坝队也可减少一半工程量。这样干两家都很欢喜，水库建造速度加快了不少。右派蒋光钿却反对这么干。蒋光钿本来在村里面造车，全体社员实行军事化管理以后，蒋光钿也被叫到工地指导木工干活。也许是这几天蒋光钿讲潘金莲讲得太投入，太得意，有点不知今夕是何年了，有点自以为是个人物了，忘记无产阶级专政的威力了，他见到我们村的人用挑来的烂泥筑坝，木头车也不想做了，跑过来拦住往坝上倒烂泥的人，说，不能这么干啊，这是砂质黏土啊，倒上去以后坝基要滑动的啊！蒋光钿这一举动，实际上得罪了我们村所有的人。这右派竟然这么令人讨厌，两支队伍刚刚从相互合作、共同作战中尝到了甜头，蒋光钿却不让干，他算老几，他算个什么东西，只不过是个右派嘛。特别是守仁，见到右派这德性，恨之入骨。如果取泥队不把泥倒到堤坝上，那得翻过一座小山，倒到山脚下去。守仁正拉着一辆车，见右派分子挡着道，就放下车揪住右派，把右派揪到一辆木头车上。他使劲把装载着蒋光钿的木头车往堤坝下推，木头车沿着木板铺就的道路向水库底下滚去。蒋光钿坐在车上，吓得早已没了魂魄。想起刚才自己的行为，他有种奇怪的感觉，没想到自己看到他们把烂泥倒到堤坝上会如此激动。他想他这个右派分子还是没改造好，依然不相信人民群众伟大的创造力。

车滚到水库底部停了下来。蒋光钿从车斗里爬出来，拍拍身上的泥土，想往木工车间走。守仁拦住了他，说，你不用去指导木工了，从今天起你的任务就是拉泥。蒋光钿一脸的懊丧，想，忠言逆耳呀，这不我马上就遭"逆"了。没有任何办法，他只得去拉木头车。每次他把烂泥拉到堤坝上都很难受。他听到另一个自己在心里说，这是犯罪啊，用这种烂泥水库的坝迟早会坍塌的啊，砂质黏土是会流动的啊。他的脑子里出现这样一个画面：他站在人群前，勇敢地对工地上的队员说掺和这种烂泥的害处，表现得相当英勇。他每倒一车烂泥，脑子里就过一遍这样的画面。他就此得到安慰和平静，觉得自己作为一位工程师，履行了自己的职责，可以心安理得了。这当然只不过是他的幻觉，只不过是自欺欺人，因为他一个屁都没敢放出来。

实行军事化全天候管理以后，我们村的人晚上不能回家，全睡在工地上。不久就出了一件事情。说起来这件事情还有点儿流氓。这件事情同梅龙有关。如前所述，梅龙被烧伤后，他老婆看不上他，已三个月不跟他同房了。梅龙不知怎么搞的，手老发痒，见到妇女就想抓一把。后来又有了发展，晚上一个人睡不着，就爬起来去看工地上躺在帐篷里的妇女。有一天晚上他看到大香香一个人睡在一个帐篷里，梅龙梦游一般不由自主踅了进去。看着大香香躺着的样子，他很想摸一把。大香香这个人平时比较浪，还会说粗话，梅龙认为摸她一把她应该不会有意见。梅龙就壮着胆子向大香香的身子摸去。他刚碰到她，就听到大香香高声地惨叫起来。大香香喊，有流氓啊，抓流氓啊！梅龙吓了一跳，知道自己闯了祸，就屁滚尿流地逃走了。当时天黑，大香香没看清摸她的人是谁，但不管是谁，反正有人摸了她，她因此感到很兴奋，还有点得意。这至少说明她虽有点年纪，还是吸引男

人的嘛。为了让人家知道她的吸引力，她就爬出帐篷大呼小
叫，恨不得全天下人都知道刚才有男人对她流氓了。我们村
的人都醒了过来，知道出了一桩流氓事件，脸上的表情十分
复杂。我们村的妇女围住大香香好言相劝。

知道这件事情以后最激动的人是冯思有。原来冯思有和
大香香有一腿子，见有人竟向大香香耍流氓，醋意就涌了上
来。当晚他就把守仁找来，嘱咐守仁一定要好好调查，把流
氓分子找出来。一旦找出流氓，立即在工地开现场会，让社
员们批他个臭。守仁接了任务，迅即展开调查。他一查却查
到了右派蒋光钿的头上。守仁认为蒋光钿最可疑。守仁了解
到前段日子右派分子在做木头车时，总是给木工们讲潘金莲
这种下流故事，这说明蒋光钿内心很肮脏，老想着同妇女来
一下子。另外我们村的男人们都有女人，而蒋光钿光棍一条，
来我们村也有三个多月了，肯定憋得慌，干出这种偷鸡摸狗、
狗急了跳墙的事并不令人奇怪。守仁当即把蒋光钿抓了起来，
关到队部。

蒋光钿一时不知道自己又犯了什么错，想起上次被关
起来后饿肚子的情形，他害怕起来，害怕他们再让他饿肚
子。他总结经验，不管是什么罪行，他都招了算了，反正以
他目前的处境，他只不过是一只在猫嘴边供猫玩儿的耗子，
他们想怎么着他就能怎么着他，只要能保住性命就行了。但
蒋光钿听到守仁说出的罪名被吓坏了。这怎么可能呀，我怎
么会去调戏妇女呀。这个罪名他也难以担当呀。如果说他是

特务、反革命倒也罢了，这样的罪名比较抽象，如果说他破坏水库建设，策划爆炸案，他也不计较了，这样的罪名也不算玷污他的清白，反正他也没什么清白可言，但他们说他调戏妇女，这可消受不起，简直是天大的冤枉啊，他是坚决不会承认这事的。可叹啊，他这辈子还没碰过女人呢，他可是做了一辈子光棍了啊。这不是说他娶不起老婆，是他不想娶女人，因为、因为他对女人没兴趣。荒唐啊，他这辈子都没碰过女人一根手指头，却成了调戏妇女流氓案的主角。蒋光钿这样对守仁说，守仁死也不相信。守仁认为蒋光钿这是狡辩，根据他的经验，守仁认为没有男人对女人不感兴趣的，蒋光钿自己说对女人没兴趣，难道就要相信他？难道不是明显的说谎吗？

守仁就想好好剥右派的皮，抽右派的筋。守仁还没结婚，对女人很向往，晚上不免做一些桃花梦，只是他觉悟高，醒来后对自己做这些下流的梦不能原谅。当他听说右派蒋光钿居然调戏妇女，原来心里压抑着的对自己的不满总算有了发泄之处。他想，原来有人比他更流氓啊。

他决定好好教训教训蒋光钿。他施出浑身解数，让蒋光钿坦白。在他镇压四类分子的生涯中，这是他表现得最为深思熟虑的一次。他见蒋光钿不肯招供，就动了大刑，用细竹棍打蒋光钿的身子。蒋光钿熬了一阵子，终究招架不住竹棍抽打，那落在皮肉上如针刺般的疼痛感令他如丧考妣。蒋光钿大声哭泣起来，真的呀，我没调戏妇女，我调戏妇女干什么，我不是个男人呀！守仁听到蒋光钿说他不是个男人，冷笑起来，说，你不是个男人，笑话，难道你是个女人？蒋光钿说，我也不是个女人。他这么说时脸红了，身子不住扭动，好像浑身都不自在。守仁听了更加搞不懂，说，不是男人又不是女人，那你是什么人？你这个大右派再耍花腔，当心我揍死你。他举起手中的竹棍又想抽蒋光钿。蒋光钿的身子不由得一阵一阵抽搐起来，哭得更响了，他的脸上慢慢升起庄严的神情，一把将自己的裤子脱去，站在守仁面前，痛苦地颤抖着说，你看，我没那个东西啊，我对女人没兴趣啊，我那个东西小时候不小心被狗叼走了呀，现在你总可以相信我了吧，耍流氓的不是我啊！

守仁被蒋光钿一系列动作吓着了。开始他不知道右派脱裤子要干什么，后来才明白右派的用意。他看到右派那东西只有黄豆那么大，下面的蛋果然也没有了。那地方甚至没有毛。守仁的心头突然涌上一种他自己也搞不清的情感，只觉得眼睛胀胀的，眼泪就在眼皮里面。他转身走出了队部。

冯思有听守仁汇报说蒋光钿是太监，醋意消了大半。他想让一个太监摸摸大香香也没什么大不了的，就不打算再查下去了。

蒋光钿被放了出来。蒋光钿是太监的事我们村的人都知道了。我们问他，见到女人究竟是怎么个感觉，难道真的一点想摸女人的念头也没有？蒋光钿的脸变得通红，像一个情窦初开的纯真少年，身子不住地扭动，仿佛是要把自己弄成麻花油条。我们知道这是右派分子最难受的时候。

水库工程到了最关键的阶段。冯思有、老金法、守仁、梅龙等几个人为了在雨季到来之前把水库造好，做出了一系列决定：一，取泥队和筑坝队下面各分成三个小组，三个小组划分土方范围，实行小组承包制；二，小组之间开展竞赛活动，并进行物质刺激。具体如下：最先干完的组，得卫星奖，奖猪二头，现杀；第二名得火箭奖，奖猪一头，现杀；第三名得飞机奖，奖鹅四只，现杀。自宣布之日起实施。

指挥部的决定一经宣布，各小组连夜开工。有了物质刺激，搞承包，效果果然不一样，队员的积极性大大提高。取泥队下面的人，心特别齐，劲往一处使。说出来都没人相信，他们为了吃到两头猪，连续三十一个小时没睡觉。他们的干劲上级也知道了，上级派来一名记者，要报道我们村大干社会主义水利事业的生动场面。因为是冬天，天很冷，我们村的人干活穿着棉衣，记者对此不满意，他说，这个样子拍出来的照片效果不好，穿得那么厚，拍出来的样子就懒洋洋的，没有鼓足干劲的精神气。陪记者来工地的是冯思有，他听了记者的话觉得有道理。记者对冯支书说，为了表现我们村大干社会主义的生动局面，为了表现工地上社员兄弟热气腾腾的精神风貌，我想是不是这样拍，你派个身强力壮的社员，让他赤膊拉车，让我拍几张，这样效果一定会好。冯思有很想记者在报上登一登我们大力发展水利事业的劲头，正担心记者因为拍不好照片而不想拍了，听了这话，马上答应。冯思有觉得守仁做这个样板比较适合，一是守仁比较积极，平时要求进步；二是守仁长得很健壮，上得了台面。他找到守仁，把任务交给了守仁。守仁接到这个任务，感到既光荣又害怕。天实在太冷，河水都结了厚厚的冰。他们取泥时还是用铁钻凿开了冰层，才把泥土挖出来的。这么冷的天要打赤膊，够他受的。守仁本来以为拍张照片是简单的事，一会儿就好，虽然天冷，冻一会儿也没什么了不起的。等到真的拍摄起来，他才知道原先想简单了。整整一个上午记者都拍个没完，要他摆各种姿势，有董存瑞舍身炸碉堡式，有宣传画中意气风发手执毛巾擦汗式，还有工间休息喝茶休闲式。守仁被记者搞得没有思维，脑子里只剩下一个冷字。没多久，守仁的裸身被风刮得红一块紫一块，全身起了鸡皮。守仁冻得印堂发黑。结果可以想得到，那天守仁拍完照后大病一场。

取泥队第二小组创造了三十一个小时没睡的记录，功夫不负有心人，他们夺得了卫星奖。水库建设指挥部果真兑现，当即奖给他们两头肥猪。

猪是在工地现杀的，也是在工地现烧的。第二小组准备在工地会餐。肉在大锅中烧，诱人的肉香在工地上飘散。肉还没有完全烧熟，上级干部都来庆功了。不但干部来祝贺，连我们村小学的学生也来工地庆贺了。村小的小学生在一个叫小老虎的男孩的带领下，敲着锣打着鼓，向工地奔来。他们在路上就闻到了美妙的肉香。闻到这香味，他们路走不稳，只觉得双腿发软。二组的人见到小学生也来了，在心里骂，他娘的，上级干部们有经验以祝贺名义来吃肉，没想到小学生也懂得这一套了。

蒋光钿在取泥队三组，他们这一组进度最慢，猪肉是吃不到了，大概他们组只能奖四只鹅。如果奖四只鹅，蒋光钿根本吃不到，小组那么多人，轮不到他这个大右派。闻着二组社员煮出来的肉香味，可要了蒋光钿的命，他顿感浑身无力，肚子发烧。蒋光钿这辈子，下面被狗吃了，不求色，但对吃却是食不厌精。在旧社会，他手里有俩钱，凡是想得出的东西他都尝过。自被打成右派，他被控制使用，吃的水平大为下降。如今这年头就是有钱也吃不到好东西啊，因为买什么都要凭票。为了使自己好受一些，他一边闻着香气，一边想从前吃过的美味，望梅止渴，过把干瘾。

二组的猪肉烧好时天已黑了。二组的社员和领导、小学生一起坐下来吃肉。蒋光钿所在的三组再也没劲干了，看到人家在吃肉，而他们在干活，老觉得又回到解放前，他们成了被地主资本家剥削的劳苦大众。一些人为了使自己的胃好受一些，早早躲进帐篷里，眼不见心不烦。

蒋光钿和一个叫步年的孩子住同一个帐篷。蒋光钿的鼻子比一般人灵，即便躲在帐篷里他依然闻得到肉香。食欲的烦恼本质上很物质，但对蒋光钿来说依旧有种蚀骨的精神上的痛感。蒋光钿对女人没兴趣，人生的乐趣都放在满足口腹之欲上了，食欲对他来说不仅仅是物质层面上的事儿，也是一种精神现象。为了减轻这份痛苦，他给步年讲起吃过的山珍海味。他说，这么好的肉，就这么用大锅红烧真是可惜了。猪肉有好多种烧法，常见的有东坡肉、白切肉、回锅肉，这很家常，不去提它也罢。我给你说说几种特别的烧法。你可知道猪哪部分肉最好，你不知道吧？是屁股上的肉，这里的肉是活动的，特别鲜嫩，这里的肉里面，还有一颗一颗圆圆的肌肉群，就像鸡蛋那么大，割出来用清水煮熟后，用冬天的梅花、酒、茴香浸泡，一个月后切成片，就是一道精美的凉菜。如果用来下酒，那真是回味深长，是的，这道菜吃起来有点像牛肉，又有点像狗肉，还有点像蟹肉。我再给你说一道美食。你知道猪下水中哪部分最好吃？是肛门。那东西割下来茄子那么粗，是好东西呀。吃这东西要有耐心，因为洗起来比较麻烦，那地方是粪便出口，不干净，所以首先要用盐洗，然后再用酒洗，接着用清水煮，再放上洋葱、食用酱，用砂锅煲。煲的时候那香味，啧啧，十里之外都可以闻到，吃起来不但口舌生津，整个胃，还有五脏六腑，都会感到香气弥漫，从毛孔里溢出来。这道菜我这辈子只吃过两次，那还是解放前，那时候饭店里烧的菜比较讲究，不像现在，饭店里只会烧大众菜。

蒋光钿只顾自己意淫，全然不顾帐篷里少年步年的反应。步年听了蒋光钿的描述，口水如泉水一般从嘴角流下来。可怜步年，长这么大了还没吃过几顿肉，除了偶尔偷鸡摸狗弄点吃的解解馋，肚子里常年缺少油水。他被蒋光钿这样一描述，于是欲火攻心，恨不得吃一块肉聊以安慰。他知道他一时办不到，就哭丧着脸对蒋光钿说，蒋光头，你饶了我吧，你不要说了好不好，你再说我受不了啦。蒋光钿说，不瞒你说，我不说的话，我也会受不了，你让我过过干瘾吧。步年来到帐篷边，往他们吃肉的地方张望。右派的脸上涌出一丝坏笑，对步年说，步年，我有办法让你吃到肉，不知你想不想照我说的做。步年问，什么办法？蒋光钿说，步年，我知道你偷过鸡打过狗，俗话说得好，小偷不算偷，你看，他们那边这会儿都快喝醉了，他们杀了两头猪，一定吃不完，你可以偷偷地溜过去，取一块肉来。步年，这是解馋的机会呀。蒋光钿的花言巧语步年听进去了，他昏了头，动了心，朝那边溜过去。

但蒋光钿估计错了，那边的人并没有喝醉，个个很清醒。这天晚上，前来偷肉的人不少，他们早有防范。因此步年刚伸手就被抓了起来。他们抱起步年，佯装要把步年投到大锅里和猪肉一起煮。步年见自己不但吃不到猪肉，反而要受皮肉之苦，急忙说，不是我要来偷的啊，是大右派蒋光头让我来偷的啊。二组的人听到是蒋光钿让步年来偷的，个个眼睛发亮，突然意识到酒足饭饱正需要找些乐子，没想到蒋光钿撞上门来了。

我们村的人知道蒋光钿的下面被狗叼走了以后，已经不把蒋光钿当反动分子了。我们知道蒋光钿的遭遇后的心情十分复杂，看到蒋光钿常常有一种见到一只豢养的家狗似的心情，放松了警惕。我们村的男人见到他，就问他想不想找个老婆，想的话可以帮他介绍对象。我们村那些胆子大的女人也开他下三路的玩笑，她们还往他那地方摸，一边摸一边说，反正你也不是个男人，让我摸摸没关系。又说，你想摸摸我吗？每到这样的时刻，蒋光钿的眼睛就像一只挨了主人打的狗，眼神惊愕敏感。现在二组的人吃饱了肉，肚子很瓷实，情绪相当不错，想找蒋光钿玩一把，给喝酒助个兴。于是他们就把步年放下来，叫步年赶快把蒋光钿叫过来一起来吃肉。

可怜蒋光钿，听步年说二组的人让他过去吃肉，吓得差点尿裤子。他想，他们哪有那个好心啊，事情败露了，他们这是要对付我啊。他们平时没喝醉酒对我都那么凶，喝醉了酒他们不知会干出些什么来。他骂自己，怎么那么馋，都是这张嘴巴给害的。他狠狠地抽了自己一巴掌，几乎是爬着来到他们喝酒的地方，说，你们找我什么事？二组的人看到蒋光钿就开心地笑起来，他们中的一部分人还在用火柴棍剔牙，典型的酒足饭饱的模样。蒋光钿不知道他们为什么笑，以为自己身上出了什么差错，就看自己的身子，试图找出差错的地方。他没有找到。二组的人笑罢，从大锅里盛了一大碗肉，端到蒋光钿面前，说，你吃。蒋光钿哪里敢吃，他认为这是革命群众识破了他的险恶用心后对他的一种反讽。他就扑通跪了下来，说，我该死，我不是人，是教唆犯，错误犯得比小偷还严重。革命群众听了都笑翻了天，因为吃得太饱，他们也不敢笑得太厉害，怕吃进去的东西吐掉，因此笑

118 | 敞开的门

得很压抑，看上去面部表情有点神经质。蒋光钿不敢跟着群众一起笑，要笑也只能尴尬地笑。蒋光钿看看香喷喷的肉，很想吃一块，可哪里有胆子吃。他们说，为什么不吃啊，你难道不想吃吗？蒋光钿咽了一口水，说，想吃，但不敢吃。他们说，为什么不敢吃，难道怕我们在肉中放毒，把你毒死？蒋光钿说，人民群众给右派放毒不算犯罪。二组的人听了高兴得要命，认为蒋光钿真是能说会道啊，句句让他们心花怒放。后来蒋光钿终于弄清楚了，他们是真让他吃肉。蒋光钿就吃起来，一边吃一边表达歉意，我蒋某何德何能，何德何能，可以吃你们的肉。他们听不懂，问，何德何能是什么意思？蒋光钿因为嘴中正嚼着肉，只能含含糊糊地回答他们。他们一句也没有听明白。

这天蒋光钿吃了整整一碗红烧肉。也许是因为他已经半年没吃肉了，胃不够强大，晚上他肚子突然痛起来，结果拉了一夜的肚子，拉得他第二天一点力气也没有，几乎不能动弹。

在我们的艰苦努力下，天柱水库终于在雨季到来之前造好了。造好的第二天，下起了瓢泼大雨。我们村的年长者说，这次降雨在我们地区属于百年不遇。这雨让我们高兴，雨一下，山上的水就沿着溪流奔涌而下，我们的水库就会变成真正的水库。

我们每天都去看，让我们着急的是，水库里的水总也不多，水库底下积的水，就像狗儿在泥地的脚印处撒了一泡尿，就这么一点点。这让我们深感失望。后来雨停了下来，水还只有那么多。我们都明白水库的水永远只能这么多了，也就是说，我们把蓄水量估计得大了一点，水库挖得深了一点，水平面比我们预期低了太多。由于水平面低，导致的后果是发电机组建在了水平面之上，这意味着，别说五千度，就是一度也发不出来。

这事急得冯思有支书想跳楼。这也难不倒我们，守仁想出了一个好主意，认为发不出电的主要问题是我们把水库挖得太深了，要解决这个问题很简单，只要把水库填高一点就可以了。守仁屁颠颠跑到冯思有那儿，献计献策。冯思有问，这个办法行？守仁拍拍胸脯说，我看行。于是冯思有再次发动群众，开展一个名为"赶水发电"的歼灭战。于是发生了让我们村的人一辈子也想不明白的事情。

第一件怪事是这样的：填水库要土方石料，我们村的人决定在天柱山脚下取。我们用土制炸药像爆米花那样炸了几次，有了足够的土石方以后，我们就填水库。但是很奇怪，水就是不往上浮。水平面还在原来的位置，像一面照不到任何事物的镜子，一点表情也没有。如果说水库有什么表情，恐怕只能是对我们的嘲笑。我们感到很奇怪，好像那水库是个无底洞。

接着发生了第二件怪事。第二件怪事是这样的：水老不往上涨，我们的支书冯思有同志就问守仁，这是怎么一回事？守仁答不出。守仁出主意，他提议找个水性好的潜到水库底下去看一看，弄清楚为什么填下去的石头像没填一样。冯思有命令道，守仁你下去。守仁一边摇手，一边倒退，说，我不会游泳，我潜水会淹死。虽然我们目前还处在公社化阶段，离共产主义社会还相当遥远，但思想境界离共产主义是相差无几的，一时有不少人主动向冯支书请缨，要求下水。冯思有挑了三个人，选了三个地方，让他们潜水去研究研究。我们不信这水库还是个无底洞来着。但真的奇怪，我们等到太阳下山，潜下水去的三个人没浮出水面。下去的三个人水性都很好，可再也没有上来。我们都知道这三个青年光荣牺牲了。

因为牺牲了三个青年，事情就严重了。家属闹了起来，他们围住冯思有，要冯思有把他们找回来。冯思有哪里去找，难道叫他也潜到水下去？最头痛的就是死人这种事，家属当然会闹，合情合理。当然冯思有知道民情，他们闹一方面确实悲痛（死了亲人谁不悲痛），另一方面也有别的目的，人死不能复活，没完没了闹下去也没多大意思，关键是让死者的家属得到实惠。因此冯思有当即决定，三名青年被追认为村级烈士，其家属就是烈士家属。这样家属们在村里就有了政治地位。经济上当然也要考虑，烈属每年可以从我们村里得一百元抚恤金。这个决定一宣布，家属就顾全大局了。只是他们还有一个小小的要求：虽然烈士的尸体找不到了，但家属们还是想为烈士搞个出殡仪式。仪式要庄严隆重，最好请几个吹拉弹唱的乐手，让烈士在天之灵有个安慰。冯思有爽快地答应了家属的这个要求。他命人造三口好棺材，建三座好墓，并决定把烈士墓筑在烈士们战斗过的堤坝工地上。

　　所有的事情都准备好了，但我们村就是找不出一个会吹唢呐的人。过去我们村死了人，请的锣鼓队都是从别的村找来的。我们去请了那村的人，那村会吹唢呐的人因为被定为新生反革命自杀了。我们一时找不到一个像样的吹拉班子。锣鼓我们是会敲的，就是唢呐不会吹。这事急得冯思有团团转。冯支书搔着头皮不知怎么办，一个孩子跑到他跟前向他提供了一个信息。这个孩子就是步年。原来他和右派蒋光钿住在同一个帐篷里，曾听蒋光钿吹过牛，说琴棋书画样样精通，特别是琴这项，几乎每种乐器都拿得起来。步年把这事同冯思有一说，冯思有当即派人去找蒋光钿。

　　蒋光钿听说冯思有叫他去吹唢呐，吓得发抖。这不是说他不会吹唢呐，不是的，他吹唢呐很拿手。他害怕什么呢？他害怕我们筑的水库的坝。如前所述，水坝里掺和了砂质泥，这砂质泥只要被水浸泡就会滑动。如果浸泡时间够久，堤坝就会坍塌。我们造好水库之后，就进入了雨季，成天下雨，堤坝浸泡难免。他曾去看过一次。看了一次后他再也不想去看了，他认为站在堤坝上是件危险的事情，说不定什么时候堤坝会像泥石流一样奔向村庄，人也会被滚滚泥沙卷走。虽说蒋光钿活着受尽屈辱，但他这辈子最怕的就是死。他很想把堤坝的危险告诉村里人，可他不敢说。是的，他是知识分子，有告诉人们真相的责任，可他又是个右派啊，人微言轻，没有人会相信他的话。不但不相信他，他们还会认为他是在造谣惑众，在破坏大跃进三面红旗。于是他走在村子里，如果碰到一个村民，他就在心里说，喂，你可不要去天柱水库啊，堤坝不安全啊。他在心里默念，以为村民们都听到了他的忠告，他也就心安理得了。

因为有这个心思，当冯思有派人要他替出殡的队伍吹唢呐时，吓得要死。坟就造在水坝上啊，他们一行要爬上埂坝的啊，那相当于走过地雷阵，甚至是比地雷阵还危险的地带啊。他又不敢拒绝，他是右派，没有对贫下中农说不的权力。他只得乖乖地去吹唢呐。

一切就绪，我们村历史上最大的葬礼开始了。蒋光钿吹着唢呐走在队伍的最前面，吹的曲子是《南泥湾》，速度放慢一半，听起来就不那么喜庆了，就那么一点悲凉的味道了。他后面跟着的是敲锣打鼓的。离开他们身后大约二十米是抬着棺材的队伍，每具棺材由八个人抬，还齐声喊着劳动号子，好像为了衬托葬礼的气氛，他们喊得比较哀伤。三具棺材的后面跟着的是烈士家属和我们村里的全体社员，还包括孩子。家属个个哭得死去活来。社员中男人显得比较轻松，一些人还有说有笑；妇女们看着烈士家属哭得这么伤心，心肠一软，也跟着哭起来；孩子们则根本不把葬礼当回事，他们把葬礼当成一个节日，可以自由自在地撒野的节日。

队伍在前进。快到天柱水库了。这时领头的蒋光钿疾走如飞，动作无比轻灵。他没有停止吹唢呐，爬上水库堤坝时速度越来越快，让我们以为蒋光钿变成了眼前划过的一道闪电。我们认为蒋光钿如果以这样的速度去参加运动会一定可以拿冠军。我们村的人见他跑，不知道他想干什么。抬棺材的人不能把棺材放下来去追他，冯思有就让守仁去追。蒋光钿已爬上了天柱山，守仁还在山脚下。

我们已来到埂坝上。这时悲剧发生了。我们感到脚下的堤坝运动起来，我们在慢慢矮去。最初我们还以为地震了，抱着头四处逃窜，抬棺材的人也感觉到不对头，愣了一会儿才反应过来出事了，就扔下棺材，撒腿向天柱山上跑去，速度和蒋光钿一样快。坝基还在运动，泥土像波浪一样翻滚，三口棺材顷刻间被泥土吞噬。我们看到花了一个冬天筑的堤坝顷刻间成为一摊烂泥，流向水库外的田野。我们刚刚种下去的早稻也被泥石流无情地盖住了。

看到这一切，我们村的人个个都目瞪口呆。只有守仁因为一门心思在抓蒋光钿，对此一无所知。等他捉到蒋光钿并把他带到村里，才知道水库的堤坝坍塌了。冯思有支书眉头不展，心情紧张，好像犯了什么大罪。冯思有确实有一种犯罪感，眼看着新造的水库成为废墟，他完全呆住了，没有思维了。他首先觉得对不起上级，他已把我们村造水库的事当成卫星放了出去，上级都知道这颗卫星，现在卫星没上天就不幸坠落了，他不知道如何向上级交代。另外他还觉得对不住社员，辛苦了一个冬天，到头来一场空，所有的力气都白费了，付之东流了。冯思有顿感无脸见人，他想不明白怎么会这样的呢，真的奇怪呀：下了那么大的雨水库里却只有一泡尿那么多的水；水库里填了那么多土石方下去却不见水上升；派三个人下去却一去不回；好好的一座堤坝突然坍塌了。他想来想去想不明白，就疑神疑鬼起来，就唯心主义起来，觉得一定有什么大头鬼同他过不去，同大跃进过不去。他甚至有了去庙里烧一炷高香的想法呢。

守仁看出冯思有的心思了，他懂得冯思有此刻的挫折感和失败感。守仁不愧为聪明人，很快想出一个把冯思有从挫折感和失败感中解放出来的办法。

守仁来到队部，见冯思有双眼茫然六神无主坐在写字台边，小心地走上前去说，冯支书，我们这事怪呢。冯思有说，对呀，我总觉得什么地方不对头，好像碰到大头鬼。我寻思着我们造水库淹没了一大片坟，是不是坟里的鬼生气了，使什么法道把堤坝推倒了。守仁摇摇头说，冯支书，不是这样的，共产党人是唯物主义者，唯物主义者不怕鬼神，真正的鬼神是右派分子蒋光钿，一切都是他搞的鬼。冯思有因为长时间对发生的事想不明白，脑子也犯浑了，他目前亟须找到一个合理的解释，只要能骗得了他自己，什么理由都可以。他听守仁说是蒋光钿搞的鬼，就竖起耳朵听守仁解释。

守仁说，所有的事情都是蒋光钿在捣鬼。冯支书，你想想，蒋光钿没来前，我们村好好的，什么事也没发生。他来了以后，怪事不断。先是发生了炸药爆炸案，把我们村梅龙炸得人不像人鬼不像鬼；接着发生了流氓案，我们村以前发生过这种事吗？没有，右派来了才有这种丑事；水库造好了却一度电也发不出；派三个人到水下去查看可他们却消失不见了，尸首都没找到；连水坝也塌了，奇怪的是右派分子还知道这个事，你看他那天跑得多快，他跑过后堤坝就塌了。不正常啊。要说有鬼，冯支书，那右派分子蒋光钿就是鬼。

我们地区的右派反革命报复案就这样被确定下来。守仁连夜向上级写了一个关于我们村发生反革命报复案的报告。守仁在报告中罗列了右派蒋光钿如下罪状：一，利用错误的设计愚弄贫下中农，由于我们过分地相信资产阶级知识分子，按他的设计施工，工程才失败了，使我们村劳民伤财；二，蒋光钿制造了 12·1 反革命爆炸案；三，蒋光钿是个流氓成性的色情狂；四，妄图把我们村所有的人引到事发现场，欲置劳动人民于死地。这个案子马上引起了上级的重视。城里的报纸以《右派死不悔改，疯狂向大跃进反扑》为题报道了这起案子。这个案子一度因为其典型性被当作反面教材在全社会广泛传阅。

我们永远记得两个公安骑着侧三轮摩托来我们村抓蒋光钿的情景。我们村的男女老少都从屋里出来看热闹。是守仁把蒋光钿从队部带出来的。我们本来认为，蒋光钿胆子小，看到警察一定会昏过去的，但我们错了，那天蒋光钿看上去神色镇定。不知为什么，守仁并没有把蒋光钿绑起来，也许守仁认为蒋光钿不会逃跑吧。蒋光钿走过我们身边，竟伸出手来同我们一一握手告别，还说，后会有期，后会有期。

说实话，我们村大多数人都挺同情他的，都不相信堤坝的倒塌同蒋光钿有关，但我们也只能在心里这样想想，不能说出来，说出来的话要犯错误，弄不好还会被打成四类分子。我们看到蒋光钿走到了公安面前，公安拿出锃亮的手铐，把蒋光钿铐了个结实。面无表情的公安让蒋光钿坐在车斗上。一会儿侧三轮向村头轰鸣而去，在我们的视线中消失了。我们村的人后来再没见到过蒋光钿。

我们听守仁说蒋光钿被发配到新疆劳改去了。天柱的水库因为堤坝坍塌了，因此看上去不像个水库，更像个自然形成的湖泊。堤坝坍塌后那地方成了一块平地，平地很大，比我们村的晒谷场还大。后来这块平地上还召开过几次公判大会，顺便还枪毙过几个流氓。有一天，我们大家聚在一起时，突然想起右派分子蒋光钿在我们村的经历，大家纷纷说起他的趣事，想起他曾骂过我们"堂吉诃德"，我们恍然大悟，居然一下子明白了这个词的含义。有人说，"堂吉诃德"原来是这个意思，原来是吹牛皮的意思，原来是本来就干不成的事却还要硬干的意思。说来不信，从此以后"堂吉诃德"成为我们村日常词汇中出现频率颇高的一个词。如果来我们村，总可以听到这样的话：你算了吧，别堂吉诃德啦。或者：你他娘的看上老金法的女儿，你是一个堂吉诃德。大家听了后不要感到奇怪，也不要以为我们村的人知道西班牙作家塞万提斯，他们不知道，他们识不了几个字，就算识字，他们也不会对塞万提斯的著作感兴趣。

1999 年 3 月 10 日

红色机器

周易梦见自己坐在一个陌生的餐馆里吃饭。

餐馆的外表装修得像传说中的 UFO，一只外太空飞船。餐馆内部一尘不染，强烈的光线几乎把餐馆里的人都消融在光线之中，使得就餐的人看起来都变成了外星人一般的几何图形。餐馆内部的装饰和餐具晶莹剔透，好像宇宙深处的星云搬到了这里。

周易一边吃饭一边想着心事。餐馆里突然闯进一群蒙面人，手中拿着枪。周易从没碰到过劫匪，他只在好莱坞电影里看到过类似的场景。他本能地认为他们是在演戏，周围那些吵吵嚷嚷的吃客是安排好的群演。这可以解释他们吃饭时夸张的样子。

蒙面人拿着枪向人群吼道："都趴下！"食客乖乖躺下。周易一动不动地坐在那里，脸上挂着不以为然的笑容。他想，这些戏子，瞧他们的脸，一个个惊恐不安，好像真的发生了劫难。他对这种无聊的事没兴趣。他吃下了最后一口饭，站了起来，准备在蒙面人的枪口下走出餐馆。他认为蒙面人的枪只不过是道具，不可能真的射出子弹。其中一个蒙面人拿枪抵住了他的后脑勺。蒙面人说："你给我老实一点。"

周易依旧认为眼前的一切不是货真价实的劫案，他说："你们搞错了，我不是你们一伙的。"

那蒙面人似乎很生气，他用枪杆子狠狠击了一下周易的头，说："你想找死吗？"

刚才老老实实趴在地上的食客都抬起头来，往周易这边看，想知道这边发生了什么事。打周易的蒙面人是这一伙的头，为了控制局面，他吼道："你们别东张西望，趴着别动，否则老子可不客气了。"为了警告那些人，蒙面人对着周易的手开了一枪。枪声响过，一片寂静。周易的右手留下一个弹孔。周易没有一点痛感。那一枪把他的手给震麻了。

那些蒙面人在食客的口袋搜索钱财。在警车到来前，蒙面人扬长而去。

周易醒来时发现手心真的留下了一个洞，洞的周围布满了齿轮一样的肉丁。

周易变得古怪起来。他原本是比较热衷于社交的，受伤后不太愿意出门了。枪击留下的疤痕太丑陋了，在手心有这么一个洞总让他觉得怪异，况且这洞周围长着肉丁，看上去像某种奇怪的寄生物。万不得已需要出门，周易总是戴上手套，哪怕是盛夏时节。人们不清楚他戴手套的原因，他们猜测他可能是个有洁癖的医生，戴着手套是为了避免接触随处飞扬、无所不在的细菌。周易不是医生，他是一位古籍整理及研究者。

古籍整理者周易不知道怎么打发时间。要是从前，在他的双手完好无损的时候，他会去拜访一些同行和朋友，谈谈古人的思想或现实的表象。现在他宁愿窝在家里，怎样打发时间成了问题。他坐在写字台前捧着头思考消磨时间的办法。他的手从头部移到脸上，按摩日益麻木的脸孔。他睁开眼睛，看到右手的伤口正好在右眼上，透过伤口，他看到窗外的世界焕发一新。

他找到了打发时间的方法。此方法的要害在于掌握伤口和眼睛的距离。如果伤口和眼睛的距离足够近，那么看到的世界成为掌心的豢养之物，那些快速繁殖的霸道的建筑像被囚禁在了洞内（它们太自以为是了，不能让它们过于膨胀）；如果伤口和眼睛有点距离，那么伤口看上去就像一个弹孔，贴在窗外的事物上，周易看到的是一个被枪击过的世界。

这是一个有趣的能激发人想象力的游戏。他想象手心的肉丁就像显微镜下放大了的大肠杆菌，他见过是显微镜下大肠杆菌所呈现的罕见的美，那瑰丽而娇娆的色彩似梦似幻、生机益然。当世界被大肠杆菌包围时，万物就有了一种病态的气质。

黄昏时分，天上挂着难得一见的大块大块的红色云彩。周易看见一辆银色奔驰开进了掌心的肉洞之中，他的色彩和梦中的 UFO 超现实餐厅一致，就好像这银色奔驰就是从那地方开来的。银色奔驰缓缓停在院子的绿化带边上，发着不可一世的光芒，看上去显得有点蛮不讲理。银色奔驰边站着一些蒙面人，他们锐利的目光映照在银色车身上。周易的手心突然疼痛起来。他记起来了，那天那些蒙面人就是坐着银色奔驰来的。他不会记错的，那天蒙面人开车离去时，他记下了银色奔驰的车牌号。他们再一次出现了，他的心头涌出恐惧，好像那些蒙面人一直像蝙蝠一样在他周围不祥地飞翔。他们为何而来？他们的目标是什么？是他吗？

周易决定出一次门。他得报警。那次抢劫餐馆事件还没有侦破，他提供的证据应该对警方有帮助。

他穿上黑色西服，系上蓝色领带，并戴上墨镜。他不会忘记套上白色手套照镜子时，他伸开五指，活动了一下。每活动一次，心就紧缩一下。他打开门，外面繁杂的噪声让他头晕。他咬了咬牙，向楼下走去。

穿过几条街就是公安局。阳光明亮，照耀在公安局那幢不可一世的大楼上。公安大楼傲视群雄的样子就像一根挺立的权杖。影子跟着周易走进这幢大楼。他觉得自己有那么一点点鬼鬼祟祟。

接待周易的是一个叫老王的警察和另外一个年轻人。两个警察用奇怪的眼神打量着周易。他们对周易的打扮疑问重重。天如此热，周易穿得如此庄重，一本正经，密不透风。手套和墨镜看起来显得相当突兀和装腔作势。那个叫老王的警察忍不住在另一个警察耳边说："来了个神经病。"周易听到了这话，很生气，他高声地说："我不是神经病，我是来报案的。"周易向警察们描述了事情的来龙去脉。周易说："他们总是出现在我的周围，这些蒙面人是冲我来的，你们必须保护我。"两个警察根本没把周易的话当回事。两个警察敷衍了周易一会儿，然后把他给轰出门去。

来到街上，周易显得很沮丧。他对警察的态度感到愤怒，他对自己说："他们不相信我，这些饭桶就像那些不会捉老鼠的笨猫，除了坐在办公室里打盹不会干正经事。"

警察不相信他，他打算另找人帮忙。他想到了李华。在去李华家的路上，他看到一家卖望远镜的商店。他决定买一架望远镜。他需要一架望远镜，放在屋子里。他得好好观察周围的一切，防备那些蒙面人的袭击。凡事采取严谨的态度总是好的，不能像那两个警察，如此马虎。他打算见过李华后再去购买望远镜。

他急匆匆向李华家走去，走路的样子像一个报丧的信使。

李华已经有几个月没见到周易了。周易自称遭遇枪击，性情大变。李华仔细观察过周易的手，没有任何伤痕。有次周易脱下手套在洗手间洗手，李华进去，看到周易的手光洁无比。见李华进来，周易迅速把手套戴好。李华没有戳穿周易的谎言。作为同一领域的研究者，他们从前交往密切。许多人说周易的精神似乎出了问题。

李华对周易的到来感到突然。

李华让周易进屋。周易没这个意愿，固执地站在门口。他说："李华，那些蒙面人又来了。"李华不知道周易在说什么，这则前李华没听说过关于蒙面人的事。李华本能地问："你说什么？"周易说："那些蒙面人开着一辆银色奔驰停在我楼下。"李华说："然后呢？"周易说："你没看报道吗，那些蒙面人曾经抢劫过一家餐馆，我的手就是被他们用枪打伤的。"

在李华听来，周易的故事像一则天方夜谭。李华听说周易这段时间不搞学术，迷恋上了好莱坞科幻电影和通俗小说，这则天方夜谭是对好莱坞科幻电影的拙劣模仿吗？作为学者，周易迷恋如此低俗的娱乐产品确实有点离谱了。李华想起最近的一次学术会议，周易没有出席，不过他寄去了论文。论文的题目是《时间是一个圆》。会议期间，这篇论文被当作一个笑话在流传。这篇论文充满了对原始地球和未来社会的种种臆想，明显缺乏科学的实证（人们从这篇论文中断定周易的精神确实存在问题）。少数几个学者知道他的手套里面并无伤疤，他们拿这件事戏言："周易的思想资源来自他的手套。"有人进而戏言："那他应该把题目改为《时间是一只手套》。"

李华问："你最近还好吗？"周易诡秘一笑，说："我很好。"李华说："为什么不参加学术会议？"周易说："我厌烦那种场面，到处是哗众取宠的言论，人们华而不实，把学术会议搞得像秀场。他们一边宣读论文，一边唱着卡拉OK，对酒楼的迷恋胜过书斋和演讲台。而那些出钱捐助的人在台下看我们笑话。"李华说："你太愤世嫉俗了。"周易一脸沉痛，显然不想继续这个话题。他问："可以帮我一个忙吗？"李华说："什么忙？"周易看着李华，严肃地说："蒙面人盯上我了，他们会杀了我，但警察不保护我，他们不相信我说的。他们或许会相信你。"

李华有点跟不上周易的思路。不过他马上反应过来，周易的意思是让他去向警察报告，蒙面人准备袭击周易。李华想，他如果这样做，也会被当成精神不正常的人。

周易一直站在门口，一副若有所思的样子。李华说："还是进来坐一会儿吧。"周易认真地想了想说："不了。我希望你能帮个忙替我报警，不然你可能只能见到我的尸体了。"李华一脸严肃地点头，表示答应。

周易长长地松了一口气，然后转身走了，脸上浮现出古怪的笑容。

半个月后那辆银色奔驰依旧停在花坛旁边。周易注意到它自停在那里以来还没有被人动过。周易经常到那架新买的望远镜前观察，等着车主人的到来。车主人一直没有出现。

孩子们开始在银色奔驰爬上爬下。他们把奔驰车当成了滑梯。最初孩子们显得小心翼翼，怕车主人出来骂他们。一段时间以后他们的胆子大了起来，他们发现没有人会因此责难他们，银色奔驰好似他们在战场上缴获的战利品，他们站在汽车上面耀武扬威。

又过了一些日子，有些孩子对汽车动心起念。一个孩子想办法撬下奔驰车的银色不锈钢标志。这个标志的归属引起了孩子们的争执。每个人都认为有权得到它。他们一言不合扭打在一起，战线极其混乱。一些聪明的孩子知道不可能得到那标志，转而去拆奔驰车的后视镜。后视镜旁边一下子挤满了孩子们的头颅，看上去像一些吸附在大便上不断涌动的蛆。

晚上，周易戴着手套，来到银色奔驰边。奔驰车已被孩子们砸得伤痕累累，原本光滑平整的外壳被敲得坑坑洼洼，油漆大块大块剥落。车盖也被人动过了。周易打开车盖，看到了车盖下复杂的机械，黑色管子纵横交叉，它们像蜘蛛那样盘在里面。它们连接着一台红色发动机。周易奇怪汽车的发动机怎么是红色的，是车主人改装了发动机吗？在一堆黑色的金属中，红色发动机就像人体内跳动的心脏。所有的动力都来自这个东西。他突然对这个东西动气了，伸出手去，试图把它摘下来。

要从汽车上摘下红色机器不是件容易的事。那些连接着机器的铁管把机器死死卡住了。他一边拆卸机器，一边骂德国人把机器造得如此坚固。他顾不上按顺序拆卸了，他使出了全部的力气，捧着机器大力晃动，脸部扭曲，眼神疯狂，在月光下他的形象看上去十分狰狞。他的手套被机械扎破了，手上涌出鲜血。他没感到疼痛。所有的管子都被他拉断了。由于用力过猛，他向后一个趔趄，一屁股坐在了地上。红色机器压在了他的胸口。

他从地上爬起来，抱着红色机器回家。他觉得自己抱着的是那蒙面人的心脏，无限满足。

周易的房间里多出了一台红色机器。隐居者周易像研究古籍那样研究起机器。

他找来一本有关机械的书阅读。他很快掌握了发动机原理。那个大肚子是气缸，那小小的颈状部位是活塞。当活塞压缩空气，含有汽油的空气就会爆炸，机器就转动起来。原理就是这么简单。

为了不让人听到机器声，他把门窗都关死了，还拉下了窗帘。机器转动起来。一切在他的控制之下，听到机器发出的轰隆隆的声音，他得意地笑起来。

机器转动了半个小时，他想让机器停下来，却没办法让机器熄火。书上的办法也不行，机器照转不误。根据书上指示，机器切断汽油就会停止。他试着把油切断，才恍然意识到机器里并没有汽油。奇怪的是没油的机器一直转动着。这让他恐慌不已。他用水试图把机器浇灭。没用，机器不是火，用水浇没一点道理。他用了很多种方法都无法让机器熄火。

周易焦急起来。夜已深，如果机器继续转动，邻居们一定会听到。如果他们因此失眠，他们会找上门来。周易不想同他们打交道，也不想让他们知道他拆了那辆奔驰车的发动机并开回了家。他们会认为他是一个贼。

整整一夜，机器都在房间里轰隆隆转动着。他呆呆看着机器，没有睡觉。

清晨，他的门被那些失眠的邻居一次一次擂响。他没去开门。他怕他们撞开他的门，把屋子里所有的家具都放到门后面。他担心家具太轻，又把书房的八千册图书压到家具上面。

机器这样轰隆隆响着不是个事儿，可他也没有办法让机器停下来了。他觉得自己打开了潘多拉魔盒。唯一可做的是让机器发出的声音仅仅留在房间内。声音是从窗和门的缝隙里传出去的。他找到一些打包用的胶带纸，把所有的缝隙粘上。光线都被他挡在外面，屋子里漆黑一片。

即使这样，他依然无法入眠。他坐在黑暗中，不吃不喝不睡。不知过了多少天，他实在受不了啦，打开窗户。窗外阳光普照，气候宜人，街区非常安静，只有房间里的红色机器在不知疲倦地运转。

他打了个哈欠，脑中涌出的睡眠欲望非常强烈。在这个房间他无法入眠，他必须找到一个地方，好好睡上一觉。

李华听到有人敲门。他打开门，见到有人站在门外，以为见到鬼，吓了一跳。一会儿才认出是周易。上回周易来李华这儿穿戴得整整齐齐，俨然一位绅士，但这天周易的衬衫沾满了油迹，扣子也没有扣整齐，裤管一只高一只低，裤管里露出一段白白细细、不住颤抖的小腿，他的脸像一个刚从外面撒野回来的孩子，沾满了泥巴（实际上是油污），他的头发杂乱无章，像传说中复活的僵尸。

周易见李华愣在那里，说："我不知有多少天没睡觉了，我想在你这里睡一会儿。"

周易进门爬到沙发上，一躺下便昏睡过去，并发出像猪一样的呼噜声。

看到如此肮脏的人躺在沙发上，喜欢干净的李华难以忍受。他想让周易先洗个澡再睡。他怎么也弄不醒周易，拉耳朵、捏鼻子、捂嘴巴都无济于事。李华没了办法，只好去卫生间打水，打算替周易擦洗一把。李华一边擦洗一边骂周易家祖宗。周易一直在睡梦中傻笑，像是占了天大的便宜。

周易睡着的时候，李华坐在周易旁边看书。他等着周易醒来，问问他究竟出了什么事。周易一直长睡不醒。李华自己也很困，坚持不住就上床睡去了。

过了两天两夜，周易没有醒来。李华急了。周易不再打鼾，睡姿宁静，几乎无声无息。李华摸周易的手，很冷，突然担心起来，难道周易死了？他把手放到他的鼻子上，发现周易还在呼吸，这才松了口气。他意识到周易睡下后没吃过东西，很担心周易会死在他的房子里。他拿了一罐可口可乐，放了一支塑料吸管，把吸管塞到周易的嘴里。周易居然吸了起来，一边吸一边不住地品咂。李华觉得自己像一位倒霉的仆人，看着周易吸可乐时贪婪的嘴脸，气不打一处来。

周易终于醒了。他呆呆地看了看四周，问："我怎么在这儿？"李华说："你在这儿已经三天三夜了。"

周易皱起了眉头，陷入沉思。李华问："你怎么啦？弄成这个样子。"周易诡秘地笑了笑，说："那些蒙面人大大的狡猾。"李华说："找到他们了？"周易没回答这问题，他转移了话题："用什么方法能让机器停止转动？"李华不明白周易怎么突然问起这个奇怪的问题，他想起在乡下时，熄灭不了拖拉机时，就用棉被裹住机器，没有氧气，机器就会自动熄火。李华说："你试试用被子把机器裹住。"

周易双眼一下子充满希望，说："真的吗？我真蠢，怎么没有想到这办法。"周易站了起来，也没同李华告辞，向房间外走去。李华被周易搞得一头雾水。他不知道周易在想什么？为什么会对机器感兴趣？机器和蒙面人究竟有什么关系？

回家时周易走得飞快。他不知家里的机器怎样了，是不是还在转动。如果还在转动，他会试试李华教给他的方法。

用被子裹住机器不失为一个好方法。即使机器停不下来，也会减少噪音，他不用再担心邻居们来敲门了。

路过那辆银色奔驰时，一些民工正在拉动车子。银色奔驰已破败不堪面目全非了，玻璃窗全被砸碎，车身上画满了图案，男女的某些器官画得既夸张又骇人。车里面有垃圾，一些追腥逐臭的虫子在里边飞来飞去。民工们拉不动车子。一个民工建议把车轮拆下来，他怀疑刹车卡住了轮子。周易认识指挥民工干活的中年女人，她是居委会干部。

周易问女人：“你们这是要干什么？”

女人警惕地看了看他，问：“这车是谁的吗？是你的？”

周易摇摇头：“我不知道是谁的，也许是那些蒙面人丢弃的，反正不是我的。”

女人说：“蒙面人？谁是蒙面人？他们为什么要把一辆破车丢在这里？他们在哪里？”

周易冷漠地说：“我也正在找他们呢。”

女人愤愤地说：“你看这车子放在这里已经快两个月了，现在都成为人们倒垃圾的地方了。每次街道来检查卫生，查到这里就要扣分，再这样下去我们模范卫生小区的旗帜就会被收回去。”

周易说：“这不关我的事。”

女人没理周易，继续骂街：“谁这么缺德，扔一辆破车在这里。现在干什么事都要钱的呀，居委会哪有这么多钱。”

女人越说越来气。周易觉得没义务陪着她，向自己家里走去。他乘坐的电梯向二十八层公寓驰去。他在电梯里就听到轰隆隆的机器声。那该死的机器还在运转着。

李华早早上床睡觉了。周易在他家一睡就是三天三夜，让他无比担忧和疲劳。一个人老是睡着不醒是一件恐怖的事，这三天李华几乎没睡着过。现在周易走了，他可以好好地睡上一觉了。

半夜李华被电话铃声吵醒。谁这么讨厌呢，把他的美梦给搅了。他看了看窗外，月色阴郁。他从来没见过如此惨淡的月夜，笼罩着一种末日般诡异的气氛。他感到不踏实。

他拿起电话，听到电话里传来嘿嘿嘿嘿的神经质的笑声，让人毛骨悚然。李华听出来这是周易的声音。

李华说："是周易吗？你在哪里？"

周易说："我在飞。"

李华没听清楚："什么？"

周易说："我在天上飞。说出来你不会相信，我照你的方法把被子裹到机器上，机器和被子飞起来了。"

周易使劲地摇了摇头。他怀疑自己在做梦。周易还在电话里喋喋不休："我飞很久了，我不知道下面是什么地方，我看到建筑物像藤蔓一样疯长着，人们都戴着水雷似的头盔，他们用头盔上的触角吸食食品，他们休息时就去地下，他们像蛆一样喜欢在温暖的泥土中做爱……时间是一个圆……"

李华觉得再听下去，他会变成一个疯子。他迅速地搁下了电话。他断定周易确实疯了，周易应住到精神病院里。李华不想为一个精神病患者费心，爬到床上继睡觉。

他睡下后老是做噩梦。从噩梦惊醒时，天已经亮了。清晨微弱的的光线从窗外透入，李华觉得自己像光线中的尘埃一样悬浮起来。李华再也睡不着，索性起床。想起昨晚的电话，他苦笑了一下。他担心周易再来骚扰他。

他在屋子里踱来踱去。他没有这么早起过床，也没有晨练的习惯，要打发这段时间成了问题。清晨的时间是如此漫长。

他打开了电视机，心不在焉地观看。电视正在播放新闻。有一则新闻抓住了他的注意力。播音员正在报道：

"今天清晨，早起的一位老人发现二十一世纪大楼下面有一具尸体，当即报警。警方赶到后初步认定死者是从其所住的二十八层公寓中跳楼而亡，系自杀行为。据周围群众反映，死者生前有种种怪癖，素不与人交往，他的自杀同他的精神状况有关，死者可能犯有精神性疾病……"

电视镜头对准了死者。死者的面目难以辨认。死者的旁边有一条被子，被子被暗红色的血液所浸染。李华惊异地发现，在血液和被子之上，有一台红色机器，机器在不停地转动着。

1999 年 4 月 20 日

家　园

一　在电线杆下产生的幻想

　　古巴站在村头的电线杆下望天。天空除了几片车辙一样的细云，什么也没有，就像他此刻空荡荡的胃。他觉得他的胃一定成了天下最干净的东西。他感到胃里仿佛闪烁着天空那样的深蓝色光晕，而这光芒似乎会把他带到天上去。这让他产生了一丝惊慌，他的目光迅速地从电线杆顶部滑落下来，凝神定气，想把胃中的那缕光芒驱逐出去。他想，他得想想别的事情。

　　饥荒已经闹了一段日子了。村子里的人都开始吃树皮草根。古巴家断粮更早一些，当村子里还零星飘荡着熬粥散发的米香时，古巴早已吃上了树皮。树皮中好像藏着一股子气体，只要吃上一点点，胃就会像一个气球那样膨胀起来，走路的样子也变得轻飘飘。但饱胀的胃没有消除饥饿之感，这时，吃任何东西都没有感觉，就好像他可以不停地吃、不停地吃，可以把天底下的植物都吃完。古巴吃了树皮草根之后，饥饿感更强烈了，他的胃成了一个巨大的黑洞，可以吞噬村子里那些巨石。古巴想，为什么人要吃东西才能生存呢？人如果像那些树就好了，树用不着吃东西，它们只要把根部深入泥土之中，就会茁壮成长。它们的根须越深入泥土，它们就会得到更多的养分，叶子就会变得像是刚漆了绿色油漆那样闪闪发亮。古巴幻想自己是一棵树，正从泥土中汲取养料，他感到他的身体舒展开来，头发像嫩芽一样向天空伸展。这个幻想给他无比幸福的感觉，他的双眼流出激动的泪花。

一排电线杆通向光秃秃的山岙。山岙里有一个水库，电线杆就是为这水库铺排的。村子里的人原本指望这些电线杆能给他们带来光明，但水库的发电机组没发出一度电来，电线杆没派上什么用场。村里人拆除了电线，却让电线杆留着。因为电线杆是这个村子唯一同现代化这个词有点瓜葛的事物，他们觉得电线杆带着一些共产主义气息。电线杆排得非常整齐，立在田野上，像一支等待检阅的军队。古巴喜欢坐在电线杆下，他也像村里人一样喜欢电线杆，因为这些电线杆总把他带往遥远的地方。这些电线杆是水泥做的，它们没有生命，它们虽像树一样伸入泥土，可它们不会长出叶子来。它们充实、有力，永远体会不到饥饿的感觉。

不远处的电线杆下，聚集着一群孩子。他们对着电线杆在指指点点。古巴眯眼看了看，电线杆上面有一只像黑色风筝那样的东西，一会儿，他才认出那是一只乌鸦。大地上看来没有什么食物了，这些天，村子里不断有乌鸦不祥地盘旋着，让村子里的人很烦。乌鸦的盘旋让他们感到更加饥饿。乌鸦张一张嘴，叫一声，他们的肚子也跟着咕噜噜地叫一声，好像是乌鸦把他们的肚子掏空了一样。古巴想，那只落在电线杆上的乌鸦要么是死了，要么是飞不动了，不然见到这样一群眼里射着饥饿光芒的孩子，它一定会受到惊吓，然后远走高飞的。

　　一个孩子想爬到电线杆上去抓这只乌鸦，但另外几个孩子却拉住了他的腿。他们显然都想得到那只死了的或垂死的乌鸦。一会儿，电线杆下面发生了一场混战。孩子们实在没有什么力气，没打多久，他们便软弱得像一支支蚯蚓那样蜷缩在地上，甚至连粗气都喘不动，而是像浮出水面的鱼那样，张着嘴巴。但他们的眼睛依旧贪婪地盯着电线杆上的乌鸦，好像这会儿他们的眼睛变成了嘴巴，正在吞噬那只黑色的东西。

　　如果是一棵树，那该有多么好。树一棵一棵立在那里，井水不犯河水，永远不可能为了一点点食物而扭打在一起。它们只需要把根深入泥土就可以了。泥土下面温暖而甜蜜，就像妈妈的乳房。古巴感到泥土下面似乎冒着热气，就像妈妈正在那里做一些粉嫩的白面包。古巴的鼻子里顿时充满了香气。这时，古巴真的觉得有一股热气从自己的腿上升了起来。他的目光落在脚上，他吃惊地发现他的脚这会儿正深陷在泥土里。他突然感到一阵惊慌。他努力地从泥土中拔出脚

来。但他的脚好像真的生了根似的，不能动弹。他好不容易
才把脚拔出来。古巴仔细研究了一下自己的脚。那双脚让他
感到陌生，好像那脚突然有了自己的生命。古巴感到有点害
怕，担心自己的脚会长出根须来，他会变成一棵真正的树。

二　充满了图画和诗歌的村庄

光明村里已没有一棵树。村子里的树早些年都用来造
水库了。那时，柯大雷支书发明了一种可以运送泥土的木头
车子，于是叫村里人把树砍了做车子。现在整个村子光秃秃
的，那些依旧埋在地里的树根在每年春天的时候会长出一些
嫩芽，但没多久就被村子里随处可见的牲畜吃得精光。村子
里的房舍高矮不一，有的考究一点，有的非常简陋。那考究
一点的房子像城堡那样耸立着，而那些简陋的房子立在一
边，像城堡的卫兵。如果从高处看，村子里的房舍也算是错
落有致，乱中有序的。裸露着的光明村看上去白得十分耀
眼。这是因为这一带的山上盛产白石灰矿，村里人只要拿着
桶去山上捡几块，再加上水拌和，就制作成了可以粉刷墙壁
的石灰浆。光明村总是十分洁白。

油漆匠柯大雷做了村支书后，情况发生了一些变化，村
子的墙不再洁白，而是画上了五颜六色的图画。油漆匠柯大
雷革命成功后被派到城里学习了一段日子，回来后就开始改
造光明村。从城里回来，柯大雷变得深沉无比。他上衣的

胸袋上插着两支钢笔。村子里的人觉得这是十分了不得的事情，村子里的人从来没见过插两支钢笔的人，认为柯支书学问一定大得不行了，他们看柯支书的眼光就有点异样，好像柯大雷支书是下凡的文曲星。柯支书到光明村后做的第一件事就是在墙上作画。

开始的时候村子里的人不知道柯支书攀缘在墙上想干什么。开始，村子里的人以为柯支书是老毛病复发，又想干油漆活。柯支书从城里回来后不太喜欢说话，村子里的人也不敢多问什么。不久，柯支书在墙上画出了第一幅画，是朵无比巨大的向日葵。村子里的人对此不感到奇怪，因为柯大雷支书曾是个油漆匠，他以前也喜欢在家具上面画些花草鸟虫。后来村子里的每一面墙上都被他画上了图画。这些画主要内容是：冒着白烟隆隆作响的机器，建在半山上的水电厂，飞入云端的高楼大厦，还有宇宙飞船、火箭、卫星，等等。柯大雷画好这些画后，满头满身都是油彩，他也没有擦洗就背着手在村子里转了一圈。显然，他对这些画十分满意。这些图画充满了工业气息，使小村子有了一种梦幻般的光晕。整个小村看上去像是一个巨大的舞台。

村子里的人走在画满图画的街巷上就有了一种异样的感觉。他们都觉得生活就像做梦一样。他们从这些画中嗅到了遥远的共产主义社会的气息。这让他们的心中涌出了无限幸福的感觉，他们觉得生活一下子变得不再平常，甚至有的人走路都有了舞台上的做派。有一个叫亚哥的小伙子，完全变成了一个戏子。亚哥今年还只有十九岁，从小迷戏，虽然不识一个字，却能把整出戏都唱下来。村子里的人认为亚哥喜欢演戏同他母亲有关，他母亲解放前是个巫婆，自称能和灵魂对话。亚哥的母亲能同时让十个鬼魂附在身上，然后她就学着鬼魂生前的样子说话，据说神态动作同鬼魂生前一模一样。村里的人都有点敬畏亚哥母亲，虽然亚哥母亲很久没再跳大神，但村子里的人见着她还是觉得她身上有鬼气。亚哥现在走在村子里，嘴里模仿着舞台上的鼓点，板着腰，端着架子，呛呛呛呛地就出来了。他的眼睛顾盼生辉，和平时判若两人。有时候，他还像花旦那样走路，翘着兰花指，口中咿咿呀呀，柔情似水。村子里的人都觉得亚哥有点女里女气。有人认为亚哥这个样子是搞封建，告到柯大雷支书那里。柯支书没理这个事。

村子里的人本来以为柯支书画好图画后不会再攀缘在墙上了，但柯支书又开始在墙上干起另外一件事情。柯支书开始在那些图画边写字。字写得非常大，像人那样大，但看上去结构比人复杂多了，那些字像是有两三个人纠缠在一起打架。村子里只有五六个人识字，其余都是文盲。文盲们见到字就成了哑巴，这使那些识字的人很得意，他们高声地朗读起来。没多久，那些文盲也都会念了。那些原本在文盲们看来缠纠在一起的构造复杂的字，现在慢慢拆解开来，就好像这些字原来有一根绳子捆着，绳子解开后，发现就这么几撇几横。这样，过了几天，村子里的文盲们终于念出一个完整的句子：**我死了以后有我的儿子，儿子死了，又有孙子，子子孙孙是没有穷尽的**。读出这样的句子，村里人都有点震惊，为自己发出的声音震惊。他们没想到他们的嗓子突然发出了这种文绉绉的声音。其实他们也没去想内容，此刻声音是他们捕获到的唯一的内容。声音甚嚣而上，通向天堂，虽然声音早已消失，但他们感到其余韵依旧在空气中缠绕。他们又读了几遍，那确实是一种节奏明快的声音。其实他们平时说话也是这样一种节奏，但他们说话时没有文字，他们说话时文字不会在他们眼前舞蹈，不像现在，他们读着那些字，那些字像是有生命一样跟他们挤眉弄眼。他们被自己的声音迷住了。他们读着墙上的字，突然感到自己和从前不一样了，仿佛有一个新人从他们的身体里钻了出来，他们的眼睛闪闪发光，腰板也比以前挺直了。柯支书写在图画边的字越来越多。后来他们又读到他们看不懂的莫名其妙的句子，如：**思想制造的钢铁通向温暖的未来**。村子里的人不知道这些话是什么意思，每个字都认识，但就是不懂。后来还是亚哥告诉他们的。亚哥说，这是诗歌，这是柯支书写的诗歌。

村里人对柯大雷会写诗也没有奇怪，他们知道领导干部不但能说会道，而且一般都善于写诗。领袖在柯大雷这样的年纪早已写出了大气磅礴的诗句。虽然柯大雷支书不能和领袖比，但村里人发现柯支书走路的样子和挥手的样子很像领袖。柯大雷挥手像领袖一样软绵绵的，很随意，就好像他面前的群众是一堆鹅毛，他如果用力挥，他们都会飞起来，飘到天上去。柯大雷走路的样子无声无息，符合他沉默寡言的个性。并且，从城里回来后，柯支书不喜欢说话，但天天口中念念有词，村里人都听出来了，那是领袖的诗词，还有一些别人的诗词。现在村子里的人都知道，能发出好听音节但听了也不一定明白的话就叫诗词。

等到墙壁上每一幅画的旁边都写上字后，村子里的人都学会了识文断字。这实在是一个奇迹，可以说是扫盲工作的巨大成功。光明村曾经办过扫盲班，成效一般。那会儿，光明村的人一见到字就头痛，就好像那些字像虫子一样钻进他们的脑子，把他们的脑汁都吃掉了，使得他们一片茫然。现在，柯支书把字写得这么大，并且每个字都那么干净利落，就像解放军肩上的机枪大刀，那些字的光芒完全把他们震慑住，然后他们就记住了，就好像不记住这些字，机枪大刀会变成枪林弹雨进入他们的胸膛。

亚哥学得比谁都快。如前所述，亚哥原是个喜欢演戏的文盲，现在他迷上了柯大雷支书的诗歌。开始的时候，亚哥并没显示出特别的天才，但后来亚哥对村里人说，那些字活了起来，有的向他招手，有的对他唱歌，把他的脑子和身体完全贯通了。他还说，每个字的后面都有一个美妙的舞台，而那些字是台上表演的演员。村里的人都知道亚哥喜欢演戏，以为他这样比喻是想让人们注意他的这个特长。后来，村里人渐渐明白亚哥真的是个天才，他无师自通认识每个字，只要柯大雷支书写出一个新字，亚哥都能猜出字的读音和意思，并且都对。亚哥还对柯大雷支书的诗有非凡的领悟力，有一天，亚哥指着**理想的圣水浇灌大地，到处都是金色的麦穗**这句诗，对村里人说：这句诗歌可以把大家带往天堂。他还说，金色的麦穗不是长在地里，而是长在我们的精神里。

谁都看出来了，亚哥崇拜柯大雷支书。亚哥不但能背出柯大雷写在墙上的领袖语录，而且记住了柯大雷所有的诗句。亚哥觉得柯大雷最伟大的一首诗歌就是光明村。光明村时时刻刻放射着诗歌的光芒，散发着既近在眼前又十分遥远的共产主义气息，散发着机器特有的柴油气息，还散发着高贵的色彩斑斓的精神气息。亚哥认为光明村原本并不存在，它是从柯大雷头脑中生长出来的，它是一棵精神之树。这样想着，亚哥眼前呈现这样一幅图画，在一望无际的原野上，光明村破壳而出，闪耀着金色的光芒。

光明村因为扫盲工作成绩显著而受到上级的表彰。光明村发生的事是旧社会无法想象的成就。光明村因此声名远播。虽然光明村十分偏僻，与外界的联系十分不便，可还是有不少村庄派干部不远万里前来参观学习。

光明村扫盲率也没有达到百分之一百，有一个人至今不能识字，他就是古巴。古巴是一个哑巴，他什么也听不见。没有人告诉柯大雷怎样让一个哑巴开口说话。柯大雷曾试图叫亚哥想点办法，但亚哥也不知道怎样让那些美妙的音节传到古巴的脑袋中去。亚哥喊破了嗓子，古巴还是一脸的茫然。对此，柯大雷支书十分遗憾。古巴不识字意味着古巴被排斥在诗歌之外，也就是被排斥在幸福生活之外了。

三 万物可以重新命名

饥荒来临的时候，光明村的人并没有感到惊慌。他们认为油漆匠柯大雷支书有的是办法。天气非常炎热，已有一年没下雨了，秃山里面的水库都已见了底。光明村的人吃的水都要挖很深的井才能找到。村子里很快就没有一点粮食，柯大雷支书去城里向上级要粮，去了几次，都没有要到。柯大雷路过别的村子，别的村子也一样在吃树皮草根，吃了树皮草根后，就上床睡觉。他发现那些村子静悄悄的，安静异常，好像在等待死亡。柯大雷支书认为光明村不能这样坐以待毙。即使死了，也要轰轰烈烈。

柯大雷想，一个人待在一间屋子里就容易产生消极、绝望的情绪，人如果一绝望就是吃山珍海味都会不舒服。所以，柯大雷决定把村里的人集合到一块集体吃树皮草根。地点在队部广场，为此，柯大雷还在广场的墙上画了一些图画。他用十分夸张的笔触画上了已烧熟的肥猪、绵羊、牛犊、鱼、鸡、白鹅、狗等等他能想得出的美味佳肴。这些佳肴看上去鲜嫩、可口，村里人见了，都感到浑身无力。画好这些后，柯大雷就把村子里的人召集到广场吃树皮。柯大雷自己不怎么会说话，但他知道亚哥能说会道，所以，吃树皮之前的仪式是亚哥主持的。

亚哥知道柯大雷的意思。甚至柯大雷还没向他交代有关情况，他就已经猜到了。等到村子里的人都到齐，亚哥对柯大雷说："支书，我们开始吧。"柯大雷半闭着眼，点了点头。柯大雷这时嗅到眼前有一些气味在飘来飘去。这些飘来飘去的气味有时候会变成一群叽叽喳喳叫个不停、像麻雀那样大的小姑娘。就好像她们也在吵着肚子饿。这种想象让他的腹部感到温暖。就好像下面吵吵闹闹的村民都变成了这些小姑娘。柯支书已有好多天没吃东西了，这段日子他的眼前老是有一些幻觉。

亚哥的脸上露出神秘的笑容，他无限满足地说："今天，柯支书要给我们改善生活，我们已杀了一头肥猪，现在请大家来领猪肉。"

油漆匠柯大雷听到亚哥这么说有点吃惊。他集合大家来广场，对着墙上的画填肚子，主要是想让大家的胃打开，把树皮草根当成墙上的美味佳肴。他没想到亚哥把那些树皮草根扎成了猪、狗、兔子的形状。亚哥这会儿还一本正经地用刀子杀那些东西，口中还模仿着猪的叫声，狗的叫声，绵羊的叫声。叫声还模仿得挺像。亚哥毕竟是一个戏子。柯支书依旧微闭着眼，用耳朵听着亚哥的表演。他娘的，听声音，好像这广场真的变成了一个屠宰场。想起丰收的年头，村子里杀猪过年的情景，柯支书的肚子痉挛了几下。他的肚子里已没有任何东西了。柯大雷想，他娘的，这个戏子，还挺有想法的，没看错他。

听了亚哥的话，村民们的头像破土而出的苗那样向上伸了一米。他们左看右看没有看到猪肉，只看到有一些树根被捆成猪、狗的模样，亚哥正一本正经地杀它们。一些看上去比较老的脸顿时委顿下来，他们像乌龟那样缩了回去。但还有一些小孩的头依旧努力保持到极限，他们看上去像森林那样矗立在人群中。他们没有看到猪肉。他们已长久没听到猪叫声了，他们一时有点搞不清亚哥发出的是什么动物的叫声。

亚哥已杀好了那些东西。现在一只大锅已经烧开了。亚哥像一个巫师一样，很有仪式感地把那些被他称为猪狗的东西放入大锅。他的母亲是一个巫婆，这一套他懂。他知道仪式有着非同寻常的力量，可以左右人们的意志。他的动作神秘、有力、充满表演感，好像上天正在注视着他。他的表演具有摄人魂魄的作用，很多人都感到自己的心中充满一种不想开动脑子就想沉溺下去的温暖的感觉。这种感觉有点儿像一个男人在女人丰腴的怀里，除了想把自己投入进去，就不再想别的了。他们的双眼一眨不眨地盯着亚哥，好像盯着这个人，他们真有什么盼头似的。村民们感到一些香气从远处飘来，缠绕着他们。那是些什么香味啊，他们都好像看到了这些香味的颜色，有点儿艳丽，就好像晚霞布满了天空。他们还觉得这些香味就像一只只温暖的手在抚摸着他们的身体。这时，他们听到亚哥神秘而愉快的声音：你们闻到了吗，多么香的猪肉啊，我们马上可以吃到猪肉了。听了这话，缠绕着他们的香气果真成了猪肉味。村民们都流下了口水。他们的脸上露出梦幻似的笑容。他们也不去控制自己的口水，此刻他们看上去就像一群白痴。

一会儿，亚哥说，猪肉烧好了。当他把大锅的盖揭开的时候，很多人真的看到锅里浮着一只肥大饱满的猪。村民们开始上来领吃的。每一个来到亚哥面前的人，都会听到亚哥说：啊，太香了，赶紧吃吧。那些人只会咧着嘴傻笑，那样子好像恨不得把眼前的东西一口吞下去。他们拿了树皮草根，大口大口地吃了起来。柯大雷依旧坐在那里，他看到村民们吃得这么香都有点儿奇怪。他叫亚哥搞一点给他吃。他吃了一口。那东西实在太苦，让他无法下咽。但他没有把痛苦表露在脸上。油漆匠柯大雷看着村民们脸上甜蜜的表情，有点纳闷。他不清楚他们是真的认为自己在吃猪肉呢，还是仅仅出于自我欺骗。当然自我欺骗也不是坏事，肚子空了，总得有东西填下去啊。

孩子们看着大人们脸上的甜美的表情，都感到不可思议。大人们说，孩子，快吃猪肉吧，多香的猪肉啊，我们已经很久没有吃到了。孩子们不认为这些树皮草根是猪肉，他们也弄不清亚哥为什么把这些东西叫成猪肉，也不明白父母竟然真的认为这是猪肉。大人们态度严肃，不像是在开玩笑。看着父母们吃得一脸甜美，孩子们还以为这些树皮草根真的有猪肉的味道。他们就迫不及待地拿来吃。他们大嚼一口。树皮草根就是树皮草根，不会变成猪肉，他们一嚼就嚼出一口的苦水。孩子们忍不住把东西吐了出来。这要是平常，他们也不会吐出来，不吃这种东西还能吃什么呢。这次，大人们吃得太香，他们没心理准备，就吐了出来。父母们见孩子们浪费食物，就骂他们，啊呀，小祖宗，这么好的猪肉都不吃，你们还能吃什么呀。他们就把孩子们吐出来的东西捡起来，放到自己的嘴里，美美地嚼。孩子们更奇怪了，同样的东西，在他们的嘴巴里是苦的，大人们却吃得醉生梦死。看到大人们的样子，他们忍不住又嚼了一口，结果还是苦的。他们现在认为大人们在撒谎。他们说，什么猪肉呀，分明是树皮草根嘛。父母们就说，你们连猪肉都不想吃，你们的嘴啊，吃刁了啊。父母们叹了口气。听大人们的口气，让孩子们觉得他们好像是一群只知享乐的资产阶级少爷。

柯支书发现，那个叫古巴的哑巴没和别的孩子一块闹，他一直待在一块石头上，动都没有动一下，就好像他在那块石头上生了根。他的母亲一度想把他从石块上拉下来，他一脸惊恐地看着地下，就好像那地下是火海，只要他跳下去，他就会烧成灰烬。他的母亲没有办法，就把食物递到石块上。古巴毫无表情地吃了起来。他什么也听不见，他的表情与众不同，既没有大人们那样的甜蜜，也没有孩子们那样的失望和痛苦。他的心思显然不在吃上。看着古巴若有所思的样子，柯大雷觉得这个孩子似乎真的变成了一棵树，一些树枝正从他的手上，他的身体里，他的头发上长了出来，他还看到，那些时刻在他的眼前飞来飞去的麻雀那样大的小女孩，这会儿都叽叽喳喳地栖息到了这棵树上了。柯大雷闭上眼睛，用力地摇了摇头。他想，我他娘的幻觉越来越严重了。

那些孩子这会儿还在闹。他们在同父母们较真。他们说，明明是树皮草根为什么要叫成猪肉呢。油漆匠柯大雷想，这世上最好骗的就是成人了，成人们除了容易受骗还容易自我欺骗，往往是孩子们说出事情的真相。柯大雷觉得亚哥的这一招确实是抵抗饥饿的好办法。他想，既然树皮可以叫成猪，树根可以叫成狗肉，那么什么东西都可以重新命名。于是，他把那些从田里采来的充当粮食的东西重新统一了叫法，用山珍海味去命名它们。他把腥草命名为鱼，把山茶果命名为鹅，把野草莓命名为酒，把蚯蚓命名为兔肉。柯大雷还把这些东西画在墙上，旁边标着新命名的文字。如前所述，村里人除古巴外都识字了，很快他们都记熟了。

后来，光明村的人无师自通地把村子里所有的东西都命名了一遍。他们把电线杆叫作未来，把水库叫天空，把石头叫成花朵，把泥土叫成树木，把晴天叫成下雨，把刮风叫成跳舞，把饥饿叫成吃饱，把生病叫成健康。他们几乎已经戒了房事，但他们把房事叫成死亡。他们说，我的肚子饱饱的我哪里还能死亡。这话听上去有点怪，但村里人都懂。

四　所有的事物都长出了翅膀

亚哥虽然把村子里的人带入了吃肉时代，他自己却根本吃不下那些树根。在台上表演的时候，他也会带着幸福的表情吃上几口，但不多吃。他的肚子已空了四天了。他的肚子里都是水，他走路的时候，只听得里面叮当叮当作响，他感到自己的肚子似乎变成了大海，里面有十级巨浪在翻腾。他的肠子就像海岸线，已被巨浪冲击得没有一点油脂，只留下一层像岩石一样老的皮。他常常感到他的胃这会儿具有强大的消化功能，就是吃下一把刀子，胃照样可以把刀子研磨得粉碎。

亚哥不喜欢吃树根，他开始捕捉一些虫子吃。他什么虫子都吃，但他也害怕虫子有毒，所以，他在吃完虫子后，会吃一点酒精。酒精是工业酒精，是亚哥母亲的。亚哥母亲屋里常年点着一盏酒精灯，这盏灯是亚哥母亲通向另一个世界（在亚哥的感觉里是个鬼魂世界）的通道。这盏酒精灯是用玻璃做的，外表光滑透亮，在跳荡的火焰的伴奏下，透着另一个世界的气息。亚哥不知道这玩意儿是哪儿来的，总之，亚哥出生时它就在了，在亚哥的眼里，它就像这个世界那样古老。亚哥常常觉得，母亲的眼睛和这盏酒精灯极为相似，母亲的眼神里也跳着一些火焰和阴霾，好像这双眼睛总想洞穿些什么。有时候，亚哥想，这盏灯同母亲的生命联系在一起，如果这灯灭了，母亲恐怕也就没命了，或者眼睛就瞎了。所以，亚哥每次去偷吃母亲的酒精时，心里都有点不安。他真的怕自己这是在谋害母亲的命。但他吃了虫子后总是很恐惧，不吃一点酒精的话，他会把吃下去的虫子都吐掉的。

蚯蚓和蚂蚁是最好的食物。为了捉到一只蚂蚁或一支蚯蚓，亚哥想尽了办法。它们都藏在洞穴中，亚哥不知道怎样才能引诱它们出来。亚哥身上没有什么宝贵东西可以引诱它们上当。后来，亚哥想到了自己的唾液。小的时候，亚哥得过神经官能症，常常习惯性地吐唾沫，这时，母亲总是恶狠狠地骂他，你把身上最好的东西——你的精神吐掉了。亚哥想，我就在洞口吐一口唾沫吧，也许蚂蚁和蚯蚓就会出来了。现在闪闪发亮的唾沫就在洞口，亚哥耐心地在烈日下等待。在这之前，他的肚子在排山倒海，但在等待时，肚子突然安静下来。他好像已经体味到蚂蚁或蚯蚓在肚子里爬动的冰凉的感觉。他如果捉到一只蚂蚁或蚯蚓，他都不会嚼烂，而是把活的咽下去，然后躺在阳光下体味它们在身体里爬动的痒痒的感觉，那感觉就像母亲温暖的手，给他无限的幸福和安宁。

这年头连蚂蚁都饿疯啦，亚哥把唾液吐到洞口的一刹那，一些蚂蚁就飞了出来。亚哥从来没见过蚂蚁会飞，可现在蚂蚁却真的在飞。亚哥捉住一只，仔细观察，他发现蚂蚁并没有翅膀。真奇怪，没有翅膀却能飞，也许是蚂蚁肚子太饿了，饿得身轻如尘，就飞起来了。亚哥想，也许人饿得太久了也会飞起来呢。如果人能像鸟儿一样在天上飞，倒是件不错的事。亚哥看到蚂蚁从洞里飞出来的时候，围着他的唾液转了几圈，然后没头没脑扎向唾沫。它们被唾沫粘住了。它们在唾液上贪婪地蠕动。亚哥抓了几只放进嘴里。他让它们爬到咽喉口，然后没嚼一下就咽了下去。让它们在肚子里爬吧，这样我的胃就会感到充实。洞里不断有蚂蚁飞出来，亚哥想，他的一口唾沫可以换来一个充实的胃，值得。亚哥发现飞出来的蚂蚁吃了他的唾液后就不会飞了，它们颠着大肚子，开始慢慢向洞里爬。亚哥已吃了不少蚂蚁，他不想把它们都吃完，所以放过那些小东西，让它们钻入洞穴。

这天晚上，亚哥做了个梦，他梦见自己身体里的蚂蚁正在吞噬他的肉体，慢慢地，他就被它们蛀空了。一会儿，他看到他的骨头上都是蚂蚁，他成了一具骷髅。他惊醒过来，感到身体里确实有点异样，很担心他吃的那些蚂蚁和蚯蚓还活着。这会儿，他想喝很多酒精。想喝酒精的念头就像那些虫子吞噬他的身体那样让他难受，让他心痒难熬。他恨不得冲到母亲的房间里去，把那盏灯中的酒精全喝了。

他趴着门缝往里面看。他希望母亲已经睡熟了。那盏灯还亮着。他很奇怪，那灯里的酒精好像永远烧不完似的。他记得每次他都差不多把酒精喝完了，但母亲的灯却总是亮着。好像那灯里的酒精会生长出新的酒精。亚哥认为这种可能性不大，酒精不可能生出新的酒精，他判断母亲应该在屋子里藏了一些酒精。这时候，他看到在灯光后面的阴影里，有一双亮晶晶的眼睛直视着他，那双眼睛好像已经明白了屋外有一个人正不怀好意地盯着她的灯。那是母亲的眼睛，看到这双眼睛，他吓了一跳。母亲应该早睡了的呀，这么晚了，她在干什么呀，难道她已发现有人在偷喝她的酒精了

吗。不过也有可能母亲是肚子饿得睡不着觉了。他没听母亲
说过饥饿这回事，母亲也许有自己一套对付饥饿的办法，或
者母亲也在靠喝酒精过日子。亚哥想，他今晚不可能得到母
亲的酒精了。

　　他感到体内的虫子依旧在吞噬着他的身体。他在自己
的屋子里团团转。他不能当着母亲的面把那些酒精喝完，那
样的话母亲会杀了他。母亲可是什么事情都做得出来的。他
想，他得找一些替代品，能把身体里的虫子杀死的替代品。
这时，一股浓烈的芳香窜入他的鼻腔，这香味甚至比酒精更
纯粹。这香味把他全身的血液都激发了，他感到这会儿，血
液都奔向他的鼻腔。被这股香味吸引，他来到猪栏。当然猪
栏里早已没有猪了。猪栏的一个角落里安静地躺着一罐东
西。香气就是从那罐东西里飘出来的。亚哥记得这罐东西是
几年前发洪水时，从水上漂来的。亚哥从水中捞起来后就
把它扔到了猪栏里，再没去动过它。亚哥以为它一直是没有
气味的，至少过去从未闻到过香味。亚哥想，他今天闻到香
气也许是自己肚子里的虫子造成的。他太害怕它们把他蛀空
了。亚哥小心地打开罐盖。他小心翼翼的样子就好像那东西
里面躺着一个魔鬼，会随着一股气体窜出来。当然魔鬼是不
会有的，里面是一些液体，芳香逼人的液体。他又仔细嗅了
嗅，这回他嗅出来了，那是汽油。他感到奇怪，汽油不应该
这么香的呀。他想，这恐怕是饥饿造成的，人要是饿了，他
娘的，什么东西闻着都是香的。他对自己找到的只不过是汽

油这件事感到失望。但他也舍不得把这东西扔在猪栏里，于是他把这罐东西搬到了自己的房间。

他躺在床上，那东西继续飘着香味。这香味让亚哥呼吸困难。他只好一次次对着罐子猛烈吸食，这样的吸食让他稍稍感到平静。这样重复了几次，亚哥突然生出把这汽油喝下去的欲望。这种欲望让他浑身发抖。他不知道喝了汽油会有什么后果，会不会死亡。他对这个念头感到恐惧。这念头太强烈了，他感到如果不实现这个念头，甚至比死更难受。最后，他终于把一碗汽油喝了下去。当那冰凉的液体从他的嗓子眼顺着食道下去时，他的身体一下子变得平静如水，他的全身都涌出一种畅快感。他流下了泪水。然后他躺在床上，体味这安静的幸福时刻。

后来，他感到这些液体流遍了全身的每一个细胞。他的整个身体成为一片汪洋大海。他躺在这汪洋之中，好像天底下只存在他一个人。就在这个时候，他听到了一些奇怪的声音。那是一些他从来没有听到过的声音。他不知道怎样说出它们，它们在他的经验之外，那些声音有某种光线，毛茸茸的，好像这声音本身并不存在，存在的只是寂静本身。这声音是所有一切，也是空洞无物。后来他才知道这种声音可以用一个词去描述：天籁。这天晚上，他就是沉醉在这万籁之声的甜蜜中睡去的。

第二天早上，亚哥起床后发现，一切完全不同了。首先，他感到他的身体似乎比以往任何时候都要有劲，好像那里面刚注入了无穷无尽的能量。他感到自己像是死去之后重又活了过来，整个身体清洁、饱满，体内还有一种想干点什么事情的跃跃欲试的激情。后来，他发现连他眼见的世界都呈现另外一种样子。那是什么样的世界呀。

那是什么样的世界呀。亚哥看到眼前的世界瑰丽无比，充满了幻象。他看到村庄里一些花朵在跳跃，它们看上去像一些小精灵，一会儿跳到岩石上，一会儿又跳到他的肩上，村庄里长满了树，树叶就像无数双手在向他鼓掌。他还看到所有的事物都长出了翅膀，它们都飞了起来。屋顶在飞来飞去，太阳在飞来飞去，地上的粪便在飞来飞去（村里人自从开始吃树皮草根以来，肚子里大便很多，但很难拉出来，地上的粪便是孩子们好不容易才拉出来的，粪便就像一条一条的树根），人群在飞来飞去，连柯支书画在墙上的画都在飞来飞去。看到这一切亚哥非常快乐，他始终咧嘴傻笑，就是想不笑都控制不住。他向队部走去时，他看到村里人都扑扇着翅膀，像一只只大头蜻蜓那样睁着复眼，奇怪地看着他。看到这一切，他确实也有点惊奇，但想起昨天看到蚂蚁也飞了起来，就不再奇怪。他想，天地间的一切东西可能都饥饿了，一样东西只要饥饿了，大概都能飞起来。所以，他见到那些面黄肌瘦的村民们飞起来，也不感到奇怪。

来到队部，亚哥就问大家："你们有没有见到人飞来飞去的？"

大家都摇头。有人说："我们没见人飞来飞去，只见到你气色很好，精神饱满，不像我们面如大便。亚哥，你摇摇晃晃的，好像喝醉了酒。你哪里来的酒？"

亚哥听了这话，神经质地笑起来。他说："我没吃什么好东西。但人飞来飞去是真的。我不但看到了人飞，我还看到这里所有的东西都在飞呢。"

有人说："亚哥，人怎么会飞呀，如果我会飞，我早已像一只鸟一样飞走了。我就不信找不到有粮食的地方。"

亚哥说："你有翅膀呀，真的，你为什么不飞走呢。"

那人说："亚哥你别装神弄鬼了，你怎么像你母亲一样跳起大神来了。"

亚哥说："我说的都是真的，我看到了，但我描述不出来。"

亚哥看到队部的墙角上有一桶油漆。那是柯支书放在那儿的。好像有什么人驱使他似的，他来到油漆桶边，拿起刷子，在墙上涂了起来。开始的时候，村里人不知道亚哥想干什么，当一些图画出现在墙上时，村民们才知道亚哥原来在画他描述不出来的事物。亚哥手中的笔好像变成了一支神笔，它一笔划过，墙上马上就生动起来。开始，墙上的东西只是一条腿，或一双手，或别的什么，后来，亚哥把它们联了起来，成了各种各样的事物。树，河水，鱼，滚滚云层，闪电，雨丝，巨大的蚂蚁（蚂蚁的眼睛画得像酒瓶那么大），蚯蚓，蜻蜓，蝴蝶，女人，孩子，草，蝌蚪，等等，墙上出现了一个新世界。村里人发现，墙上的每一样东西都有翅

膀：树有翅膀，蚂蚁有翅膀，女人和孩子都有了翅膀，他们
在树木、草地上飞来飞去，他们的头发像是浮在水中，有规
则地晃荡着。

村子里的人觉得亚哥的画比油漆匠柯大雷还要好。他们
感到很奇怪，他们搞不清亚哥什么时候学会了绘图画。他们
非常喜欢亚哥的画，那些有翅膀的东西非常可爱，像村里流
传千年的神话中的角色。柯大雷的画虽然也很好看，有着钢
铁般的严肃表情，但比不上亚哥的画让人兴高采烈。那个叫
古巴的孩子也来到了队部。他的脚踏在两个轮子上面，是两
个木头轮子。他是靠两个轮子的滑动才到达队部的。村子里
的人不知道古巴为什么这样，肚子饿得两眼都冒黑星了，他
还有力气玩这种需要使劲的游戏。古巴来到了队部，看到亚
哥画的一棵长着翅膀的树，发出呀呀呀的叫声，他的眼中有
惊恐之色。但村里不知道古巴想说什么。

亚哥还在忘我地作画。他作好自己的画后，开始修改油
漆匠柯支书画的图画。他把柯支书画的猪、绵羊、兔子、狗
等动物都画上了翅膀。就在这个时候，亚哥听到他的身体里
出现一些音响。他知道那是万籁之声进入了他的身体。他禁
不住高唱起来。人们发现亚哥唱的不是他过去唱的戏文，而
是另外一些调子。亚哥发出像女人那样高亢、圆润的声音，
这些声音像一只远去的天鹅那样幽远。村里人听到这样的歌
声，都觉得亚哥变成了一个女人，他的声音就像女人那样温
柔。那声音里有一种无比满足的宁静。他一边唱一边作画，

那样子好像不是他在画，而是由另一个人在指挥他画。到了傍晚，队部屋内所有的墙面上都画上了他的画。

亚哥对画图画着了迷。第二天，他把他的创作从队部移到电线杆上。他边唱歌边画图。亚哥在电线杆上画上了饱满、妖艳的花朵，和那些张着翅膀的各式各样的事物。在村口的那根电线杆上，亚哥还写了一句诗：**它们不是指向天空，而是指向希望。**

写完这句诗，亚哥从电线杆上爬了下来。天空深邃高远，发出诱人的蓝色光芒，他感到那苍穹之上有着一个无比巨大的吸引，而他画出的那些精灵鬼怪，写的诗句，唱出的尖利的调子，都通向那个地方。亚哥的脸上露出孩子般的笑容。

五　光明村到处都是饥饿的鬼魂

亚哥发现母亲已经很久没有吃东西了。母亲一直待在自己的屋子里，没去队部吃那些树皮草根。但母亲活得好好的，母亲的眼睛比谁都明亮（村民们的眼睛早已暗淡无光了）。亚哥不知道母亲是靠什么维持生命。同亚哥猜想的一样，后来，亚哥发现他的母亲的确也在吸食酒精。原来她的生命动力来自她那盏长明灯中的酒精。

村子里的虫子突然多了起来。虽然他们在吃树皮草根时吃到了猪肉狗肉的味道，但他们觉得老是吃树皮草根也没劲，就开始去捕捉虫子吃。就像亚哥原先见到的，这些虫子从洞里出来后就在空气中飘来飘去。村民们发现他们没有翅膀却飘来飘去，都感到不可思议。但他们也不去想这事，他们发现虫子的味道比那些树皮草根要好得多。

足不出户的亚哥的母亲，那个巫婆，突然从屋子里钻了出来。她的眼睛里像是有一盏明灯，闪烁着红色光芒。她站在队部前，对村民们说："干旱就要过去，但水灾将要来临。"村民们没理睬巫婆。解放前，巫婆跳大神，搞迷信，解放后已没人理她那一套。巫婆见村民们不理她，就冷笑起来。她说："你们不要抓那些虫子吃，那都是鬼魂。它们也饿了，它们就从洞里飞了出来。它们是饥饿的鬼魂，它们钻入你们的身体，会把你们掏空。"

果然，这天晚上，吃了虫子的村民都没睡着。他们发现，一些鬼魂从他们的身体里钻了出来，在屋子里飞来飞去。鬼魂们的嘴角还滴着一些血迹。他们知道那是从他们身体里吸来的血。鬼魂嘴上的血滴在地上，地上就冒出一股青烟。他们再也不能待在屋子里了，他们逃到夜色之中。他们在村子里哭叫，好像他们本身就是鬼魂。整个村子都不见光明，只有队部亮着一盏油灯。他们就往灯光的方向奔，就好像他们都变成了虫子。他们发现亚哥睡在队部里，队部并没有油灯，那灯光一样亮着的是亚哥作的图画。亚哥画的那些张着翅膀的东西这会儿发出金子般的光芒。这些受到鬼魂骚扰的村民们站在这些图画前，突然感到那些鬼魂远离了自己，好像这些发光的图画把鬼魂吓跑了。他们站在画前，觉得那些图画就像是一面镜子，让他们看清了自己。镜子中里，他们干净、清爽，脸色红润。

村民们把亚哥画的图画都当作了守护神。他们纷纷邀请亚哥去家里作画，好让自己家里闪闪发光。亚哥现在每天都喝汽油，喝了汽油后他就能听到天籁，就能看到事物展开翅膀的样子，他就有了一种把它们画下来的冲动。村民们叫他去画，他求之不得。他就叫他们把墙刷白，然后他就画上各种各样的东西。他在墙上画了许多的植物和花朵。这些植物和花朵亚哥都没见过，但他把它们画得异常逼真。亚哥画完每一种植物和花朵，他们就会闻到香气。他们的屋子里常常飘散着大麦、莲花、紫花苜蓿、蜂蜜和橘树的香味，好像图画中那些会飞的植物和花朵真的来到了他们生存的空间里。事实上，光明村的人已有很久没有见到花朵了。在他们的记忆里，植物和花朵同远古的事物一样古老。村民们发现，亚哥给他们画了这些画后，他们的家不再是暗的了。那些鬼魂不再跟着他们。

寡妇也来叫亚哥作画。寡妇家的鬼魂比较多，因为寡妇家没有男人，没有男人阴气过重，容易滋生鬼魂。亚哥在作画的时候，寡妇一直站在身边。寡妇说，亚哥，那些鬼魂老是往我的怀里钻，他们钻入我的胸，钻入我的腰，钻入我的腿，亚哥，我都没一点力气了，他们还要钻。亚哥，他们钻入我的身体以后，我不能动一下，就好像我要死了。亚哥说，姐，也许那些不是鬼，是人。亚哥的嘴很甜，他一般叫村里的妇女为姐。亚哥说完这句话，觉得很好玩，自个儿笑了。他想，寡妇的身体一定钻过很多男人。村里的女人都这么说。寡妇说，亚哥，你坏。亚哥继续在墙上作画。这时，寡妇闻到了一股香气。寡妇说，啊呀，怎么屋子里都是香气。亚哥说，是我画的图画散发出来的，他们都说我画的植物和花有香气。寡妇又努力嗅了嗅，摇摇头说，不是从墙上来的，是你身上来的，你身上有股奇怪的香气。亚哥说，我又不是姑娘，怎么会有香气。寡妇的鼻子像大象那样伸展出来，在亚哥的头发上嗅了嗅。寡妇说，亚哥，你身上有汽油味，你身上怎么会有汽油味。亚哥的脸就红了。喝汽油是他的秘密，他可从来没同任何人讲过。寡妇见亚哥脸红，就说，亚哥，你是不是有什么事瞒着姐。亚哥知道寡妇的眼睛有时候比他的巫婆母亲还要亮，他的母亲只看得到鬼魂世界，看不到人心里的事，寡妇却能看到每个男人心里的念头。亚哥知道他瞒不过寡妇，就告诉她喝汽油的事。一说这内心的秘密，亚哥的眼睛闪闪发亮。同人分享秘密是一件快乐的事。亚哥说，我以前不会画图画，我会画图画是因为我吃了一种东西。我吃了这东西后就听到了天籁，就能模仿这的声音。亚哥说着就唱了起来。亚哥继续说，我唱的，就是我听到的。我的周围满是这种好听的声音。我不知道怎样向你描述。这种声音就像你见过的最美的光芒。寡妇不知亚哥吃了什么仙药，打断他，问，快说，你究竟吃了什么。亚哥红着脸说，我喝了汽油。开始，寡妇不相信亚哥所述，汽油怎么可以喝，后来她听到自己的肚子咕咕叫，还想到晚上老是有鬼魂到她的床上来，她就想喝了。她叫亚哥赶紧给他弄点汽油来。亚哥就回家给她弄了一壶。

寡妇喝了汽油。亚哥一直在观察她的反应。他看到她的脸上出现了红晕，就好像早晨升起的太阳。亚哥问，你是不是有清凉的感觉？我喝了汽油全身都会变得清凉。寡妇说，我全身发热。说完，寡妇就要脱衣服。寡妇确实感到热，她感到喝了汽油后，她一直备受饥饿折磨的身体突然有了活力，她的身体这会儿在急剧膨胀。寡妇有了一种在吃饱肚子的日子里身体内部激情澎湃的感觉。亚哥听到寡妇的胸脯从衬衫里跳出来的声音，就好像一只兔子从洞里钻了出来。那兔子在亚哥前面跳荡着，让亚哥看得目瞪口呆。寡妇笑道，怎么，傻啦。亚哥情不自禁地拿起油漆刷子去涂寡妇的胸脯。寡妇说，啊呀，亚哥，你也喜欢这么干呀。亚哥问，还有谁喜欢这么干。寡妇说，很多男人都喜欢这么干。亚哥，你在我的身上作画吧，你这样干我很舒服。亚哥说，好。寡妇把所有的衣服都脱光了。她洁白的身体让亚哥头晕目眩，那种轻飘飘的感觉就好像比喝了汽油还强烈。亚哥开始把画在墙上的会飞的事物搬到寡妇身上。寡妇的整个身体都闪闪发光。这时，亚哥发现，寡妇的下身，那个长着可爱的黑毛的地方，开出了一朵鲜艳的花朵。真的像花朵，层次丰富的花朵。它的外围是粉嫩的红色，那花蕊却红得发黑。从粉红到红黑之间的过渡流畅而和谐。那花朵上面还有一些晶莹的水珠，一粒一粒的，透明，圆润，发着梦幻似的光芒。寡妇说，我这朵花同你画的哪一朵漂亮啊。亚哥艰难地咽了一口唾沫，他闻到汽油的味道正从那花朵上散发出来，就好像刚才她喝下去的汽油这会儿正从这个地方流出来。寡妇说，亚哥，我里面在燃烧啊，你瞧，花瓣上的露珠就是里面流出来的汗啊。亚哥，你如果进去，你就会烧成灰烬。亚哥，这朵花能把你带到天上去啊。

亚哥后来进入了寡妇的身体。那里真烫啊。同她比，亚哥觉得自己倒变成了一块冰。一会儿，亚哥觉得自己这块冰被融化了，成了一股水蒸气。他感到那些蒸汽像水中的气泡在往上冒，越往上，气泡就越大。那些气泡在哇啦哇啦尖叫。他觉得这些气泡这会儿都好像活了，像一条一条的娃娃鱼，头无比巨大，但尾巴很细小，它摇头晃脑的样子，仿佛是它们主宰着这个世界的快乐。那些气泡越来越大，后来变成了一个一个气球升上了天空。后来，床消失了，村庄消失了，亚哥消失了，寡妇消失了，连那些气球也消失了。天地间一片空白。亚哥觉得自己死了。这世界只留下纷纷扬扬的尘埃。

我们疯了。我们饿着肚子还弄这玩意儿。这世界先是出现寡妇的声音，然后就看到了纷扬尘埃折射出来的光芒，有了光芒就有了阴影，那是尘埃凝结成的一些阴影，再然后，世界又有了形状，天地间有了生命。亚哥感到自己又活了过来。他感到自己好像是从世界的尽头回来的，好像是从一个寂静之所回来的。他回来的样子就像一束从茫茫天宇射来的光，光芒闪过，他就活过来了。活过来时他感到眼角淌着泪水，头发和身体都湿漉漉的，就好像这个干旱的世界刚下了一场雨。寡妇说，亚哥，你是第一次干这事吗？亚哥点点头。亚哥脸上是害羞的表情，他说，我老早听说有很多男人喜欢跑到你这里来。寡妇说，是呀，我这里是革命的加油站。

从寡妇家出来时，亚哥看到柯支书阴冷的眼睛。亚哥觉得那些鬼魂都已钻进了柯大雷的眼睛里。也许柯支书的家应该画上一些图画，但柯支书拒绝亚哥这样干。自从吃了汽油后，亚哥已不那么崇拜柯支书了。

亚哥一家一家给他们画图画。在亚哥的画笔下，那些张着翅膀的人的形象不断变化。那些人变得越来越高大，他们似乎在向天空伸展。有一天，亚哥把长翅膀的人画在了一根木头上面，他缠绕在木头上，眼睛绝望、惊恐、悲悯地看着画外的人。亚哥对这双眼睛感到满意。他感到这双眼睛里有着他听到的天籁。亚哥画好这画后感到非常满足。他走在村头，他看到干旱在大地上留下的粗暴的痕迹。大地满目黄土，绿色不见，田野上零星有一堆一堆的枯草，它们被晒成火红色，看上去就像火焰在田野上舞蹈。这会儿，连天空也都变成了黄色，就好像大地本身正发射黄色的光芒，把天空照亮了。或者天空是一面镜子，它映照出大地的黄色。就在这个时候，亚哥抬头看了看村外的电线杆，看到的景象让他惊呆了。他发现古巴攀缘在那电线杆上，黄色的天空完全罩

住了他，使他身上呈现出一层金光。古巴攀缘在电线杆上的
样子，同他刚才画的图画一模一样。他的心中涌出一种异样
的感觉。他觉得自从他喝了汽油后，这个世界真的改变了。
他先是听到天籁，又看到万物都长出了翅膀，现在他又发现
刚才想出来的图画真的出现在村头。他想起一些遥远的往
事。他记得小的时候，母亲总是带着他走街串巷。母亲通常
会在某个广场上停下来，给人们表演她的通灵绝技。人们都
非常相信母亲，因为母亲总是能够召唤他们的祖先住进她的
身体。这样这些人就可以通过母亲同亲人对话了。每当母亲
工作的时候，亚哥就会去附近玩一会儿。他记得总有一些神
秘的房子，里面的墙上有一些壁画，壁画上的人总是张开着
翅膀，这些画上，有些人会攀缘在一根木头上。他那时候刚
学会走路，这些记忆现在已经很模糊了，但那种神秘的感觉
他还记得。他记得母亲曾对他说，你是巫婆的儿子，你的身
体最终不是你的，就像我，我的身体人人都可以钻进来。不
过亚哥从来听不懂母亲说的话。他不清楚为什么看到古巴会
使他想起这些往事。他仰望天空，天空的光晕刺痛了他的眼。

　　"古巴，你怎么啦？你为什么要爬在电线杆上？"

　　古巴向他投来惊恐的眼神。

　　"古巴发生了什么事吗？"

　　古巴哇啦哇啦地叫了几声。但亚哥不知道古巴想说什么。

　　这时候来了一群孩子。孩子们看到古巴攀缘在电线杆
上，非常羡慕。他们也很想爬到电线杆上去，他们都试过，

但电线杆浇筑得十分光滑，他们根本爬不上去。如今他们的肚子没有一点东西，身子早已没了力气，他们更是爬不上去了。他们不知道古巴是怎么爬上去的。他们百思不得其解。他们对这个哑巴又很不服气，凭什么他爬到了电线杆上。他们就用石块去砸古巴。可这些孩子实在没力气了，他们砸出去的石块像老年人撒出的尿，刚离开他们的手就落在地上。孩子们不认为自己没有力气，他们觉得那哑巴周围似乎存在一层看不见的阻挡物，把他们的石块都挡开了。

亚哥看见村里的孩子向古巴砸石块，觉得过分了。他呵斥孩子们。他骂道，你们怎么能这样，你们肚子饿成这个样子了，还要欺侮人，你们太不像话了。孩子们说，哑巴凭什么爬在电线杆上？亚哥说，这里电线杆多得是，你们也可以去爬呀。孩子们知道自己爬不上去，嘀咕了几句，就走了。

亚哥对古巴很好奇，他说："古巴，你看，太阳这么大，你这样下去就要晒干了，你瞧，你头上已不冒汗，而是在冒油了。你还是下来吧。"

古巴在电线杆上一动不动。亚哥想象了一下，人如果被晒干会是什么样子。他认为一定像一只剥了皮的青蛙，四肢僵直，惨不忍睹。他摇了摇头，向村里走去。

亚哥的母亲开始在村里跳大神。她的周围聚集了一大帮人。她闭着眼睛在自言自语。她说，你们不要挤，一个一个慢慢来。村里人知道她是在对鬼魂说话。村民们自己都感觉到了，村子里到处都是饥饿的鬼魂。巫婆定气凝神，鬼魂纷纷钻进她的身体。她一会儿做出某某人的爷爷，一会儿做某某人早逝的母亲。她在一分钟内能发出十个人的声音，做出十个人的表情。人们从巫婆的表情中明白，飞舞在村子里的鬼魂都曾是他们的亲人，他们之所以飞来飞去，是因为实在饿坏了。他们这才想起他们已很长时间没给死去的亲人烧纸钱了。哪里还有什么纸钱，村子里就是白纸也找不到了。前段日子，有人说纸是用木头做的，既然树皮可以吃，纸当然也可以吃。于是村里人都吃起纸来。纸比起树皮来要好吃得多。纸香香的，咸咸的，比树皮容易下咽。他们一边吃纸一边还讲故事。上年纪的人说，很久很久以前，就有人一辈子吃字纸为生。那人吃了太多字纸，后来这些吃下去的字纸都变成了学问。现在村里面没了纸张，也就是说没办法制作纸钱安慰祖宗了。他们就要求巫婆让他们的先人钻进身体，然后对着巫婆使劲地赔不是。他们说：祖宗啊，原谅我们吧，我们没有办法啊，自己都要饿死了呀，哪里还想得起你们。我们这就给你们送钱，没有纸我们就烧枯草当纸钱吧，你们回到坟墓里去吧。巫婆后面跟着的人越来越多。从巫婆的表情可以看出来，这些饥饿的鬼魂都不肯回到坟墓里去。村民们对着巫婆不停地说好话。巫婆的脸上始终是鬼魂的表情，一脸高傲，像一个债主，就好像村里人都欠着她银子似的。这段日子，整个村子里的人都在跟着巫婆跑。

　　柯大雷觉得局面似乎有点失控了。他没想到饿着肚子的村民有这么巨大的激情，他们跟随那个巫婆，像那个巫婆那样癫狂，脸上充满了梦幻似的光芒，每个人都像一团熊熊燃烧着的大火。不过柯大雷也想通了，只要他们能够活着，并且活得高兴，随他们去吧。这样总比静静地等待死亡要好。

不断有死亡的消息从远方传来。有人说，离这里九千九百九十九里的一个村庄，那里的人在一夜之间全都悄无声息地饿死了。

六　柯大雷一枪打中了寡妇屋顶上的内裤

有人送给柯大雷支书几块面包。送的人是锡匠，过去他们同在一个手工业合作社做工。柯大雷革命成功后，就让锡匠做了民兵连长。加入民兵组织的人都是过去手工业合作社的人。他们分别是木匠、箍桶匠、篾匠等等。锡匠过去给人做锡器时，偷工减料，私藏下一些锡和银，现在肚子吃不饱，就拿着锡和银上了一趟城。他用锡和银换了一点儿面粉。本来，锡匠不打算孝敬柯大雷的，但目前他有一些令他困惑的事需要请教柯大雷，所以他带了几块面包来到柯大雷家。

柯大雷见到面包，眼睛都绿了。柯大雷问，这东西哪里来的？锡匠当然也不能实话实说，他说，我一直藏着呢，舍不得吃呢，肚子饿空的时候再让支书吃呢。柯大雷一把夺过面包，就往嘴里塞。由于吃得太快，噎着了，他用力干呕，呕得面红耳赤。锡匠见了，在一边乐。柯支书是饿了，他娘的，他吃面包的模样简直就像一只饿狼。他绿绿的眼睛的确像一只狼。锡匠因此心里涌出一种优越感。柯大雷见锡匠笑，就黑着脸说，怪不得你这家伙气色那么好，藏着面包一个人偷偷在吃。锡匠的脸马上露出哭相，道，啊呀，支书啊，你还不知道我的苦心吗？

锡匠这段日子确实感到无比困惑，他想问问柯大雷，究竟有没有鬼魂。近来关于鬼魂之事在光明村传得纷纷扬扬。他对柯大雷说："柯支书，你说奇怪不奇怪？我的爷爷真的钻进了那个巫婆的身体里。巫婆的表情同我爷爷的一模一样。巫婆根本没见过我爷爷呀。"

柯大雷说："你也没见过你爷爷呀，你怎么认出来的？"

锡匠说："我爹认出来了呀。我爹见了巫婆，就认出了他爹，我爷爷。我爷爷是上吊死的呀，他们说上吊的人升不了天，我爷爷的鬼魂出来的时候，没有脚，脸是黑的。我爹说我爷爷钻进巫婆的身体时，巫婆的脚就飘起来了呀。"

柯大雷说："你看见了吗？你没看见不要乱说。"

锡匠说："村子里的人都看见了，他们说村子里到处都是鬼魂。他们还碰见了你的爹呢。柯支书，你的爹当年是采石死的，被炸药炸死的，炸得手脚都分了家。他们看见你爹的鬼魂走在前面，可你爹的手和脚在后面跳舞呢。他们说有时候看见你爹的手和脚，可你爹的声音还在半空中学炸药的爆炸声呢。"

柯大雷说："都是胡说，我怎么没看见，也没听见。我爹饿了应该来找我的呀。"其实柯大雷心里有点儿虚，他虽没见到鬼魂，他的眼前老是有一些拇指一样的小女孩在飞来飞去。不过他知道这是饥饿产生的幻觉。

锡匠说："柯支书，他们说只要让亚哥在家里画上图画，鬼魂就不会跟着你了。他们说亚哥的画会发光。"

柯大雷说："那都是幻觉。人只要填饱肚子那些东西就见不到了。你吃了面包再去看看，那些图画还发不发光。"

锡匠说："可兄弟们都说看到那些画发光了，他们都想请亚哥画呢。"

柯大雷说："我们是革命者。革命者不相信鬼魂。你告诉民兵们，不能让亚哥去他们家画图，否则就叫他们缴枪。"

柯大雷吃了几块面包后，感到身上的每个细胞都高兴得尖叫起来。他知道这些细胞原来都想睡觉，好像它们一个个成了瞌睡虫。他总是尽量不让自己睡过去，即使那些细胞要睡（那些细胞还想让他的心脏睡着），他也不让自己的思想睡，他身体的任何一个部位都可以睡着，就是不能让自己的思想睡着。不睡着就是活着。自饥荒以来他从没睡过觉。他醒着，所以看到了一切。他看到了巫婆脸上先人们的表情，包括他那炸死的父亲的表情。他的父亲钻入巫婆的身体时，巫婆的眼睛像子弹那样从眼眶中弹了出来，就好像那一刻巫婆也被炸药砸中了。他还见到亚哥画的图画发出光芒来。这一切让他非常困惑。他原以为已了解这个世界，现在他感到根本认识不清这世界，他因此感到恐惧。这让他的精神都有

家　园 ｜ 183

点垮掉了。现在，吃了面包后，他对这世界的困惑少了一点，精神也长了一点，特别是当他拿起那火药枪的时候，他觉得自己又有力量了。他已经有一段日子没拿枪了。枪上都有了灰尘，他怀着爱护之心用手小心地擦拭，就好像这枪是他的另一条生命。他握着火药枪，突然有了另一种需要。他想起了寡妇。他已有一段日子没去寡妇那儿了。那都是因为肚子饿的。因此他认为，要想起寡妇必须有一些条件：一，你肚里得有点东西（可奇怪的是亚哥肚里没东西却还能干这事）；第二，你还得有点精神，就像这根枪一样有精神。这样一想，他觉得身子发痒，他背上火药枪大步向寡妇家走去。

　　肚子里有点东西究竟不一样，走进寡妇家也不见亚哥涂的图画发光了。不过现在是白天，也许晚上会发光。寡妇一脸讥笑地看着他。他给了寡妇一个耳光，说你笑什么。寡妇说，你还记得我呀。他抱起寡妇，把寡妇放到床上。然后去剥寡妇的衣服。寡妇的身体呈现在眼前，纤毫毕现，真实不虚。他心慌了，他的下面没一点动静。女人面带讥讽看着他，那讥讽中带着一丝淫荡。他不甘心，就脱了衣服，同寡妇赤裸相对。他使劲摩擦下面的东西，但那东西没有生气。这时，女人用轻蔑的口吻说，算了吧，你还是陪我睡一会儿吧。他想，我先睡上去再说，说不定碰到女人的身体，我就会有反应了。

　　女人的脸上出现回忆的神情，她说，记得从前的事吗？

柯大雷还在努力，没吭声。女人接着说，那时，你在我家做油漆，你把油漆涂在我的身上，我说我的身体是革命者的加油站，你难道也想做一个革命者吗？后来，你真的不做油漆，干起了革命。你带着锡匠、木匠、篾匠，还拿着火药枪把老支书从我的床上拉了下来，他可是个游击队员啊！你们还不放过这个老家伙，朝他的胯下开枪，把他打残了。你就成了光明村的革命者。但现在，世事无常啊，你瞧，你下面的枪都不能使了，你在村里也没有什么分量了。有一个人分量比你更重。不说你也明白，他就是亚哥，他将是我们村一个新的革命者。油漆匠柯大雷听了这些，突然冷笑起来，他恶狠狠地说道，他斗不过我。他从床上爬起来，拿了火药枪，对着寡妇家屋顶上那条黄色的内裤，打了一枪。他说，让他折腾吧，枪杆子在我手上我怕什么。现在我下面虽然举不起来了，但这个村庄的革命者还是我。

　　寡妇家就在村头，从寡妇家出来，就可以看到村头的电线杆。柯大雷看到古巴的母亲在电线杆下烧着什么东西。后来他才明白，原来那个哑巴的母亲在烧枯草，他想用烟把古巴熏下来。他知道哑巴爬在电线杆上这件事，他原以为是小孩子闹着玩，没想到这孩子上去后不想下来了。这个哑巴，爬在电线杆上有两天了吧。这世道怪事越来越多了。枯草烧出来的烟很厚很浓，绕来绕去，像一条条扑向猎物的蛇。这些蛇围着那个哑巴，把哑巴吞噬了，但哑巴一动不动，攀缘在电线杆上不肯下来。柯支书背着枪，向那女人走去。

"你在搞什么，当心你的火，天气这么干旱，把村子烧掉可不得了。"

女人见是柯大雷支书，就哭了。由于气候太干燥，她体内的水分早已被吸干了，女人并没有流出泪来。女人说，柯支书呀，我这个哑巴儿子不肯下来呀，他再这样下去要晒成一枚泥鳅干了呀。柯大雷就问，哑巴为什么不肯下来。女人边哭边说，几天前，古巴老是对着我哇啦哇啦的，手舞足蹈，我当时也没搞懂他什么个意思。他爬到电线杆上我才明白，原来古巴太饿了，一直羡慕山上的那些树，觉得那些树不吃东西就能活，他希望自己变成一棵树，那样他就不用为自己的肚子烦恼了。想得多了，他出了幻觉，认为他的脚会长出树根来，他会变成一棵树。前几天他搬一块石头时，双脚陷在泥地里，他又哇啦啦地叫起来，就好像他落入了一个陷阱。他还对我比画，意思是说，双脚陷入泥里时，脚长出根来了。这下子，他就害怕了，他担心自己真的变成一棵树。所以他只好爬到电线杆上，离了地，脚就不会生根了呀。柯大雷听了这话，又有点疑神疑鬼起来。女人说的简直就是一个神话，但你不能说没有一点道理。经过这段日子的折腾，他发现这个世界不光包括看得见的那部分，那些一成不变的部分，比如这个村庄，这些房子，还包括看不见的部分，幻觉的部分。你不能说幻觉里的事就一定不存在。他想，在这个世上，有时候光凭枪杆子也不能解决所有问题。

七 雷电映照着电线杆上的古巴

先是听到雷声。轰隆隆的，仿佛天空发怒了。天空马上变得脸红脖子粗。原本只有阳光和一望无际的深蓝色的天空，没一会儿就变成暗红色。这些暗红色的血腥的云块，在大地上投下一些阴影。接着，村里人看到黑云滚滚而来，黑云压过头顶，天空一片黑暗。村庄不见了，人群不见了，连爬在电线杆上的古巴也不见了，所有一切都被黑暗吞没了。由于这些变化太过迅捷，村里人没反应过来究竟发生了什么事，这些变化是好还是坏。一会儿，从天上飘来一些银丝，当这些银丝落在他们脸上时，他们才知道这些在黑暗中闪闪发亮的东西是雨。雨现在成了天地间唯一闪光的东西。由于干旱时间太久，那些发亮的雨落入土地时发出嗤嗤的声音，就像是水洒泼到火中。雨丝落地，地里冒出一些发光的白烟。村子里的人见下雨了，非常高兴，他们纷纷从屋里冲出来，头朝天，让雨落在他们喜悦的脸上。干旱时间太久了，上天终于开了眼，向村民们恩赐这些闪闪发光的像银子一样宝贵的水来。他们知道有了水，地上又会长出庄稼，草木又会重新复活，荒芜的大地又会生机勃勃。村里人都忘了饥饿，有人甚至欢呼高叫起来。

村子里的人兴高采烈的时候，巫婆却十分冷静，对着村里人冷笑道，我同你们说过的，旱灾过了后水灾就会来，你们不要高兴过头，你们等着吧，洪水就要来了。但这会儿村里人都没理睬巫婆，就是巫婆让十个鬼魂同时进入他的身体说话，他们也不相信还将吃更大的苦。

雨下了三天三夜，闪光的雨丝也变得日益粗密。这时，村里人开始相信巫婆的话了。他们想，看来，洪水的到来是不可避免的了。他们开始为逃难做准备。还是古巴的母亲最先见到洪水到来。她当时正在村头的电线杆下，劝古巴爬下来。她说，儿啊，这么大的雨，你再这么淋下去，你的身上就会长出鳞片来，你会变成一条鱼的呀，你快下来吧。这时，她看到在雨丝的背后，在天边，出现一片白光，就好像那里出现了一个灯光辉煌的海市蜃楼。那一片光芒把古巴母亲的眼睛刺痛了。她说，啊呀，儿呀，那是什么东西啊。她说完这句话，就明白那从天而降的光芒是洪水。洪水来了，它要把天和地之间的空间都填满，这个村庄就要被吞没了。她心里充满了恐惧，她一边跑一边叫，洪水来了，古巴呀，你快下来和娘一起跑吧。

村里人早已饿得没有力气，但在听到洪水到来后，他们突然有了精神，他们奔逃的速度就像风那样快。也没什么值钱的东西可带的，他们拿了一点日常所用的家什，向山上进发。没过多少时间，整个村子的人都撤走了，村子静悄悄的，成了空城。古巴的母亲又回到电线杆下劝古巴。她背着刚一只洗澡桶，那是她唯一珍视的东西。有了这只桶，她就不怕洪水了，因为一旦洪水到达，她可以坐在这只桶里面，在水上漂。她相信，这只桶足以带着她漂向任何一个地方。一会儿，洪水就到了，洪水差点把她的桶冲走。她死死抓住桶，然后爬了进去。桶被冲离了电线杆。桶在水中打转。一会儿，她看到村庄湮灭了。古巴还在，没被冲走。那排电线杆依然在洪水之上。她使尽全力，划向电线杆，希望再做一次努力，把古巴弄下来。古巴无动于衷。她没有办法，只好先回到村里人聚集的山头，再想办法。

这会儿，村里人正在山头上。他们被刚刚发生的一切弄得目瞪口呆，余悸未定。村庄在顷刻之间被光芒笼罩，就好像这些光是烈豹眼睛发出来的，什么东西只要被这种眼光捕获，就会被吞噬。一会儿，村庄消失不见，只有水在得意扬扬地晃荡。水面是白的，但水面之上漆黑一片。雷电是有的。雷电闪过，这个世界就被照彻。他们发现古巴还攀缘在电线杆上。这时的古巴，在雷电的映照下，顶天立地，就像是天地间的主宰。

巫婆站在村民们中间，见此情景，就说，你们瞧，只有古巴早知道这里将发生水灾，你们瞧，古巴正在闪亮的雨中、闪亮的水中发光。他为什么会发光，是因为他的身上钻进了神，神就是刚才的霹雳，现在霹雳已钻入古巴的身体里面。你们瞧别的电线杆都看不见，是暗的，但古巴的那根电线杆在闪闪发光。

巫婆的话有着惊人的力量，巫婆的话音刚落，大家都看到了一个闪闪发光的古巴。在黑暗的天地之间，古巴像一盏明灯一样亮着，仿佛在给众生指引方向。大家都惊呆了，他们开始相信巫婆所说的了。见巫婆跪下来对着古巴在跪拜，村里人也都跪下来，向古巴磕头。这会儿，村民们愿意相信古巴是一尊神。

亚哥正和寡妇在一起。他们在山脚下一棵光秃秃的树下赤身裸体着。亚哥突然觉得身体里发出光芒，就好像他刚刚喝下去的汽油这会儿燃烧起来了。亚哥感到自己的魂儿快要没有了。他惊骇地睁开眼。他睁开眼后，发现自己的体内没有发光，发光的是古巴。在遥远的地方，在一根电线杆上，古巴在闪闪发光。见到这个情景，亚哥惊呆了。他连忙穿上裤子，向人群的方向奔。他看到村里人正在向那发光的古巴跪拜。

就在这时，天籁又进入了亚哥的身体。他情不自禁地唱出一些缠绕在他心头的音调。他朦胧感到这些音调有点熟悉，在童年的时候，他的巫婆母亲带着他浪迹天涯，他在各种场合听到过这种调子。但对村民来说这是一种无中生有的音调。这种音调让村子里的人都产生了幻觉。到后来，众人一起合唱。

天穹之上，

光明普照。

就要降临，

我们身上。

经历磨难，

实是考验。

先见之人，

必将永生。

八　寡妇的身上散发着革命的气息

亚哥，你的声音太美妙了。亚哥，我一听到你的声音就想跑到你这里来喝汽油，因为我浑身发痒。亚哥，我没想到饥荒闹得这么厉害，我还可以搂着你，和你一起上天堂。亚哥，你的画笔在我身上游走，就好像有一万个男人在抚摸我。我下面又出汗了呀，就是你所说的露珠啊。我就是怕热啊，就是容易出汗啊。我的汗水多得像这满世界的洪水，可以淹死你们男人。亚哥啊，你一定也听说过这话，他们把我当成是革命的加油站。亚哥你就在我这里加足油，搞革命去吧。

亚哥啊，我的年纪很大了呀，大得都记不清究竟活了多少年。我的记忆久远得连我自己都吃惊。我经历了太多的事，我知道男人应该干什么。男人都应该游走四方，去干革命，这样女人才会喜欢。女人们喜欢男人身上散发着革命气息。

亚哥啊，给你讲讲从前的事吧。从前，光明村人很少，只有女人和小孩，男人们都去山里打游击了。女人们的身体需要温暖，但男人不见了。妇女们只好相互温暖。但也不是没有男人，如果你站在村头，就会有男人经过。我老远就能闻到男人的气味，那是浓烈的革命气味啊。他们拿着枪杆子，他们杀一些彼此不认识的人。这世上男人越来越少就是因为革命。革命留下来的男人都是优秀的男人。

那些革命者到来时，有的事先会打几发子弹，有的静悄悄的。他们来到村庄后就会来找我。这些人说，有人告诉他们，他们可以去找那个屋顶上飘着黄色内裤的寡妇。他们说寡妇是革命的加油站。他们打掉我屋顶上晒着的内裤。我听到枪声就会迎出来。看到他们的身上背着枪，我就喜欢。有的革命者来的时候，还戴着脚镣手铐。啊镣铐，革命的镣铐，把我也铐上吧，把我和革命者铐在一起吧。革命者脸色苍白，在我这里修整几天后又投入战斗。

但有时候，很长时间不会有一个革命者经过。这种时候，我就站在村头，放眼村外的一切。我从早等到晚，看太阳升起又落下。有时候，我晚上都不睡，等待新的一天到来。所以我知道天光是怎样渐渐亮起来的。有些日子，天边会出现游击队的隆隆炮声，有时候飞机会像一只老鹰一样在村庄上空盘旋。我会对飞机招手，我渴望飞机一头扎下来，落在我的怀抱里。后来真的有一个空军从天而降，他是跳伞下来的。我在院子里，看到天上开了一朵无比巨大的花朵。那是多么漂亮的花朵呀，看着这个花朵，我激动得要命。

总之，很多时候，我站在村头，问路过的人是不是革命者。他们都说是。他们在我这里住下来，他们在我身上留下他们的气味。在院子里，他们的马会留下一堆马粪。我知道他们有的不是革命者，但我统统把他们当革命者。我就是喜欢革命者。

有一个革命者离去的时候，给我很多钱。我说，你为什么要给我钱呢？他说，从这里往东走，有一个地方，如果晚上到，你会看到华灯初上，码头上人来人往，邮轮里放着美妙的音乐；如果你是白天到，你会看到革命者乔装打扮，出入歌楼舞榭，他们躺在女人的怀抱里，研究着革命形势。那个人说，革命者离开女人的时候都会丢下一大把钱。他这么说，我就接收了。

亚哥啊，想起这些事我就会激动万分。亚哥啊，你就别在我身上作画了，你就进来吧。对，就这样，充实、饱满、激越，透着革命的气息。亚哥，革命的气息就像汽油的气味，让人动情啊。啊，我的身体。我的身体总是在寻找温暖，亚哥，男人的身体是暖和的，男人的身体不但让我下面暖和，也使我的心里暖和。亚哥，女人的身体同样是暖和的。亚哥，你躺着的这张床，不但男人喜欢爬上来，女人也喜欢爬上来。亚哥说出来你不相信，女人的身体也同样能使我暖和。

亚哥，现在你成了光明村新的革命者。现在他们都信你，你应该干革命啊。只要你干革命，女人们就会爬到你的床上来。亚哥别犹豫了，狠狠干吧，就像现在你干我那样，有劲并且方向准确。亚哥啊，我希望看到所有的革命者革……命……成……功……啊……

九　女人的下体犹如莲花，在天边绽放

女人们中间开始盛行喝汽油。这是寡妇教她们的。寡

妇一直在女人的心目中有很高的地位。有的女人表面上对寡妇不以为然，但心里其实对寡妇很羡慕。寡妇是个大方的女人，她不想独个儿享受喝汽油的乐趣，她把这个秘密传了出去。

妇女们喝了汽油后纷纷来找亚哥。这群人癫狂的样子就好像亚哥身上正分泌出一种雄性激素，而她们都成了发情的虫子。亚哥在跟随母亲浪迹天涯时，听一个捉虫子的人讲过，虫子们相互吸引就是靠它们身上分泌出的性腺。当女人们像蝴蝶一样展翅而来时，他也不由得激动起来，因为女人身上散发的汽油气味给他一种阴暗的瑰丽之感。他好像沉入了海底或是进入了一个深不可测的隧道。他有一种全身心投入这种阴暗的瑰丽之中的欲望。他感到自己正在沉入另一个世界。

在这些秃山的皱褶之中，亚哥发现了一个山洞。这是他的领地。女人们冒雨而来，她们的脸上布满红晕。她们一到这里，就脱去身上的衣服，就好像她们早已对这身外之物厌恶之极。在黑暗中，亚哥发现，她们的两腿之间早已像花朵一样绽放，那东西鲜艳夺目，长在这些病恹恹的身体上面，令人惊叹，就好像这些花朵与这些身体没有任何关系。花蕊在圆形的花瓣中间可爱地探头探脑，就好像它对这个世界充满了好奇。亚哥忍不住就想闻它们的气味。当他的鼻尖和花蕾相触时，他听到女人的尖叫，然后把他的头牢牢地按在那里。于是，他的眼前一片红光。穿过这道鲜花之门，世界呈现出了另一番模样。亚哥觉得自己的身上涌动着纷繁复杂的图像：山峦、河流、湖泊、虫子、树木、草地、动物以及地下的矿藏。

在女人们离去后，亚哥会变得宁静如水。他的耳边是天籁，他的眼前是像蝴蝶那样纷繁的色彩。他开始在洞壁上画他穿越过的一个个女人体。他把女人画得像肥沃的土地，把长在土地上的秘密之花画得活灵活现。第一个女人让人想起玉米，她的身体上生长着像玉米那样柔软的须状物，她的屁股就像一粒玉米的形状，饱满而富有光泽。第二个女人就像水中那些壳类，在水中伸出它的触角，灵敏异常，只要碰到它，它就会密闭起来。第三个女人的下体就像一只洁白的老鼠，如果把耳朵放在它上面，会听到叽叽喳喳的叫声。第四个女人喜欢高高在上，她的花朵在头顶绽放，亚哥觉得那就像是他的天空。第五个……洞壁上的这些事物，就像一些美丽的昆虫，散发出惊人的垂死的气息。这气息就像汽油那样浓烈。看着这些图画，亚哥想起饥饿刚到来时，村子里的人重新命名世间万物的情形。现在，他发现女人的身体可以用这个世界上的任何事物来命名它：月亮、雷电、雨水、风、河流、井、矿藏、沼泽、山峰、草莓、苹果、蝴蝶、麦地、陶罐、菖蒲、杨柳、湖泊、草地、树林、房舍、草垛、坟墓、时间、书本、二胡、唢呐、兔子、绵羊、狐狸、飞鸟、白云、管道、码头、船只、帆、电线杆、发电机等等。现在这些词在亚哥的感觉里跳荡着，像是有千万种色彩扑面而来。但所有这些词都不及**花朵**这个词。他觉得花朵是个高度抽象的词，可以概括整个世界，因为整个世界就是土地开出来的花朵。所以，世界只有一个词，这个词包容所有一切。

后来，亚哥有了更进一步的概括，他觉得花朵还不是这个世界的本质，花朵还是物质的，更抽象更本质的概括应该是**莲花**这个词。莲花这个词是从锡匠的女人身上得到的。锡匠的老婆是村子里最美的女人。她修长而洁白的双腿犹如电线杆那样挺拔，充满着现代化和工业化的气息。当亚哥攀缘在大腿上时，他觉得自己就像古巴，并且他愿意像古巴那样无论阴晴圆缺，无论刮风下雨或雷鸣电闪，都愿意攀缘在上。只有攀缘在这样的女人身上，才能更真切地看清这个世界的秘密。他猜想古巴一定是洞悉了这世界的秘密。他看到女人的花朵是白色的。他非常惊奇，那长开的瓣儿比任何人都要来得肥厚、饱满，花瓣的颜色是白色的。她的花朵没有血色，就好像真的是一株植物。他感到女人正在带着他缓缓上升。莲花，上升的莲花。他就是这时想起这个词的。这个词有着更高的精神含义。这个词有着另一个世界的气息，它生长在尘世的尽头，是通向另一个世界的门。这个词是这个世界的秘密所在。要认识这个世界有时候就是这么简单。如果正在女人的身体里，或者正吸吮着女人的芬芳，就会知道这个世界是多么干净，就像女人的身体那样干净。在这样宁静的飞翔之中，亚哥情不自禁地说出**世界如莲**这句话。亚哥现在相信，在这个尘世之上还存在另一个世界，当人们的其中一部分钻出自己的身体时，人们就会感应到那个世界的存在。

锡匠发现自己的老婆和亚哥搞在一起。他感到非常愤怒，同时也非常恐慌。自从饥荒以来，发生的怪事实在太多了。他早已没了这份心思了，肚子空了，人不能动弹了，哪里还有劲头搞这玩意儿，但亚哥却行。更令人奇怪的是那些女人，当然也包括他的老婆，也应该是饥寒交迫了吧，但她们就是迷亚哥，一天到晚往他的山洞里面钻。难道亚哥真像寡妇和巫婆说的，成了神与人之间的代言人？锡匠决定向柯大雷请教。他希望柯大雷带一些人把亚哥抓起来，然后毙了他。管他是神还是人。

锡匠见到柯大雷就眼泪汪汪的了。柯大雷躺在帐篷里，但他一直开着眼，因为他害怕睡着，他怕睡着了醒不过来。他见锡匠哭，就问，什么事这么伤心，肚子饿又不是你一个人饿，你哭什么。锡匠说，支书啊，我戴绿帽子了。于是锡匠把事情的经过一五一十地说了一遍。柯大雷一直没有反应。锡匠继续说，我他娘的一枪毙了他，把他的鸡巴打烂。柯大雷还是没一句话。他动了一下，从口袋里拿出一支笔（虽然是饥饿时期，但那两支钢笔一直佩在他的上衣口袋里），一张纸，然后在纸上写下一句话：**不是不报，时候未到**。锡匠发现这时柯大雷的眼睛散发着灼人的光亮。这种眼神锡匠非常熟悉。锡匠心里便有了底，他退了出去。

柯大雷的身上已经长出一些鲜艳的疮口。疮口有一股奇怪的气味，引来了无数只苍蝇。这些苍蝇都成了他充饥的食物。

十 青苔、蹦蹦跳跳的娃娃鱼和大蟒蛇

大水一直没有退去。山上那些树现在都赤裸裸的了。没有树叶，没有树皮，只留下裸露的杆子。没东西可吃了。亚哥的汽油也都喝完了。亚哥和妇女们都感到死神正在逼近。绝望笼罩着山坡上的人们，比一望无际的洪水要广大，甚至比天空更广阔。村里人纷纷在岸边躺下，他们感到天堂或地狱正在向他们逼近、呈现。但妇女们还没有躺下，她们在躺下前还有一些小小的心愿没有了却。亚哥虽然很累了，但为了帮妇女们实现这些心愿，也没有躺下。妇女们的心愿因人而异。寡妇曾听那些革命者说，在那遥远的码头，美丽的女人都有胸罩、三角短裤和长筒丝袜，她希望在死前拥有它们。于是亚哥就用油漆在寡妇身上画了胸罩、三角短裤和长筒丝袜。有一个妇女，这辈子没涂过口红、戴过首饰，亚哥用红漆帮她涂上口红和首饰。还有一个女人，这辈子最大的遗憾是乳房太小，于是亚哥就给她画了一双硕大无朋的乳房。锡匠老婆的要求更是可爱，锡匠曾带她去城里看过病，她发现医院里的护士和医生都穿着白大褂，戴着口罩，这身打扮让她十分向往，于是亚哥就把她的衣服染白，还在她的嘴上画了一只大大的口罩。还有一个女人，这辈子没生过小孩，要亚哥把她画成孕妇的模样。当亚哥完成这一切后，所有女人的脸上都呈现幸福的笑容。亚哥想，多么美丽、可

爱、像风那样干净、像风筝一样多彩多姿的女人啊！干完这一切，亚哥已累得不能动弹，他让自己躺在女人们中间。亚哥觉得天堂的光芒开始照耀着他。

亮晶晶的水面轻轻拍击着岸的边沿，村里人伸展着四肢躺着，水面的波光晃荡着，把他们的身体照得像水晶似的。他们一动不动的样子，看上去像是随洪水漂来的尸体。亚哥闭着眼睛，静静地躺在那里，他看到身边的世界变成一粒晶莹的水珠，水珠里面有一些像细菌那样细小的人们，有女人，有革命者，女人们都投入了革命者的怀抱。他突然发现这世界就像这水珠那样美丽而虚无。他就在这些景象中睡去了。后来，他们的身体上就长出了青苔。一个上了年纪的人突然叫起来，他说，我们有救了，我们有吃的东西了。躺着的人们都醒了过来，他们发现自己的身上都长出了青苔，并且整个岸边都长出了青苔。

上了年纪的人们说这青苔可以吃。他们说，很久很久以前，光明村发生过一次百年罕见的洪水，洪水泛滥了两年才退去。光明村的人就是靠吃青苔才生存下来的。于是村里的人都开始吃青苔。上了年纪的人又说，有一种娃娃鱼专门吃青苔。这种娃娃鱼肉质鲜美，但会分泌一种像鼻涕那样的东西，滑滑的，很让人恶心。上了年纪的人说，人吃多了青苔，身子也会长出这种滑腻腻的东西。果然，没多久，光明村的人不但全身分泌出鼻涕一样的东西，走路也像一条蹦蹦跳跃的娃娃鱼。

这时候，他们搞不清自己是人是鬼，他们不知身在何处。他们觉得自己在一个孤岛上，像是回到一万年之前，回到亘古时期就存在的，他们一点也不感到陌生的那个世界，仿佛回到了老家一样。这世界非常安静，有的只有村子里的人像娃娃鱼那样的跳跃声。村里人发现巫婆走路也像一条娃娃鱼。村里人问巫婆，他们是不是鬼魂。巫婆坚定地说，这里的人不是鬼魂。巫婆又说，鬼魂在水面之上。

古巴的母亲吃了青苔后也像娃娃鱼那样跳着。她关心的不是自己是不是变成了鬼，他关心的是那已成为一片汪洋的村头的电线杆上，她的儿子是不是还在。她刚睁开眼时，世界是模糊不清的，没有光线，吃了青苔后，光线回来了，她的目光便投向古巴。古巴还在那里，在水的中央闪烁。她还以为古巴在动，一会儿她才清楚，不是古巴在动，而是水在动。古巴已经有很长时间没吃东西了呀，也许他已经饿死了。

古巴的母亲哭了起来。她分泌出的像鼻涕一样的泪水，黏在脸上，就好像脸上化了脓一样。古巴的母亲就想去电线杆下看一看。她坐到她的桶上，带上从岸边采来的青苔，向古巴所在的电线杆划去。水天一色，岸边的人们都不知道她是在天上还是在水中。

天还在下着雨。在人们的感觉里，这雨好像已下了几个世纪了。女人在雨中行进，天空是暗的，雨丝还像几天前一样发光。在雨丝的光亮中，古巴的头发在往天空疯长。这时，天上又闪过一个霹雳。女人抬头望向霹雳之下，离古巴不远的地方，有一条巨大的蟒蛇盘旋在电线杆上。女人差点吓得昏过去。她大叫了几声古巴，见古巴没有反应，就跑回了岸边。

在女人的指点下，村里人都见到远处的大蟒蛇。他们蹦跳着，脸上都有惊恐之色。他们越来越搞不清自己是死了还是活着。很可能是死了，并且没有上天堂，而是下了地狱，因为大蟒蛇更像是地狱里的动物，天国大概不会有这种毒蛇，神灵也不会容忍毒蛇在他身边。他们暂时没有搞清自己是人是鬼，但为了保险起见，他们暂时把对方当作鬼。村里人因为都变成了蹦蹦跳跳的娃娃鱼，所以觉得自己生前肯定做了很多坏事，才落得这个下场。不过他们还不能确定自己究竟在哪里。古巴还攀缘在那里，古巴如果是神，说明神也并没有抛弃他们，他们还有进天堂的希望。或者，这既不是地狱也不是天堂，而是村子里的人都转了世，转世后都成了娃娃鱼。

还是当自己在地狱吧。既然在地狱，并且都变成了蹦蹦跳跳的娃娃鱼，在这个地方又有一条比他们庞大得多的蟒蛇，看来，这个地方归蟒蛇管，他们打算向蟒蛇磕头。因为蟒蛇的方向也是古巴的方向，所以，究竟在对谁磕头，村民们对此都很暧昧。他们自己都不愿意说清楚。他们磕头时，想唱一些颂词。亚哥因为没有了汽油，也没有了女人，他已听不到天籁，他唱不出一句曲调。村子里的人只好像娃娃鱼那样哇哇叫。

村子里的人对着大蟒蛇或古巴跪拜了几天。有一天，他们发现那条大蟒蛇动了起来。在雨丝的亮光中，他们看到那条大蟒蛇吐着舌头在慢慢退向水里。它退去的模样充满了先知的姿态。它的身子一寸一寸进入水中，就好像它对自己的退去心有不甘。后来它整个儿浸入水中，一晃就不见了。村民们还以为它会再次浮出水面，但它像是在水中溶化了一样，再也没有出现。

随着大蟒蛇的离去，没完没了的无边无际的大雨突然停了。天空还密布着乌云，刚才还有雨丝的闪亮，现在天地黑暗。村里人都安静下来，等待即将到来的变化。这时，乌云撕开一个口子，日光像探照灯那样直射而下，村里人被照得眼睛都睁不开来。一会儿，他们就适应了。他们看到，在光芒中，万物舞蹈：尘埃闪着金光；水面也闪着金光；水蒸气像云层一样迅速往天空蹿，它变幻出各种各样的形状。巫婆已经宣布，水面上的鬼魂正在散去，它们变成一缕烟，或钻入地下，或升入天空。村里人开始明白，灾难就要过去了，只是他们还不清楚自己是死了还是活着。

洪水退去的速度比想象的要快得多。没几天，大地重现。村里人蹦蹦跳跳地冲向田野。土地吸饱了水分，正在孕育生机，就好像洪水已使土地受精。他们已经感受到一些从前只能在亚哥的图画中才能见到的植物将从这不毛之地上生长出来。只要有水，谁也抵挡不住这块肥沃的土地上结出丰硕的果实。这让他们感到世界重新开始了，他们重又踏上了创世之路。他们沿着熟悉的道路奔向村庄。

十一　洪水退去了，荒芜的大地上长出了蘑菇

果然，过了一夜，地里长出一些可爱的植物，见多识广的人说这是蘑菇。但光明村的人把它叫成生命。这种被叫成生命的东西有时候会让人送命，因为它们中的一些有毒。的确，有几个村民吃了毒蘑菇后死了。村里人马上找出了规律，他们发现那些无比艳丽的有着蝴蝶那样斑斓色彩的"生命"有毒，而那些朴素的"生命"则营养丰富。光明村的人吃了蘑菇后，有了一点力气，所有原先见到的事物都消失了。他们再也没有看见村子里到处游荡的饥饿的鬼魂，也没有再看见发光的图画，更没有听到亚哥唱出那种所谓的天籁。古巴还在电线杆上面，古巴的母亲至今没想出办法把他弄下来。村子里的人因为觅食，也还来不及考虑古巴的事情。在田野里，洪水带来了一些鱼类，村里人常常能捉到几条，他们的生活比过去好多了。光明村不再为食物发愁了。

亚哥肚子是吃饱了，却又有了一些新的烦恼。那个发光的世界不再出现，天籁也消失不见了，这让他心有不甘。他像过去那样喝了一些汽油，试图找回过去的感觉。无济于事。汽油没带给他幻觉，反而让他恶心。他喝了汽油后没多久就呕吐起来，把他刚吃下去的蘑菇、小鱼都呕了出来，甚至把早先吃下去的青苔也呕了出来。亚哥后来发现那种感觉在女人身上还能勉强体味到，于是亚哥常常趁村里的男人到

处觅食之机，从别人家的窗口爬进去和女人媾和。或者把女人约到田野深处，体验片刻降临的天籁和光芒。回村后，亚哥看上去像一只东蹿西蹿的猴子。

村子里多数人都在为食物忙碌，但油漆匠柯大雷重又拿起刷子，修补他曾画在墙上的画。由于洪水浸泡，画在室外墙上的画或多或少有点损坏，奇怪的是屋内亚哥的图画一点也没有褪色的迹象，还是像刚画上去一样新鲜。柯大雷感到有点奇怪，也相当不服气。他有信心让他的画重新发出鲜艳的色彩。没多久，墙上光彩重现，村里人又看到：冒着白烟隆隆作响的机器，建在半山上的水电厂，飞入云端的高楼大厦，还有宇宙飞船，火箭，卫星，等等。光明村重新又充满了工业气息。这些图画使小村子有了一种梦幻般的光晕，整个小村看上去像一个巨大的舞台。那些闪闪发光的诗歌和标语也被粉刷一新，不过细心的村里人还是发现诗歌和标语都有改变，其中的战斗性更强了。有一句诗歌是这样的：**金猴奋起千钧棒，玉宇澄清万里埃**。看到这句诗，大家就会想起像猴子一样在女人堆里蹿来蹿去的亚哥。

油漆匠柯大雷修复了自己的画后，就动手把队部屋内亚哥画的长着翅膀的图画全用石灰刷白了。干完这一切，柯大雷对手下的民兵说，你们去把巫婆儿子画上去的图画都刷白吧。柯大雷现在又恢复了不紧不慢的说话语调，双眼深邃，像一个伟大人物。他接着下了个结论：那些画是牛鬼蛇神。民兵们就去各家各户抹掉图画。肚子饱了以后，这些图画不再发光，但村民们已爱上了这些画。他们想，现在那些饥饿的鬼魂不再来骚扰他们，但很难保证永远不来骚扰他们，为解后顾之忧，村民们认为有必要保留这些画。再说，这些画也不难看，也算是家里的装饰品。村民们不同意民兵抹掉，双方因此经常发生冲突。抹掉图画的工作很难展开。

一天下午，村民们都在睡觉，村后不远处突然响起了一声枪响。寡妇还以为游击队员又来打她屋顶上的内裤，兴冲冲地从屋里出来，朝村头奔。但村里人奔走的方向同她相反，他们个个朝村尾赶。寡妇有点不明白，问村民们，你们都去干什么？难道这次游击队员是从村后进来的？有人告诉她，亚哥被一枪击中了，亚哥的睾丸被99颗沙弹枪击中。说起枪，寡妇觉得自己闻到了革命的气息，她整个身子都软了，感到自己有点迈不开步子。她不知道谁在干革命。

干革命的是锡匠。他背着枪，口中咬着一根火柴。他的枪口上有一条花短裤。后来村里人纷纷猜测，花短裤可能是锡匠的老婆的，但也有可能是别的女人的。亚哥正赤身裸体躺在一堆草垛上面，他的双手护着他的家伙，他的指缝及大腿内侧流着鲜血。亚哥的眼中有一种温柔的神情，好像他此刻正对着心爱的女人。村里人已把亚哥围了起来，在一边议论纷纷。又来了几个民兵。锡匠命人把亚哥绑了起来，然后把他拖到古巴所在的电线杆旁。这些人把亚哥绑到了电线杆上面。锡匠说，你这个流氓，和哑巴在一起吧。亚哥的血沿着电线杆流入土地。

过了几天，村子里来了一辆侧三轮摩托车。侧三轮摩托车上坐着两个公安。两个公安来到电线杆下面，让民兵把亚哥放下来，然后就把亚哥抓走了。公安看到还有一个孩子攀缘在一旁的电线杆上，问这是怎么回事。村里人说，这个人害怕脚上生根，变成一棵树，所以就爬在上面。两个公安一脸严肃地说，这个村庄，什么乱七八糟的事都有。

后来亚哥还被抓回来开了一次批斗会。批斗会上，当然需要有人揭发他的流氓行径，但没有女的愿意上去。后来还是寡妇到台上去揭发的。寡妇说，你们都知道我的身体是革命的加油站，这个人也想闹革命，所以来到我这里。他给我喝汽油，他说汽油的气息就是革命的气息，我于是就上了他的当。我喝了汽油，我的身子就暖和起来，我浑身是汗，一点办法也没有……批斗会结束后，柯支书大摇大摆地来到寡妇家，他走进院子，一枪把寡妇的内裤打了下来，然后大笑着叫寡妇的名字。

不久，村头就出现了一张告示，告示上说：亚哥搞封建迷信，并多次诱骗女青年与其搞不正当男女关系，犯流氓罪被判有期徒刑五年。村子里的人见到这个告示，不敢再违抗柯支书的命令，只好让民兵们把屋内的图画都抹了去。

十二　古巴生活在一张铁皮上面

古巴还在电线杆上。虽然不断有人半夜三更偷偷地去跪拜，但已不敢明目张胆地干了。柯大雷不喜欢有人攀缘在村头，像一个吊死鬼。他命人把古巴从电线杆上弄了下来。村里人在电线杆旁做了一个脚手架。古巴好像已与电线杆合二为一，两个民兵好不容易才把他拉下来。

柯大雷认为古巴的脑子有问题，他命人把古巴送到城里的医院。古巴的母亲同医生说了病情，医生们都不相信有这种事。他们只是笑着摇头。他们用仪器测量古巴，但仪器根本测不出古巴的病。医生说这个男孩除了是个哑巴，其他方面惊人地健康，不需要任何治疗。古巴的母亲只好带着古巴回了村。

古巴回村后还是像原来那样，不敢下地，他如果要去某地，就沿着墙边或地上的石块，攀缘而去。后来，古巴的母亲向柯支书请求，希望村里能给古巴弄块铁皮来，这样，古巴晚上就可以睡到铁皮上，而不用攀到屋梁上睡觉了。柯大雷支书答应了这个要求。他叫人从城里买了一块铁皮。油漆匠柯大雷还亲自动手，把这块铁皮漆成了红色。这块铁皮看上去像一面国旗。

古巴生活在铁皮上后，他常常望着村头的电线杆发呆。电线杆上已有了一些新的标语。他过去攀缘过的那根电线杆上，写上了这样的句子：**抓革命，促生产**。古巴抬头望天。天空除了几片车辙一样的细云，什么也没有，他想起他的胃曾经就像天空那样空空荡荡。他的胃曾经是天下最干净的东西。现在他虽然肚子里有了东西，但饥饿的感觉一直没有消退。饥饿成了他经验和感觉的一部分。他的胃里，那深蓝色的光晕还在，虽然他想把它驱逐出去，但这缕光芒好像已同他的记忆合而为一了。

古巴发现，在不远处的电线杆下，聚集着一群孩子。他们对着电线杆在指指点点。古巴眯眼看了看，电线杆上面有一只彩色的风筝。他不知道这风筝从哪里来，村里人是不会制作这么漂亮的风筝的。古巴想，这风筝也许是从流氓犯亚哥画的图画里飞出来的。一个孩子想爬到电线杆上去拿这只风筝，另外几个孩子却拉住了他的腿。他们显然都想得到它。一会儿，电线杆下面发生了一场混战。孩子们没打多久，便耗尽了力气，软弱得像一条条蚯蚓蜷缩在地上，直喘粗气，他们喘息的样子就像浮出水面的鱼，张着嘴巴。他们的眼睛依旧贪婪地盯着电线杆上的风筝，好像这会儿从他们的眼睛里伸出了一双长长的手，已把那风筝揽在怀里。

我为什么要害怕呢，其实成为一棵树也没有什么不好呀。树一棵一棵立在那里，井水不犯河水，永远不可能为了某一样东西而扭打在一起。它们只需要把根深入泥土就可以了。一棵树可没有更多的愿望。这会儿，隔着铁皮，古巴还是感到泥土下面似乎冒着热气，就像妈妈正在那里做一些粉嫩的白面包。古巴的鼻子里顿时充满了香气。这时，古巴真的觉得有一股热气从自己的腿上升了起来。他的双脚牢牢地扣在铁皮之上。

古巴明白，他将在这块铁皮之上一直生活下去。

2001 年 10 月 18 日

鸟

一　连一根骨头都没找到

洪水终于退去了。记忆在洪水浸泡过的土地上生长。原本这里土地肥沃，生长着粮食和杂草，现在经过三十多天的浸泡，粮食和杂草都枯萎了，只留下腐烂的根部。洪水带来了外面世界各种各样的垃圾，堆在田野上，它们是形状各异的玻璃瓶子、塑料盒、避孕套、破损的家电、木头、死亡的家畜，甚至还有人的尸体。村庄还在，一些比较破旧的房子被洪水冲垮了，大部分房舍还立在那里。洪水退去的痕迹清晰地标注在墙上，这些水痕一道一道的，被太阳晒成了酱红色，看上去就好像房子上缠绕着无数条赤链蛇。

人们都从山上回来了，脸上布满劫后余生的疲惫与飘零感。孩子们依然精力旺盛，他们一回到村庄，顾不得回家就冲向田野，他们希望从满世界的垃圾中觅得一些宝贝。成年人急匆匆向自己久违的家赶，当他们见到自家的房子没被冲垮，大大松一口气，脸上升起欣喜的笑容，就好像他们见到了丰收的田野，闻到了醇香的美酒，见到了梦中的天堂。他们开门进去，顿时变得惊慌失措，房子已经成了蜥蜴、蛤蟆、蜘蛛和蛇的家园，它们相安无事地栖息在一起，仿佛想永远占领房舍，好像它们才是房舍的主人。人们待在自家门口不敢进屋，后来有人想出了办法，用烟把这些侵略者熏走。于是村里人去田野里找能产生浓烟的残留的枯草、漂来的木头和能燃烧的垃圾。他们把这些东西堆放在屋子中，把它们点燃。一会儿，每户人家的窗口、烟囱及屋顶的瓦缝里都冒出滚滚浓烟。浓烟汇集在村子的上空，看上去整个村庄像在闹一场火灾。

有一户人家没有熏烟，这户人家的三间楼房在烟雾的包围中显得毫无生气。并不是这户人家没有蜥蜴、蛤蟆、蛇或蜘蛛，这户人家的屋子里也满是这些怪物。此刻这户人家的小儿子冯小穆正在屋子里寻找他爹。他爬到梁上往下看，没发现他爹；他把盘在屋子角落里的蛇赶走，也没有发现他爹；他把逃难时来不及带走的柜子砸破，还是没发现他爹。冯小穆想，爹不在自己家里，那一定在别人家里。

他从自家屋里出来，看见整个村子都在冒烟，吃了一惊。他先是不明白他们为什么要放火，动物和虫子正从别人家的窗、老鼠洞、石坎子中爬出来，聚集到自己家。等他反应过来，就急了。他想，他们这么干会把虫子熏死，也会把爹熏死呀。爹如果正躲在哪户人家的屋子里，他们这么一熏爹岂不是要没命？他一下子急了，朝别人家里冲。烟雾像黏稠

的液体那样把他裹住，冯小穆就好像被烟融化了，一下子消
失得无影无踪。

村子里的人对冯小穆的举动一点也没吃惊。他们知道
冯小穆在找他爹。说起冯小穆的爹真是个怪人。上面下来通
知说水灾要来了（上面不通知，村子里的人也知道的，连续
下了一个月的瓢泼大雨不来水灾才怪），叫他们赶快迁离这
个村庄。村子里的人都带着家禽、粮食、衣衫和孩子们离开
了村庄，躲到山上的防空洞里去了。冯小穆把猪、谷、柜子
等搬到拖拉机上；他把两个孩子麻雀和喜鹊（一手一个）提
到拖拉机上；他怕逃难的路太远，所以也把柴油搬到拖拉机
上。做好了逃难准备工作后，他跑到楼上去叫他的爹。他
说，爹，你一定也听说了，洪水要来了，我们要暂时离开村
子，躲到山上去。爹，我们走吧。老头儿一点动静也没有。
一会儿，爹有了反应，是和冯小穆请求相反的反应，爹躺到
床上去了。爹躺在床上，身姿舒展，成一"大"字，那样子
就好像是在嘲笑惊慌逃难的村民。冯小穆知道爹脑子有点糊
涂了，所以也没同爹多说，一把从床上拖起爹，像背一只麻
袋似的扛在肩上，嗵嗵嗵地来到楼下。爹一路上没有反抗，
当冯小穆把爹放到拖拉机上，爹动作敏捷地跳了下来，来到
冯小穆前，给冯小穆一记耳光。他说，我不走。冯小穆被爹
打懵了。那一刻，冯小穆目露凶光。一会儿才代之以温顺而
无奈的眼神。冯小穆说，爹，你不能留在这里呀，洪水要来
了，你不走，你要死的呀。爹说，我不走。爹头也不回往自

己家走，上楼梯时，楼板震得嘭嘭响，楼板中的尘土都从窗口滚出来，就好像老头所有的怒气都聚集在他的脚步中。

冯小穆决定不再同爹多说了，反正同他说不清楚。一直是这样，说不清楚。冯小穆就在村子里找了几个小伙子，打算把他爹绑起来，扔到拖拉机上。老头的反抗出乎意料地强烈，小伙子拿着绳子准备动手时，老头像鲤鱼一样从床上蹦了起来。虽然老头最终被捆绑住，但有一个小伙子被老头咬出了血。

老头放到拖拉机上时，冯小穆看到老头的眼神中射出怒不可遏的光芒，他的目光把冯小穆刺得千疮百孔。冯小穆委屈得流出泪来，说，爹，不是我要绑你，我没办法，只能这么干。

冯小穆发动了拖拉机，拖拉机在高低不平的石子路上颠簸，老头也像鱼一样在拖拉机内蹦跳。冯小穆对拖拉机上的孩子说，麻雀、喜鹊，把你爷爷管好。麻雀和喜鹊响亮地应了一声。没开多久，麻雀和喜鹊就嚷了起来，停车，停车，爷爷滚下去了。冯小穆连忙刹车，回头一看，发现爹滚落到路边的一条沟里，头一半注入水沟的烂泥里。爹身材魁梧，分量不轻，冯小穆好不容易才把爹搬到路上。只见爹头上脸上都是泥巴，冯小穆就用自己的衣服去擦。爹不愿意让他擦，头部固执地别来别去。冯小穆把爹搬到拖拉机上，继续上路。拖拉机震一下，爹要跳好几下。

开了一段路，麻雀和喜鹊又叫了起来，爷爷又滚下去了。这回，老头砸在一块石头上，脑袋砸出了血。冯小穆倒吸一口凉气，觉得爹这是不想活了，在寻死。他不敢看爹的眼睛，再次把爹抱到拖拉机上。一家人虽然坐在四个轮子的拖拉机上，如此折腾了一番，他们的速度远没步行的村民快，被远远地抛在了后面。冯小穆开足马力，向前追赶。爹的精力是多么旺盛，他还在不停地蹦跳。天暗了下来，远处白茫茫的一片，就好像洪水正在前方等待着他们。

开了一段时间，后面突然安静下来，爹不再跳动了，麻雀和喜鹊也没了声息。冯小穆喊，麻雀、喜鹊，车上怎么这么安静，是不是爷爷已经睡着了。麻雀和喜鹊没有回答他。四周非常安静，除了拖拉机的嗒嗒声和头上零星的鸟叫声，没有任何声音。冯小穆感到不对头。他再次把拖拉机停下来，回头看拖拉机车斗，大吃一惊，爹已经不在那里了。麻雀和喜鹊毫无表情地坐着，一副对爷爷的消失毫不关心的样子。冯小穆冲上去，揪住麻雀和喜鹊的耳朵，问，爷爷呢？孩子们痛得哇啦哇啦叫，说，早滚下去了。冯小穆说，你们为什么不告诉我？孩子不以为然，说，我们这样开开停停什么时候才能赶上他们，这样下去，我们还没离开洪水就到了，难道让一家人都淹死吗。冯小穆从拖拉机上跳下来，给麻雀和喜鹊各一记耳光，然后往村子方向赶。

冯小穆跑了十多分钟，才看到远处路上有一个黑乎乎的东西在爬。冯小穆知道那东西就是爹。爹的手脚被绳子捆得死死的，老头子却在缓慢向村子方向蠕动，像一只蜗牛。看到老头子这样，冯小穆感到害怕，老远就叫了起来，给自己壮胆。他说，爹，你干吗这样呀，别人都逃了你为什么不逃呀。爹，你难道想自杀？冯小穆叫着叫着，就哭出声来。他看到路上有一条血线，知道是爹留下的。他哭得更厉害了，终于来到老头的身边，几乎没有想，就把老头身上的绳子松开了。他说，爹，我不强迫你了，你不想走你就暂时留下吧。爹，你先回村里去息一息，再好好想想，我先把麻雀、喜鹊、猪、粮食送到山上，再回来接你。爹，你留下我不放心啊。从绳子中解放出来的老头站了起来，头也不回地向村子里跑去。冯小穆想，爹这是去送死啊。

冯小穆把麻雀、喜鹊、猪、粮食送到山上时，洪水像一匹巨大的白布，把来时的路、庄稼、杂草、村庄盖了起来。冯小穆再也不可能跑回去接爹了。冯小穆流着泪骂麻雀和喜鹊，骂叫个不停的猪，还对着村子里的人骂他爹是个老不死。村子里的人都很同情冯小穆，说，你爹脑子坏了，有什么办法呢？

洪水退去后，冯小穆是最先到达村庄的人。他开着拖拉机，把回家的队伍抛在了天边。村子里的人都知道冯小穆跑这么快是找爹去的。村子里的人认为冯小穆一定找不到活人，恐怕只能找到一具尸体。

冯小穆连爹的尸体也没找到。冯小穆不死心，在别人家的烟雾中寻找爹。他从屋里出来时，头发在冒烟，衣服在冒烟，眼睛在冒烟，耳朵、鼻子、嘴巴都在冒烟。他马不停蹄地找，从这户找到那户，一无所获。其间，他晕倒过三次，头发烧掉了三分之一，衣服多处烧焦。当他找完村子最后一间屋子时，衣服已经烧得所剩无几，头发完全卷曲，脸变得漆黑，他看上去就像一根木炭。

他连爹的一根骨头也没找到。

二　他用枪打爆了五只气球

麻雀和喜鹊兄弟俩和村里别的孩子一样对满世界的垃圾感兴趣。这会儿，他们正兴致勃勃地用手或棍子扒淤泥，试图发现藏在淤泥底下的，从远方——也许是城市——漂来的好玩的东西。孩子们不断发现新的东西。有孩子发现了一只电视机的壳，失声尖叫起来，他以为找到的是一台完整的能够出图像的电视机。在这个村里，只有两户人家有电视机，这两户人家把电视机放在楼上，村里的孩子们看不到电视节目。村里的孩子们只能看到那两户人家楼上的窗口发出色彩变幻的荧光，只能从荧光中想象一下电视节目的精彩。见有人找到一台电视机，孩子们都围过来，令人失望的是那只不过是一只机壳。另一个孩子又有了新发现，他发现一盒装在塑料袋中的类似气球的玩意儿。他读了盒子上的说明书，知道是避孕套，就独自咯咯咯咯地傻笑起来。他的笑引来了一群孩子。那个孩子拆掉塑料袋，拿出来分给伙伴们，伙伴们看到这玩意儿这么长这么大，一阵傻笑。

　　麻雀和喜鹊也有了发现。他俩终于通过不懈努力，在淤泥的深处找到一块巨大的木板。他俩小心翼翼地把淤泥扒开。淤泥不容易控，扒开后又回流到原地。别的孩子围过来用棍子敲了敲木板。有一个孩子从课本上学过集装箱这个词，他猜测麻雀和喜鹊可能找到了一只集装箱。他说，麻雀，这下面如果是集装箱，你们就发财了，里面一定有许多好玩的东西。有一个孩子说，说不定是外国货。但另一个孩子说，那也不一定，也许是洋垃圾，我听老师讲过，外国人把垃圾装在集装箱里卖给我们。

　　孩子们都来帮忙挖泥。一会儿那东西终于见了天日。不是集装箱，仅仅是一块木板。木板上有图画。他们把沾在木板上的泥扒去一部分，看到两条女人的巨腿。孩子们又一阵傻笑。为了更真切完整地看到木板上的女人，他们打算把木板抬到河边洗干净。十多个孩子背着木板来到河边。由于木板太大，所以抬木板的孩子们看上去像一群拖着一块西瓜皮的蚂蚁。孩子们在麻雀和喜鹊的指挥下开始洗木板上的烂泥。一个三点式美女渐渐在水中浮现。孩子们看清楚了，这是著名饮料的广告。三点式美女用线条夸张的姿态坐在烈日下喝着这种饮料，脸上是幸福无比的表情。这个巨大美女的脖子上流淌着像眼睛一样大的汗滴。孩子们仔细研究了一番，认为这是个荡妇。有一个孩子掏出家伙对着美女撒了一泡尿，麻雀和喜鹊走过去踢了那人一脚。别的孩子本来也想来上一泡，见状不敢再尿，麻雀和喜鹊可不好惹的。

木板在水中漂浮着，因没人再动它，它显得沉稳、厚实，像轮船的甲板。麻雀跳了上去，木板纹丝不动。麻雀叫喜鹊也跳了上来。岸上的孩子们见他们兄弟俩可以在水中漂浮，很羡慕。那捡到电视机壳的孩子已把电视机洗干净了，抱着机壳看着躺在美女上面的麻雀和喜鹊。美女太大，麻雀和喜鹊就像美女怀里的婴儿。喜鹊比麻雀小五岁，喜鹊很听麻雀的话，麻雀叫喜鹊亲木板上的美女，喜鹊心里不情愿也还是亲了。岸上的孩子见喜鹊这样，都笑了起来。见他们这么欢乐，喜鹊亲得更夸张了，好像他亲的真是个大活人。麻雀见喜鹊的贱样儿，踢了他一脚，让他不要亲了。麻雀对岸上那捡到一盒避孕套的孩子说，你想不想上来漂一会儿？那孩子当然想。麻雀有条件，麻雀的条件是要那孩子把避孕套吹大。那孩子一连吹大五个，麻雀才让他上木板。吹大的避孕套用线系着，在他们的头顶飘荡。麻雀的心情就像这些随风飘荡的气球那样轻快。

这时，啪啪啪啪啪发出五声枪响，紧接着五个气球就像节日里的爆竹炸响了。炸碎的残骸纷纷掉到三个孩子的脸上。麻雀一骨碌从木板上爬起来，警觉地察看四周。他看到冯水杉拿着气枪站在不远处的岸边。冯水杉是个十九岁的小伙子，剃了个光头，看上去虎头虎脑的。水杉不知是从什么地方搞到这支气枪的，有了这支气枪，他不下地干活，整天拿着气枪在村子屋前屋后、树边、电线下寻找鸟儿。他弄来这支枪就是为了打鸟儿，因为他喜欢吃马肉。水杉说，天上飞的比地上跑的高级，味儿更美。这个村子，鸟儿越来越少了，有时候，水杉拿着枪半天都找不到一只鸟，这对于神枪手水杉来说实在是一桩难受的事情。水杉见到天上飞的，不管是不是鸟他都愿意开枪。他见到河面上飘着的五只气球，就把它们打爆了。

麻雀跳到水杉前面。麻雀清楚水杉是有意欺负他们。他们家和水杉家有仇。麻雀叉着腰说，冯水杉，你为什么打我们的气球？水杉轻蔑地说，你们这些下流东西，这是什么气球。这玩意儿是你爹你娘晚上用的。不过，你们不会懂这个事，你们的爹死啦，你们的娘改嫁啦。喜鹊这时候也爬到了岸上，他人小但嗓音犹如高音喇叭，他尖叫道，水杉，你娘才改嫁了呢。

水杉没再理睬麻雀和喜鹊。他好像发现了一只鸟或什么新的目标，举起枪眯眼瞄准。顺着水杉枪指示的方向，麻雀和喜鹊看见一个人正急匆匆朝这边赶来。那个人就是他们的叔叔冯小穆。见叔叔到来，麻雀和喜鹊胆子就大了。冯小穆对付冯水杉是绰绰有余的。水杉依旧瞄准着冯小穆，他说，我知道冯小穆干什么来的，他在寻找他爹，因为他爹失踪啦。屁孩子，你们的爷爷失踪啦。不过我知道他在哪里，告诉你们吧，你们的爷爷变成了一只鸟，我随时可以把他击毙。说完，水杉收起气枪走啦。

水杉说的没错，冯小穆的确是为了寻找爹才来叫麻雀和喜鹊的。冯小穆的脸像一块木炭，看不出什么表情，不过他

的眼神看上去很着急。他说，你们的爷爷不见啦，大水来了
他不逃难，往村子里跑，大水退了，他不见了。说完，冯小
穆用手分别揪住麻雀和喜鹊的耳朵，要他们一起去找。冯小
穆说，你们的爷爷失踪了，也许他已经死了，可我找不到他
的尸体。麻雀和喜鹊没有机会告诉冯水杉欺负他们之事，也
没有机会说冯水杉关于爷爷变成了一只鸟儿的歪理邪说。

三　太阳照得这个地方好像不存在时间了

只要我愿意，随时可以把那老头击毙。水杉走在田间找
寻鸟儿时，这样骂骂咧咧。只有我知道老头在哪里，我不会
告诉他们，让冯小穆一家去找吧，去辨认一具一具尸体吧。
这会儿水杉把自己隐藏在一块石头边，一直保持着瞄准的姿
势，脸上露出古怪的笑容。天气晴好，阳光刺人眼目，整个
世界明晃晃地闪着光耀，就好像阳光是由无数玻璃碎片组
成。洪水时天天暴雨不断，仿佛世上所有的水都倾注到了这
里，紧接着就是干燥的日子，太阳照得这个地方好像不存在
时间了，一切停止了，凝固了。不远处的田野间有一棵香樟
树，香樟树四季常青的细碎叶子一动也不动，好像这棵树生
长在一幅图画之中。水杉想，我出生的时候，它这么高大地
立在那里，我爹出生时，它也是这么高大地立在那里，我爷
爷出生时，它还是这么高大地立在那里。它立在那里有几百
年了，也许和这个村庄一样古老。这棵树代表着这个村庄，

这片土地，这里的山水。

这棵树也是鸟儿们的窝。鸟儿越来越少了，从前我站在树下就能听到鸟叫声，但现在一声也听不到。这句话就是那个失踪的冯小穆的爹、现在变成了一只鸟儿的老头说的。十年前，他们开始砍伐山上的树林，冯小穆的爹说出了这句话。

水杉涨红了脸，手不住颤抖，就好像一只鸟儿进入了他的射程之中。他依旧在骂骂咧咧。他骂，他娘的，你这个色鬼，终于变成了一只鸟，终于落入我的枪口之中。我他娘的早就想一枪毙了你，我已忍了十多年了，你也有落入我枪口的这一天。你变成了一只鸟，也不会是一只好鸟。如果我一枪毙了你，不会有人知道。水杉的脸越来越红了，看上去有点扭曲，搞不清是因为兴奋还是痛苦。水杉闭上了眼，手扣动了扳机，砰，枪声在寂静的田野间回荡。水杉的枪口对准的是天空。水杉站了起来，眼眶中已有雾一样闪亮的东西。他有点孩子气地说，这回饶了你，并不说明我是个胆小鬼，是因为我看着你可怜。

四 他用妖术把自己两个儿子弄死了

失踪的老人攀缘在香樟树上的事终于被村里人发现了。香樟树如今是这个村子里唯一的一棵树。分田到户后，他们把村子里、山上的林子全砍掉了。他们砍掉树林，卖给外地人，或用来造房子，有些还当柴火用。江边的李树和桃树也难以幸免。村子边的堤埂和江水之间有一大片沙土，当年树上的老人从别的村子里弄来李树和桃树苗，种在沙滩上。每年春天，桃花粉红李花白，站在堤埂上，看到一片花海在江边怒放，来到这个村的人都赞美此地是世外桃源。后来来了一个外地人，看中了这片沙滩，给了村里一笔钱，买下了沙滩的黄沙。眨眼工夫，那些长了几十年的桃树和李树都被砍倒了。又是眨眼工夫，成百上千亩沙滩的黄沙被挖走了。黄沙被挖走后，江面一下子变得辽阔了，江水直接抵近到堤埂处。

村庄的四周在几年之中变得光秃秃的了。村里曾有人动这棵香樟树的脑子，想把它也砍了卖给外地人。有人说，这树活了几百年，成精了，砍了会变成妖怪晚上会来找村里人算账，才作罢。

卖给外地人的树木和黄沙是用冯小穆家那辆手扶拖拉机运出去的。老头神志不清了，有一天他拿着榔头砸拖拉机。被两个儿子暴揍了一顿。再后来两个儿子在运送黄沙和木头的路上，和另一辆车撞了个正着，拖拉机的车斗被撞翻，他们被黄沙和木头压在身上，当即死了。村里人说，老头有妖术，他用妖术把自己两个孩子弄死了。

香樟树下面一下子聚集了不少人。他们抬头看着树上的人，指指点点，议论纷纷。老头攀缘在香樟树顶部的一根树杈上，树杈很细，由于老头重量的作用，树杈完全弯曲，看上去随时都会断裂。树下的人认为老头的样子不像一只鸟，更像一只蝉。老头确实像一只以吸吮树汁为生的蝉。

　　冯小穆也在人群中，抬头观察已有一小时。由于长期保
持一个姿势，他的头颈已经酸痛得要断裂。他高声喊叫爹，
让爹下来。他喊得嗓子干裂，树上的人一动不动，好像变成
了聋人。见爹不理睬他，冯小穆想爬到树上把他爹拽下来。
但冯小穆不敢，这是因为：一，他知道爹的脾气，必须同他
好好商量着办事，如果硬来，说不定他就跳下来，说不定他
会摔得断胳膊断腿，或许还会摔死，这样的结果冯小穆接受
不了；二，爹攀缘着的树杈实在太细小，冯小穆怕自己爬上
去时把树杈折断，这同样是冯小穆不能接受的结果。冯小穆
急得团团转。他突然想起爹已有多日没吃饭，应该弄点东西
给爹吃。走掉他有点不放心，怕站在树底下的人用石块或烂
泥砸爹。这不是没有可能的，实际上当他急匆匆赶来时，有
一些孩子正在用弹弓射击爹。远处麻雀和喜鹊正无聊地往这
边张望，他们一定对这里聚集着这么多人感到好奇。他们的
手上拿着几只瓶子，瓶子同广告上画的瓶子一模一样。冯小
穆知道两个小家伙又捡垃圾去了。他娘的，让他们去找爷
爷，他们总是开小差。冯小穆怒气冲冲跑到他们面前，扯住
他们的耳朵往香樟树底下提。冯小穆说，他娘的，你们干什
么去了，睁大你们的狗眼，往树上看瞧瞧，你们的爷爷变成
了一只鸟。两个小家伙皱着眉头往树上瞧，看到爷爷的头发
像水草一样在空气中飘动，爷爷的胡子像根须一样和树枝纠
缠在一起。两个小家伙笑出声来，喊道，爷爷，你是怎么

上去的呀，我们也想爬上来。可是这树太大了，我们爬不上来。爷爷，树上一定很好玩吧。村子里的人不怀好意地笑起来。冯小穆踢了两个孩子一屁股，让他们别多嘴。冯小穆说，你们俩给我在这里看守着，不要让他们欺负爷爷。冯小穆回家弄吃的去了。

在洪水来临之前，人们早已忘了这个老头。老头总是把自己关在屋子里，不和人打交道。他偶然从屋子里出来，也不同任何人打招呼，他总是抬着头目视远方，视对方为无物。时间一长，大家都忘记了他曾是村里的头头，一个风云人物。从前他走在村子的道路上，许多人都自觉给他让道。村里的人都怕他，见到他恨不得像一块冰那样融化成水再蒸发成气体然后消失无踪。现在老头像一只鸟一样攀缘在一棵树上，又成了个高高在上的醒目的人，重新唤起了人们对他的注意。关于这个人的故事从人们日渐淡漠的记忆里重新清晰起来。村子里的人发现他们内心深处的痛感同树上的这个人联系在一起。在离开香樟树一公里以外，村子里的人都是和善乐天的，一到香樟树下，他们就变成了耿耿于怀的人，他们都想从地上捡起一块石头砸向树上的那个家伙。这种欲望让他们的脸涨得通红。

一会儿，冯小穆带了吃的东西赶到树下。冯小穆用一根棒子把食物递送到爹攀缘着的树杈上，好不容易才挂到上面。冯小穆想如果爹饿了，爹随手拿得到食物。他对爹喊，爹，你这么多天没吃东西，一定饿了，你就吃一点吧，你不吃会饿死的呀。爹一动不动。

第二天一早，冯小穆在一片吵嚷声中醒来。昨晚他睡在树底下，醒来时发现头发上结满了晶莹的露水。好奇的人们已围在树的四周，他看到人群中有不少外乡人，对着香樟树指指点点。冯小穆先把头上的露水抹去，抬头看挂在树上的食物。食物没有动过的迹象。冯小穆就喊，爹，你为什么不吃东西呀，难道你成了仙，不用再吃东西了。围观的人群也议论开啦：一个说，树上的老头也该有三十多天没吃东西了吧，可能他已经饿死了；另一个说，活着，你瞧，他的眼睛放射着绿光，眼睛这么亮怎么会是死人；又一个人说，如果他还活着，那他一定像蝉一样靠吸吮树中的汁液维持生命。

五　路像蛇一样在香樟树下盘旋而过

冯小穆为了把爹弄下来想了不少办法，但都无济于事。他搞不懂爹为什么要攀缘在树上。爹这几年很伤心，一连死了两个儿子怎么能不伤心。冯小穆的大哥和二哥是因为运送木材和黄沙死去的。大哥二哥死后，大嫂二嫂改嫁了，麻雀和喜鹊就成了没爹没娘的人，爹不管事，冯小穆只得担负起管教两个孩子的责任。冯小穆认为爹攀缘在树上同他们家遭遇的悲惨变故有关。无论如何，两个儿子的死亡是件令人绝望的事。

一条道路从村子里延伸过来，像蛇一样在香樟树边盘旋而过，然后通向看不见的远方。他们家的悲剧就发生在这条路上。蛇要咬人，路也要咬人的。冯小穆站在道路上，茫然地看着这条路。路上行人不多，但如果往远方走，世界会变得越来越热闹，人会变得越来越多，在路上不光有行人，还有数不清的汽车。冯小穆经常开着拖拉机去远方，他知道远方的事情。

麻雀和喜鹊听从冯小穆的安排，无精打采守着这棵香樟树。他们厌烦干这件事，看到别的孩子自由自在地捡着垃圾，他们羡慕之极。他们不由得恨冯小穆，还恨树上的老头。天气依旧晴朗，艳阳高照，更增添了兄弟俩的无聊感。一些和他们玩得来的孩子捡来了形状各异的瓶子挂在香樟树上。吹来一阵风，瓶子发出叮叮当当的声音。

麻雀和喜鹊不知道树上的爷爷曾干过什么。他们出生的时候，爷爷已经隐居家中足不出户。这几天他们听村里人和外乡人对爷爷评头论足，给他们的印象是爷爷是个厉害角色。他们村原来是个不毛之地，除了这棵已活了几百年的香樟树，是个鸟不拉屎的地方。爷爷带着村里人种了大片大片的森林，有了森林，就引来了群鸟，鸟叫声叽叽喳喳的。那时候爷爷是个英俊的男人，讨女人喜欢。鸟叫声扰乱人心，女人们从屋子里钻出来，钻进森林，也钻进爷爷的怀抱。有一个孩子对麻雀说，麻雀，听说你爷爷年轻时专搞女人，是个老流氓，邻村的人还说你爷爷从前带着村里人把他们村的人打死了，你爷爷不但是个老流氓，还是个杀人犯呢。这些事情，麻雀和喜鹊没听说过，他们没想到他们的爷爷曾经这么风光过。

麻雀和喜鹊不相信他们说的是真的，他们认为，爷爷虽然古怪，应该没那么厉害。不过麻雀和喜鹊对他爷爷干过的事没兴趣。他唯一的盼望是爷爷赶快从树上下来，或者干脆死掉算了，那样他们就可以捡垃圾去了。伙伴们说，已经有货郎来收瓶子和别的废品了。废品不但可以换麦芽糖，还可以换钱呢。

不远处站着一帮孩子。麻雀和喜鹊不认识他们。他们是邻村的孩子。邻村的孩子腰上系着一根军用皮带，皮带上还别着玩具手枪或弹弓，一脸杀气腾腾，像是来参加一场决战。但他们毕竟是在陌生地界，见香樟树下的麻雀、喜鹊以及村里的孩子，有点胆怯。有一个胆子大一点的孩子拉动弹弓，啪的一声击中树上的老头。邻村的孩子马上仓皇逃遁。本村的孩子们想追赶上去自卫还击，麻雀拦住了他们，说，随他们去好啦，我不在乎。喜鹊觉得不应让邻村的孩子这么蛮横无理，对麻雀说，哥，怎么能随他们胡来，欺负爷爷呢。麻雀说，喜鹊，你他娘的真笨，我恨不得他们把死老头砸下来呢。

邻村逃跑的孩子见麻雀他们没有反应，胆子大了起来，他们又像迁徙的蟹群那样慢慢地移过来。这次他们搬来了不少牛粪和烂泥，站在远处用牛粪和烂泥砸树上的人，他们砸中了树上的老头，还砸中了挂在一旁的食品篮子。食品篮子剧烈地晃荡起来，那老头儿倒是一动不动。麻雀、喜鹊和村里的孩子视若无睹，态度冷漠地坐在树边，眼睛看着远方的天际。

喜鹊见邻村孩子砸个没完，忍不住问，你们为什么砸他呀？一个孩子跳出来说，我们是来报仇的，因为他杀了我爷爷。树上的老头带人来我们村打架，把我爷爷打死啦。这时几个村里的老人来到香樟树下，见到这一幕，态度漠然。村子里的大人们知道打架的事，那会儿本村同邻村争一个湖，争执不下，树上的这个怪物（当年可称智勇双全）带领村民把邻村打了个稀巴烂，把湖夺了过来。这场械斗导致邻村两人死亡，本村五人受伤。村子里的人不太想起这些往事，偶尔想起来也感到十分遥远，犹如一个梦境。树上的这人当年太讨女人喜欢，村里的男人都恨他。

村里人见麻雀和喜鹊不管，趁机从地上捡起石块朝树上的老头砸。有一位本村的老头对村里人的作为很不满，他说，如果你们不把李树桃树砍掉，如果你们不让他们不把沙滩的黄沙挖走，堤埂怎么会被洪水冲垮呢？没有洪水，你们也不用逃难啊！这可都是他当年种下去的树！

六　手扶拖拉机是魔鬼变的

一辆手扶拖拉机朝香樟树这边开了过来。开手扶拖拉机的是冯小穆。手扶拖拉机擦洗一新，在阳光下发出银色光芒。一会儿冯小穆来到香樟树下，见爹的裤子、衣服、头顶都是牛粪，知道有人欺负了爹。麻雀喜鹊肯定趁他不在开小差了，否则他们是不敢这么干的。冯小穆知道爹有很多仇人，没想到他们的仇恨如此强烈。看到爹被人欺负，他感到愤怒，就好像那些牛粪砸中的是他自己。他把愤怒发泄在麻雀和喜鹊身上，吼道，你们在干什么，你们爷爷被人这样欺负，你们也不管管，你们到哪里去了。麻雀说，我们一直在这里，没人欺负爷爷。围观的人群哄堂大笑。麻雀趁机一溜烟似的逃走了。冯小穆心情平静了些，他对树上的人喊，爹，我知道你为什么要攀在树上，我猜出来了，是因为你恨这辆拖拉机，爹，我今天听你的话，当着你的面把拖拉机烧啦，爹，我烧掉拖拉机，你总可以下来了吧。

爹仇恨这辆拖拉机，一见到拖拉机，爹的脸就拉长了，好像这辆拖拉机是魔鬼变的。这个村子里的人都想发财了，也确实有不少人发了财。冯小穆的大哥也想发财，他把两个弟弟叫到一起，商量着去买一辆拖拉机搞运输。那会儿，江边的李树和桃树都被砍倒了，他们在挖沙滩上的黄沙，黄沙需要运到城里去。他爹下台后把自己关在屋子里，足不出户，但他们在砍李树和桃树时还是去江边看了一眼，一脸严肃，好像他的人生因此毁掉了（其实他的人生早就毁掉了）。爹没有表示任何意见。

他们把拖拉机开到自家院子的那天，老头的眼睛突然发出尖利的光芒。这眼光他们熟悉，小的时候他们因为偷了邻居的一只鸡，被爹撞见，他就用这种尖利的眼神瞧着他们。那一回爹把他们吊起来痛打一顿。他们的身上至今还留着疤痕。

可谁也没有想到拖拉机让冯小穆的大哥和二哥死在了路上。看到老大老二压死在木头下，老头突然失声痛哭起来。长这么大，冯小穆没见爹哭过，爹哭成这个样子，冯小穆很震惊，不知怎样安慰他，只好在一旁静静地看着他。

老头哭完后，站在沾满血迹的拖拉机前，生命好像突然被点燃，他的眼神令冯小穆畏惧。他一直害怕爹的眼神，即使他已成了个糟老头，还是惧怕。老头问，为什么买这玩意儿？冯小穆说，我们家太穷了呀，你瞧，别人家都盖起了新楼，可我们家的楼到处漏风漏雨。爹，我们再穷下去就会被人瞧不起。老头吼道，没这玩意儿就不能过日子了？老头回到屋里。一会儿老头子拿着一根燃烧着的木棍向拖拉机走去。冯小穆还以为爹是为死者安魂（类似于烧香），一会儿才知道他爹是要把拖拉机烧掉。冯小穆不愿意。冯小穆喜欢拖拉机，他梦想着亲自驾拖拉机拉着木头和黄沙进城。他把爹绑了起来，绑了三天三夜。

拖拉机停在香樟树下。冯小穆今天花了几个小时把拖拉机擦洗一新。冯小穆捧着一捆点燃了的稻草，手不住地颤动。冯小穆哭了起来，对树上的人说，爹，我知道你不喜欢拖拉机，我知道大哥二哥死了你很伤心，我知道你担心我也出车祸。爹你下来吧，我听你的话把拖拉机烧掉。冯小穆把引燃的稻草扔向拖拉机，拖拉机一下子燃烧起来，火焰映红了看热闹的人们的脸。冯小穆泪流满面，在火光映照下，脸上的泪水发出七彩光芒。麻雀和喜鹊见到这一幕惊呆了，这辆拖拉机是他俩的骄傲，叔叔竟把它烧掉了。

树上的老人对此无动于衷。

七 吊在树上的一只瓶子被击碎

冯水杉每天拿着枪在香樟树边转来转去，从不同的角度瞄准树上的老头。在他的幻想里，老头已被他杀死过无数次了。这天他又来到那石块后面，他的枪像以往那样瞄准那棵香樟树，扣动扳机，砰的一枪，吊在树上的一只瓶子被击碎了。麻雀和喜鹊茫然地转过头来朝水杉这边看。又一只挂在树上的瓶子被水杉击碎了。

村子里的人都说水杉要杀死树上的老头。他们说水杉已经选好杀老头的日子了。冯小穆听到这个消息打算找水杉问个明白。冯小穆朝石头向方走去，脸色漆黑，眼睛像闪电一样想要劈死人。水杉见冯小穆过来，收起枪，把枪捧在怀里，在石头后坐下来。他知道冯小穆干什么来的。

冯小穆来到水杉前，问，水杉，你总是用枪瞄准我爹，究竟想干什么？水杉闭着眼睛，没理冯小穆。冯小穆说，冯水杉，你别装死，回答我，究竟想干什么。水杉依旧没吭声，白了冯小穆一眼，一副不以为然的样子。冯小穆被激怒了，抓住水杉的衣襟，把水杉拉起来。冯小穆说，我警告你，滚远一点，不要再靠近我爹，不然我会像烧手扶拖拉机一样把你烧死。

水杉反抗了。水杉把枪放在石头边，推了冯小穆一把，差点把冯小穆推倒。冯小穆见水杉动手，准备好好教训他一顿。冯小穆把身上的衣服脱去，免得被冯水杉撕破。他就向水杉冲去，把水杉压在那块大石头上。

水杉身下的枪走火了，紧接着水杉哇啦哇啦地大叫起来，原来子弹击中了水杉的屁股。水杉摸了一下屁股，火烫的血沾满了他的手。

水杉骂道，冯小穆，我日你祖宗，我就是要杀了树上那个鸟人，我有权杀那鸟人。水杉听人说他娘和树上这个鸟人好上了，在森林里偷情，他父亲一气之下，把森林点着了。森林烧起来后，他爹拿着一把刀子在林子里寻找树上的那人，要杀掉那家伙，他爹却把水杉娘误杀了。火烧了三天三夜才灭，因为杀了老婆，还破坏森林，水杉爹坐牢去了。水杉爹吸入太多森林大火的烟，肺坏掉了一半，最后死在了牢里。水杉觉得是树上的混蛋杀死了父亲。

冯小穆看着水杉扭曲的脸，觉得水杉仇恨而凄厉的哭声变得像刀子那样锋利。冯小穆再也看不下去了，扭头就走了。他眼眶发涩，心中酸楚。

八　他喝下去的酒变成了泪水

树上人的手和脚好像变成了树的一个枝杈，成了树的一部分，他的头发越来越长，成了叶树一样的绿色。村里人开始相信老头真的在吸吮树里的养分。

冯小穆不再给爹送食物了。那一篮挂在树上的食物早已腐烂。他们刚刚遭受过水灾，粮食匮乏，浪费食物真是罪过。

冯小穆很少去香樟树下看爹。攀在树上的爹让他丢尽了颜面，他对爹的情感变得复杂起来，甚至产生了怨恨。现在他的名字前已经有了几个难听的形容词，村里人叫他"色鬼的儿子冯小穆"，或者叫他"恶棍的儿子冯小穆"，还叫他"鸟人的儿子冯小穆"。他们不是当面这么叫他，他们在背后偷偷地叫，想找他们出气都找不到人。他们还说，冯小穆之所以找不到老婆是报应，树上那鸟人一辈子讨女人喜欢，他们家的桃花都被树上的鸟人占了，轮不到他的儿子冯小穆了。

这话说到冯小穆的心上去了。他认为自己找不到老婆确实同爹有关系。他烧掉了拖拉机后，那个洪水到来前才定亲的邻村姑娘托媒婆转告他，不想再同他来往下去了。媒婆说，你没了拖拉机，靠什么赚钱呢，你又养着大哥、二哥的两个儿子，负担这么重，不吓跑姑娘才怪呢。媒婆看了一眼那棵孤零零的香樟树，神秘地说，你爹这个样子，人家姑娘说脸都丢尽啦。

冯小穆的心情变得十分恶劣。因为心情不好，他变得很敏感，总觉得村子里人都在笑话他。

一天他来到村里的一个小酒馆，独自喝起闷酒来。别人一小口一小口地喝，他大碗大碗地喝。一会儿冯小穆喝醉了，他先是哭了起来，接着开始骂骂咧咧。他说，你这个鸟人，你这个色鬼，你为什么要这样，我他娘的杀了你，我他娘的把你的东西割下来，你他娘的自己年轻时快活，遭报应却是我。你这个鸟人，为什么要在树上丢人现眼啊。

冯小穆好像越骂越失态，眼泪哗哗哗地流，像小溪一样欢畅，就好像刚才喝下去了酒都变成了泪水。他越骂越来劲，冲进厨房，拿起一把刀子，向小酒馆外冲。他吼道，我他娘的杀了你！我他娘的杀了你！

村里人见状，围住了冯小穆，不让他胡来。他们说，小穆，你喝醉了，你怎么尽说胡话呢，他可是你爹啊。他们夺走了刀子。冯小穆坐在地上像孩子一样无助地哭了起来。

九　爷爷变成了一只鸟飞走了

不久大家对攀缘在树上的老头失去了好奇心，他们不再往树底下跑。老头姿态一成不变，多看了也就腻烦了，见怪不怪了。不但村里人不再往树下跑，连冯小穆、麻雀和喜鹊也不往树下跑了。麻雀和喜鹊因此可以自由自在地在垃圾堆中寻觅好玩的东西了。

树上的老头渐渐被人遗忘了。

不知过了多少日子，有人路过香樟树，惊奇地发现树上的老头不见了。他感到很疑惑，就像当年老头攀缘在树上一样令人费解。村里人听到这个消息，纷纷来到香樟树下。香樟树下又热闹起来，他们在香樟树下议论纷纷。

关于老头消失不见有各种说法：有人说老头是被他的儿子冯小穆杀死埋掉的；有人说是水杉一枪毙了老头，把老头抛到河里喂鱼去了；还有人说老头是被邻村的仇人杀掉后埋葬的。

麻雀和喜鹊听了后不以为然，说，我们的爷爷变成了一只鸟，然后就飞走啦。

2000 年 10 月 8 日

水晶球

一　安详地在水晶球中睡去

　　他先出现在水晶球里。他从我身后走来，抱住了我。我没有回头看他。我不喜欢看到现实中的他。我喜欢他在水晶球中的样子，在水晶球里，他看上去明亮，优雅，一尘不染。他的身体被光芒笼罩。我听到了他的喘息声，像某个童话里的人物出现时，森林里刮起的风。我看到水晶球旋转起来。我被这喘息声搞得眩晕、迷惑，身体被愉悦覆盖。我觉得我已在水晶球里，像一个贪婪的同时也是安详的孩子。我赤身裸体，他也一样。他的肌肉在粗野地起伏。他总是这样，沉默，坚定，眼含欲望。总是这样，让我成为一个一丝不挂的婴儿。我不知道他是谁。我是在广场上认识他的。后来有人告诉我，他是个黑手党，一个恐怖分子，某个帮派的老二。我从来都不问他。

　　现在我很安详，我在水晶球里睡着了。睡在水晶球里，就像是睡在一望无际的大海上。四周都是温暖的阳光。不，是睡在天空之中，在云层之上，我成了一颗星星。这样的想象令我感动。我会有点自怜自艾。我的眼泪像雨一样落下。雨水飘落在广场上，飘落在广场那幢鸽子栖息的小楼里。这是我第一次在水晶球里看见小楼。

我相信梦中的事物。现实的一切都是虚假的。现实的一切就像灰尘，你得把灰尘吹去，事物的真相才能裸露。

二 我喜欢自己是一个巫婆

告诉你一个秘密，当我手捧水晶球时，我会成为一个巫婆。很多人不喜欢巫婆，我对这个形象非常着迷。我是在见到水晶球时才变成一个巫婆的。在见到水晶球之前，我脾气暴戾，对世事充满厌烦的情绪。我经常像一只发怒的猫一样吼叫。有一天，我见到了水晶球，在一只柜子里面，它看上去晶莹剔透，把周围的一切都吸入了它的里面。我在水晶球里见到了自己的形象，像一个女巫。我看到水晶球里面深不可测的世界。我突然安静下来，周围的世界不存在了。我走进水晶球。亲爱的巫婆，你已经长大了，那是孩子们的玩具啊，黑手党说。

没有人知道其中的秘密。我的世界就在那一瞬间打开了。我感到单纯的快乐从心头升起，世界从四面八方来到水晶球里面。我看到了王子和渔夫，看到美人鱼在向往人间。水晶球之外，人间的故事多么悲惨。

多么悲惨啊。我不想看人间的事，但人间的事就在我周围，它们会自动跑到我的眼里，我的耳里。他们说，他晚上走在街头，下水道里突然窜出一群打手。他们打瞎了他的眼。他在医院里。

我去医院看他。我希望他瞎了，我不想他看到我。如果他瞎了，那我会嫁给他，一辈子照顾他。但令我失望的是，他没瞎。他告诉我，他只不过得了一次肺炎。他说，肺炎是一种比较艺术的病，天才大都得了肺炎。我幽幽地说，我希望你瞎了，看不到我。他说，我即使瞎了，也能看得到你。我问，他们说你是黑手党，你是吗？他笑了。他说，亲爱的巫婆，你越来越生活在幻想中了。我不是黑手党。黑手党会整天陪着你这样恍惚的人吗？

我不喜欢医院。除了喜欢医生脸上戴着的口罩（我喜欢白色的东西，喜欢白色口罩带来的童话气息），我不喜欢看到人们痛苦。每个人的身体里都会长出一些花朵，这些艳丽的花朵充满了垂死和不祥的气息。那是身体里的瘤。我发现这些身体里的瘤最终无一例外地变成了他们的灵魂，他们的行为完全受这东西的支配。有些人身体里没有瘤，他们的疾病在脑子里。他们的脑子开满了人间的欲望制造的战栗的花朵。我看得见这些花朵，它们比罂粟花更加妖娆。

我从医院里出来就呕吐起来。我气喘吁吁。我好像也病了。我得找个地方呼吸一点新鲜空气。好的空气不在城里，好的空气在废墟之地。我觉得我在向那一片石子滩走。这天有点奇怪，事物有点异样，就好像我走入了水晶球之中。可我没带水晶球呀。

我看见了一间小屋，在废墟之上。我还看见一个温和的男人在小屋前在向我微笑，好像在等着我。这个地方一直是一片废墟，我从来没见过这间小屋，但小屋就在我的眼前。我问他是谁。他说，他不知道自己是谁，他在这个地方已待了一个世纪。他说，我老得像一棵树。我说，你不老，很年轻。他笑了。他的笑温暖人心。看到他的笑，我完全被吸引住了，我站在那里一动不动。

那个男人说他的女儿死了，妻子离开了他。他住在这个荒无人烟的地方是因为他在天堂的女儿会来看他。他说，他的女儿现在就在外面。外面都是野花。他的女儿手捧着野花看着我。那是个多么可爱的小女孩啊。见到她，我的眼前一亮。我突然觉得四周的一切变得如此熟悉，就像是我的前世再现。

我回来告诉他。他已从医院里逃了出来。区区小病，何足挂齿？他说。他又想进入我。这个黑手党乐此不疲的就是这档子事。他见到我就会抱住我。他说，你是个巫婆，是一个妖精。他说，他的灵魂已被我迷惑了。我不愿意这会儿干这个。我没有看他。我不喜欢现实中的他。我从来不看他一眼。他身上有动物的气味。他问为什么。我告诉他，我在那个我们常去的地方见到了一间小屋，见到了一个男人和一个小女孩。他说不可能，那里一片乱石，乱石之上不可能建小屋，也不可能有青草和花朵。他说，这一切你是从水晶球里见到的吧。也许吧。他又开始抚摸我。我拒绝。他笑道，你是不是爱上水晶球里的那个男人了？我说，那个人真的在那里。我打算带他去那里看看。

那个地方什么也没有。荒无人烟。我是多么失望。我多么希望再见到那父女俩。那地方只有一些凌乱的石子。他显然很得意。他不喜欢我的水晶球。他得意的时候就有欲望。我听到了喘息声。我浑身起鸡皮疙瘩。我感到他的喘息声是黑色的，就像化工厂烟囱的滚滚浓烟。我奋力反抗，我必须通过水晶球面对他，但我没带在身边。我给了他一个耳光。这激发了他的欲望。他把我撕裂了。我浑身疼痛，感到自己将要死去。疼痛中有刀片一样的光芒向天空升腾。在光芒中，我见到了那个温和的男人。他在天空看着我，身边的小姑娘在飞舞。我看到他在流泪。他说，我看不清你，我看不清你，我无法把你画下来。他的泪水成了雨水，向下飘，飘到广场上，飘到那栖息鸽子的小楼上。我还看到图画像雪花一样从天上飘下来。

飘下来。

三　我看到了一张一张的图片从天堂飘下来

我的女儿还没有出生。在水晶球里我多次看到她。我的女儿就像拇指姑娘一样在花丛里跳跃，身上有一对透明的蜻蜓一样的翅膀。我相信女儿在我没生出她的时候已在这个

世界。我曾对他说过我的女儿。他认为我病得不轻。黑手党
什么都不信。我就不对他说了。相信奇迹的人才能够遇到奇
迹。天冷了，下起了大雪。树的枝丫成了白色，房屋和道路
成了白色。雪停了，太阳出来了。这个世界变得像水晶球一
样透明。我喜欢这种颜色。可惜过不了多久，这世界原有的
一切就会呈现。我在雪地里走。白色世界是产生奇迹的世
界。我看到天上飘下了纸片。这是我第二次见到这种情景。
只是没人相信我。现在，我得到了其中的一张。我是在第二
天早上醒来时得到这张画的，它就在我的床头。我想它是从
天上飘下来的，从窗口飘进来的。上面画的是一个女孩。她
的双眼令我感到既亲切又心碎。我从中看到我的前世，这令
我柔肠寸断。可她在哪里呢？

　　我来到广场。广场上有人在做雪人，有人在打雪仗。那
座小楼已被雪覆盖。我不知道那座小楼里有什么。鸽子在小
楼里飞来飞去。

　　有个老人对我手中的图画感兴趣，他问我哪里来的。我
说天上飘下来的。他对我诡谲一笑，说，只要有信心，任何
人都可以见到天堂的景象的。他说，这图画是住在阁楼里的
那个疯子画的，画的是他女儿。

　　他说，很久很久以前，一个天空飘满风筝的季节，有个
男人从外地回来。这男人是商人。他妻子带着孩子来车站接
他。他看到妻子和女儿站在那里向他招手。可就在这时，一
辆失去控制的车撞向了她们。男人看到女儿被抛向空中，成

了碎片。他当场就昏过去了。妻子很悲痛，无法面对他，离开了他。

这不是奇迹，奇迹是后来发生的。那个男人把自己关在了小屋里。这个商人在屋子里不干别的，只画画。他是个商人，从来没画过画，可他决定画自己的女儿。他脑子里都是女儿。女儿长着翅膀，在天堂飞来飞去。他不画的时候，就再也见不到女儿了。他不能放弃画画。看到女儿令他幸福。这就是奇迹，这个从来没画过图画的人，画出了这世上最美妙的图画。这一带的人都知道他的画的价值。他们收藏他的画。总有一天，这些图画会价值连城。

他是个什么样的人呢？

他是个温和的男人。现在他和他在天堂的女儿生活在一起。他的脸上都是光芒。

那个黑手党把我带走了。他推开了老人，把我带走了。他说，你病得不轻，不要乱走。

我一步三回头，看着那被雪覆盖的小楼。

我感到我正在从人间消失。

四　亲爱的，在水晶球里，我们一家可以团聚

现在我知道我为什么走向广场，走向那小楼。那是水晶球在指引我。水晶球在我的手上，它指引我来到这里。我已看到了我的前世。我要找到我已经在世的女儿、我的爱人。

他就在小楼里面。小楼的门已经有一个世纪没有打开了。吱的一声。声音有着宇宙的气息。他吃惊地回头看我。我一下子认出了他。他曾在那石子滩上向我微笑。他的眼睛像宝石一样明亮。小楼的墙上画满了图画。那是会飞的孩子。那个小女孩，我亲爱的女儿在画中飞舞。

我拿出水晶球。水晶球的光芒照亮了小屋。这时，墙上的小女孩飞了下来。她的手中拿着花朵。她拉着我的手，把我带到了小屋外。我看到小屋外都是乱石，乱石丛中长满了青草，开满了各种各样的野花。

我见过你。那男人说，在很久很久以前，我们曾是一家人，但你离我而去了。我到处找你，他们说你还没出生。你在我的身边消失了。我等了你一个世纪。

你的离去是一个悲惨的故事引起的。他说，人间充满了悲惨的故事，充满了生离死别。你说你无法面对我，面对那些鲜血。我在图画里寻找。我不会画，奇怪的是，我在画的过程中看见了你和女儿。你面目不清，我无法画出来。我的画都是天堂里的女儿教我的。现在你终于来了。我要把你画下来，这样你就永远不会在我的眼前消失了。

是水晶球把我带来的。我说，自从我得到了它，一切都改变了。我看到了尘世之外的一切。可他们不相信我，他们把我送进了医院。我多么讨厌医院，那里长满了比你想象的还要美的病毒。人世间的美都来源于这些病毒。

我拿出水晶球。我和男人还有小女孩都出现在球体上面。我说，你把我画下来吧。画到纸上，画到墙上，画到你的脑子里。他正在画。他专注地看着我。我发现在他的画上，我和他还有小女孩都已被装进了水晶球里。我看到我们在水晶球里团聚，我看到了我想象中的幸福生活。

幸福的生活就是这样的。亲爱的，我的一半在天堂，一半在人间。我是天堂和人间的联系。我是巫。亲爱的，让我们走进水晶球里面，一起生活。在水晶球里我们可以团聚，可以永永远远地待在一起。

亲爱的，从今往后，我们会永远待在一起。

2003 年 9 月 2 日

田园童话

一 村长家的四个丫头很漂亮

我们捉了两只青蛙。是冬天，青蛙都冬眠了，我们是在田里挖来的。挖出来时，青蛙一动不动。阳光照在青蛙上面，青蛙闭着眼，像死了一样。后来，阳光慢慢暖和起来，地也跟着变暖，青蛙睁开了眼睛，其中一只蹦跳了一下。哥哥眼尖，迅速扑过去，捉住了它。青蛙在他手中很软弱地挣扎了几下，然后像泄了气的皮球，蔫了。

我看到哥哥眼里的光亮，我知道他在想什么。我们俩经常想到一块儿去。我知道他想起村长家的四个丫头了，村长家的四个丫头像画片一样漂亮，他想用青蛙去捉弄她们。

我们在机耕路上疯跑时，一个人把我们提了起来。我们四条腿在空中打转，就好像这样扑腾我们可以像鸟儿一样飞走。

"你们俩又干了什么坏事了？"

这个高大的人是村长。他的手臂很长，像竹竿子那样长。他提着我们，我们就像空中飘扬的衣服。我们从高处往下看，发现村长家的四个丫头正抬着头，嘲笑我们。

四个丫头，最大的十二岁，最小的还只有四岁。她们大眼睛，小嘴巴，眼睛亮亮的，像村长的眼睛一样亮。她们经常同我们吵，我们就说，等我们娶了她们四个做老婆，会好好收拾她们。她们骂我们小流氓。

她们叽叽喳喳嘲笑我们时，村长一脸厌恶地叫她们滚开。她们就扭着小屁股走了。村长左边看看，右边看看，问：

"你们谁是老大？他娘的，双胞胎还真难辨认。"

"他是。"我说。

"你们手上是什么东西？"

我们赶紧把青蛙藏在棉衣里面。因为天很冷，青蛙已睡了过去，像死了一样，很乖，它在棉衣里面一动不动。

"没有啊。"我们拍拍手。拍手声在田野上回响，一群鸟儿惊慌地飞向天空。

村长伸着他的长手，像立在田里的稻草人，而我们就像装饰用的布条，或者像风筝。

这时，我哥咯咯咯地笑起来，我也跟着笑起来。村长问我们笑什么。我们没回答只顾笑，我们实在憋不住，因为青蛙开始在棉袄里活动开了，它在身体里爬，滑滑的，痒死了。

村长的老婆站到了村长面前。我们往下看，村长的老婆的肚子已经很大了，听说四五个月了。村长老婆问：

"你们说说，我肚子里是男孩是女孩？"

我们继续笑。我们只好伸出手去把青蛙捉住，可又不敢让村长看到，我们把青蛙藏到口袋里。

村长说："快说吧，听说你们这对小流氓说得准。"

我想如果青蛙在我手里动三下，我就说生男孩，如果动四下，我就说生女孩。结果，青蛙动了四下。我说：

"是个女孩。"

村长把我狠狠地扔到地上，连我口袋里的青蛙都痛得哇哇叫起来。

我哥还在另一只手上，他见我被摔成像冬眠的青蛙，躺在地上无法动弹，赶紧说：

"是男孩，是男孩，我保证是男孩。"

我哥平时不会说话，一说就结巴，可这次，他说得空前利索。村长听了，乐开了花。但他的眼睛很多疑，他总是这样，带着疑问看人的，好像这个村里人人都要谋害他。他说：

"你没骗我吧？"

"没骗。"

我哥的脸上露出讨好的笑容。这种笑容，村长见多了。他就把我哥摔了下来，说：

"你在讨好我，不过，我希望是男孩。如果我生不出一个男孩，我就让你们来做我的过门女婿！"

说完，村长抬着头，手臂靠着，走了。

我们被摔得不轻，躺在地上哇哇叫。村长的老婆没走，她很同情地看着我们，还用手抚摸我哥的头。

"男孩子就是不一样，这头发硬的，也不用天天梳头，就是讨人喜欢。女孩子烦啊。"

"你们谁是老大？"

"他是。"我说。

"果然是老大聪明。"她说。

"为什么？"我不服。

"因为我肚子里就是个男孩，我做B超啦。B超，懂吗？一照就知道是男是女。像你们一样，身上有根萝卜！"

这时四个丫头又从屋里钻了出来。她们看见我们手中的青蛙，这会儿青蛙又睡过去了，她们对此很好奇。

"死了吗？"

"活着。"我说。

她们不相信。我说，你们等着瞧。我把青蛙塞到棉袄里。一会儿，青蛙就在里面动起来，我拿出来，摊在手上，结果青蛙就跳起来，跳到二丫头的脖子上。二丫头尖叫着跑啦。其他三个退远了一点儿。我窜出去，捉住了青蛙。

我哥的青蛙还睡着。

"它也活着吗？"其中一个丫头问。

"活着。"我说，"不信，你可以把它放到你们的衣服里面，它就会活过来。"

四个丫头眼睛贼亮贼亮，有点动心了。二丫头想试试，我把青蛙塞进二丫头衣服里。她的身子很暖和很暖和。我们想，如果搂着这身子睡觉一定比盖了被子还热。这样一想，觉得也许娶了她们做老婆也不是件坏事。

第二天，村长又捉住了我们。他说，昨天，他老婆的被窝里跳出两只青蛙，他还以为他老婆生了呢，怎么一生生一对，难道也是双胞胎？后来谁知道是你们俩搞的鬼。

我们说："村长，我们没干。"

村长说："即使我老婆给我生了青蛙，只要是公的，我都把它养大。"

说完，村长要我们把小鸡鸡掏出来。我们犯了错误，没办法，我们怕村长把我们的小鸡鸡摘去。如果没了小鸡鸡，我们就成了丫头了。我们会像村长家的四个丫头一样漂亮吗？如果漂亮，也许是件不错的事。

村长说："你们撒一泡尿给我看看。"

我们站着，撒了一泡尿。我们实在没尿，好不容易才尿出一点。我们努力地想尿得远一点，可很不争气，尿到了我自己的脚上。

村长看得满脸喜悦。

二　村长把尿尿到我们家院子里

有一只青蛙逃走了，另一只青蛙藏在二丫头身上，它会在某个时候爬出来，爬到二丫头的肩膀上，如果你去捉它时，它又会回到二丫头的棉袄里面。二丫头穿着花格子棉袄，很厚，她走路时，像一个花皮球。

我们喜欢对着村长家的四个丫头撒尿。我们立志娶这四个丫头。有一天，我们讨论过这个问题。我问，村长为什么喜欢我们？老大说，村长想我们娶她们。我说，你愿不愿意。老大说，我已想好了，我娶大丫头，三丫头，你就娶二丫头和小丫头。我想了想说，一人娶两个，恐怕不行。老大说，有什么不行的，很多人有二奶呢。我想了想，有两个老婆的话，那房子要很大，可能会生一大堆孩子。我又想，村长生了一堆女儿，娶了她们也许将来也可能生一堆女儿。我对老大说了这个担心。老大不屑地说："我就不信日不出一个男孩来。"这话是村长说的。村长生了四个女儿后，就说了这句话。"我就不信日不出一个男孩来。"这话的口气多大啊，只有村长说得出来。我们都崇拜村长。

我们撒尿的时候，其他三个丫头都跑了，只有二丫头在一边看。那只青蛙爬在二丫头的肩膀上瞧我们，搞得我们怎么也尿不出来。我想，我尿完了，一定要收拾这只青蛙。

我说："你同你爹一样，你爹喜欢看我们撒尿。"

二丫头说："你们怎么撒得这么近，我爹撒得才叫远。"二丫头有点看不起我们。

有一阵子，二丫头喜欢站着撒尿，我们替她想过办法。我们给她找来一个漏斗，绑在她那个地方，但撒得也不远。并且这样让她很难受，她就放弃了。

我们好不容易尿完了，就来到二丫头边上，我伸手要去捉二丫头身上的青蛙。二丫头咯咯咯地笑起来，说：

"你们两个小流氓。"

我们摸到了青蛙，青蛙咬了我一口，很痛，我的手就肿起来了。我说：

"你身上是蛇还是青蛙？"

二丫头说："是蛇。"

手越来越肿。我想我中毒了，我已经相信它是蛇了。我把二丫头的裤带弄了下来，绑住我的手臂，这样，如果真的中毒了，毒气就不会到心脏。我说：

"二丫头，如果我死了，我就不能娶你们了。"

二丫头得意地说："这下你们不敢再欺侮我了吧？"

我们喜欢村长家的二丫头。她的头发很短，很硬，是她娘喜欢的那种头发。她穿着男孩子的衣服，连走路的样子都像我们。夏天的时候，她不穿裙子，喜欢不扣衬衫，露着胸脯。当然，她目前胸脯上暂时什么也没有。她过去骗我们，说她是男孩，我们也有点信了，但她不同我们一起小便，小便的时候就躲得远远的。现在是冬季，她穿着一件中山装一样的花棉袄。她的眼睛很大，好像脸上除了眼睛什么也没有。我们的眼睛很细，因此很羡慕她的眼。

这时，有两个人朝村庄走来。是两个女人，穿着白大褂，像是从天上下来的，她们后面是冬天深广的天。我怀疑是上天看到我中毒了，派来救我的。如果是这样，她们就是天使。

我问："你们是天使吗？"

两个女人和蔼地笑："不是。"

"你们是医生吗？"

两个女人又摇摇头。

我很失望，说："我中毒了，可能马上要死。"

她们看我的疤痕，笑道：

"被蛇咬的吗？冬天哪来的蛇啊？"

我想想也是，冬天我可从来没见过蛇，那就不是被蛇咬的，是青蛙。我就不担心了。

两个女人问："村长家在哪里？"

二丫头说："我就是村长……"又说："……的女儿。"

二丫头就带着两个女人去了自己家。后来，两个女人把村长的老婆带走了。村长的老婆低着头，缩着肚子，好像她想因此证明她的肚子里什么也没有。

第二天，我们刚好在村头，看到村长带着他的老婆回来啦。村长的女人肚子挺得比山还高。村长黑着脸，眼睛发白，一副谁也瞧不上的模样。

我们问："村长，B超了吗？又是女孩？"

村长抬起腿，狠狠地给了我一脚，我像一个皮球一样，在空中划出一道弧线，最后稳稳地落在一棵树上。树上还有一只鸟巢，鸟巢上还有四只蛋。我把蛋收起来，打算送给二丫头。我发现我真的爱上了二丫头。我现在，就是想把好东西送给她。

我在树上，觉得自己像一只鸟，觉得我刚才像是在展翅飞翔。我怀疑我已学会了飞，我想在什么时候试试自己是不是真会飞。如果会飞那是一件美妙的事，我首先要做的事是和二丫头一起飞。我想，二丫头一定会吓得把我紧紧搂住。

不过，村长今天很奇怪，他本来还要踢我哥，可我哥溜得快，一会儿就像老鼠那样钻进一个草垛。村长踢到了地上的一堆牛屎，然后走了。

她的老婆跟在后面。她的老婆叫黄桂花，脸上已经没了喜色，眼睛里充满怀疑一切的光芒。

"你们去告啊，你们告不倒我的。你们瞧，我生了四胎了，第五胎照样生。"

黄桂花一边走一边说。

我这才知道村长生气的原因。我猜那两个穿白大褂的女人是计生办的。

冬天的时候，我们喜欢去附近的山洞玩。我们村的附近有很多山洞，这些山洞是自然形成的，山洞里面黑漆漆的，往里走没个头。有人说，这山洞与山洞之间相连呢。不过，谁也没试过，鬼知道里面有什么啊。

二丫头喜欢跟着我们。我在山洞里对她说，我会飞了。二丫头不信，说，你飞给我看看。我当然不会轻易出手。二丫头的情绪看上去不高。我们问，二丫头，你怎么啦。

"我爹头上冒火了，我亲眼看到的，昨天晚上，在我们家院子里，我爹在那棵老树下骂娘，他的头上一片红光。"二丫头说。

我们说："你爹练上了吗？"

"没有。"二丫头一脸忧郁,"我爹说要杀人呢,他要杀你爹。"

"杀我爹?为什么?"

"因为你爹想当村长。"

我们觉得如果我爹想当村长是件不错的事,那我们也可以住大房子。我们要娶四个丫头的,必须要有大房子。村长家的房子就很大,大得像操场,房子里面可以开直升机。而我们家,我们变成蜻蜓才可以飞来飞去。

我们说:"如果你爹要杀我们爹,我们就会把你爹杀了。"

"你们杀我爹?不可能吧。"二丫头说,"我爹很可怕的,他在院子里,我们四个就躲藏了起来。我大姐躲在米罐里,我三妹藏在酒坛里,我小妹爬到了梁上。"

"那你妈呢?"

"我妈这几天一直在哭。"

"一定是你妈肚子里又是女孩。"我们笑道,"你爹虽然是村长,眼睛很可怕,但就是日不出一个男孩来。"

洞里很黑,我觉得这个洞就像村长老婆的肚子,但村长老婆肚子里只有女孩,我们这个洞里却有两个男孩。我觉得在这件事上,我爹比村长要有能耐得多,如果用这个来衡量,我爹也可以当村长嘛。

这几天,村长一直在村子里转悠。他在每户人家门口小便,他的小便像黄河水,充满愤怒,要把村里人家的围墙冲倒。我们很疑惑,村长的老婆生女孩同村里人又有什么关系呢。考虑到村长还是蛮喜欢我们的，我们也就原谅了他。

也许村长看到我们会高兴一点。我们这几天怕见到他，见到他躲得远远的，但为了村长高兴，我们决定舍生取义，让他看我们小便。我们在村长小便的时候，站在他一边跟着小便。

村长大怒。他系好裤子，把我们提了起来。我们在寒风中飘扬。村长满嘴酒气，他的脸像茄子一样泛紫，他的眼光像雷电，他的头发真的像火焰。我们在寒风中飘扬，一点不冷，好像我们在一个火炉边。

村长大声把他老婆叫到面前。他老婆挺着一个大肚子，气色不佳，脸黄得像成熟的谷子。她站在那里，就好像一棵饱满的玉米生长在那里。

村长说："你们说，她肚中是男孩还是女孩。"

我们两个几乎是异口同声地说："是男孩。"

我们知道村长心情不好，只有说男孩他才会高兴。

村长没有高兴，他突然流下了眼泪，说：

"你们一个一个说。"

我说："是男的，我看见了呀。"

我哥说："我……看……看……看见……了呀，是……男……男……男的。"

我们刚说完，村长老婆的眼泪哗哗地流了下来。她的眼睛本来就大，只是生了太多小孩，很辛苦，眼睛边上长出一些皱褶，看上去像猫眼。她流出的泪水，也是黄色的，像苦胆，可见她的泪水有多么苦。

村长把我们狠狠地摔了下来，然后抓住我们的头发，拉我们到他老婆跟前。村长撕掉他老婆的棉袄，从里面挖出一大坨棉花。黄桂花的肚子马上就瘪了，原来她的肚子里什么都没有。

村长仰天长啸："她原本肚子里是一个男孩啊，可有人想断我的后，告我啊，她被迫做了人流呀。"

村长满眼是泪。我们从没见他流过泪，泪在他的脸上留下几道裂痕，就好像他的脸被砸破了。他的泪水一会就干了，脸上马上出现白花花的盐粒。

村长说："不过，我已知道谁想同我过不去，他断我的后，我也要断他的后。"

村长把我们摔了出去，我们被扔到屋顶上。从高处看，村长显得很小，很可怜。我们看到他又掏出了鸡巴，开始撒尿，只见尿路在天空划出一道彩虹似的弧线，落在我家的院子里。

我们因此有点愤怒，村长凭什么啊。我们希望爹站出来，也撒一泡尿，撒到村长家的院子里，但爹躲在屋子里，像一个缩头乌龟。

三　我娘的眼泪像茧丝一样长

村头的广播响了起来，是村长的声音。一会儿，村里人都来到村头。我们爬在树上，自从村长把我扔到树上以来，我喜欢像鸟一样攀缘在树上。我练习飞翔，我从树上跳下来，我跳得越来越远。我希望有朝一日，我能从树上起飞，飞过正聚集在村头村里人的上空，让他们羡慕。我还要撒一泡尿，像雨一样撒到村长的头上。我对他把尿撒到我家院子里耿耿于怀。如果要我选择，我第一要做的是一只青蛙，第二要做的是一只鸟。如果变成一只青蛙，我就可以钻到二丫头的怀里；我变成一只鸟，就可以让二丫头搂着我带她在天上飞，二丫头很想在天上飞。

村长站在台上，他一句话也没说，他的眼神像这冬天一样寒冷，他眼神扫过，那个地方就残叶落地。他也看了看树上的我们，树梢瑟瑟摇晃。我问，他想干什么？他开什么会？我哥摇摇头，说，村长总有道理。

我对我哥的看法不以为然，自从村长对我家撒尿以来，我开始讨厌村长。我哥这家伙还是崇拜村长，不但不反感，还站在村长的角度考虑问题。他说，你想想，如果是你，你怎么办？他老婆的肚子的孩子人流了啊。

村长从怀里掏出一只青蛙，用他的嘴把青蛙的头咬了下来。村里人一阵骚动。我们看到青蛙的腿在村长的嘴边挣扎。青蛙是冷血动物，但也是有血的，血从村长嘴中流出来，村里人看了想呕吐。村长的手抓住青蛙腿，把青蛙从嘴里拉出来。青蛙已没有了头，依然活着，身子在一蹦一跳呢。然后村长从嘴里吐出青蛙头。我看到青蛙的眼睛睁着。村长把青蛙扔到人群中，走了。人群又是一阵骚动。

这一夜，村里的男孩子都变成了无头青蛙，在村子里哇哇叫着。幸好这一幕出现在父母们的梦中。第二天，父母们就不让孩子出门了，以免真的变成无头青蛙。村里的孩子们不以为然，他们认为，村长最喜欢的是男孩子，见到男孩就会摸他们的头。

二丫头一直在哭，因为村长把她的青蛙杀死了。二丫头对那只青蛙已有情感了，毕竟暖青蛙身子暖了这么多天。这说明二丫头是个有情有义的人。我叫二丫头不要哭，我答应给她再捉一只青蛙，但二丫头说，她就要那一只。

我们正说着，那只无头的青蛙跳了出来。它没头，看上去特别古怪。二丫头见到这只无头青蛙，先是一愣，接着就哭个不停。她要我们把它捉来，把它的头也找来给它套上。这是不可能的。但捉嘛还是可以捉来的，只是这只无头的青蛙二丫头恐怕不会再往怀里放了。

今天的这只无头青蛙像是通了神灵，无头青蛙一直在二丫头身边跳来跳去，很难捉，我们俩一直扑空。

后来青蛙跳到我们家麦田里，我们一直追着青蛙，我们见到我们家的麦田变成一片黄色。不对呀，应该是绿色的呀。冬天的小麦，还是绿油油的苗，虽然风吹霜打，但太阳一照，小麦依旧是绿色的，现在却变成了黄色。那只青蛙扑通一声，跳到了那片黄色中，我才知道那是水。我们家的麦田发大水了，变成了养鱼塘。我们家麦田中间那棵枣树边浪头很大，我们往上看，发现有一个人倒挂着，那人眼睛上蒙着一块黑布。仔细一看，竟是我们爹。

蒙在眼里的黑布湿了。我们猜爹在流泪。因为眼泪倒流，眼泪流到头发上，爹的头发也湿了。我们不知道爹在为自己被倒挂着流泪，还是在我们家的小麦田水漫金山而流泪。

我们问："爹，这是怎么啦？"

爹咬牙切齿地说："我他娘的要杀了他。"

我们等着我爹行动，他说他要杀了他，"他"是谁爹没说，但谁无关紧要，重要的是爹要行动。我爹长得很健壮，他生出我们这对双胞胎不是毫无缘由的。但我爹一直没有动静，他整天待在家里，除了摇头叹气，没任何动作，就好像他把自己说过的话忘记了。

村子里流传着各种各样的传言。传言说，村长已看上了我们家的地，要把我们的麦田改成鱼塘，承包给村长的小舅子。顺便说一句，村长的小舅子也生了一窝女儿，村长把生女儿的责任都推到老婆的身上，认为老婆家族就只会生女儿，因此村长一直对小舅子没好脸色。但现在村里流传村长要把咱家的田变成湖，交给他的小舅子。村长这么干是有政策的，叫退耕还湖。村长一直在说这一带的田都要退，退成湖！

我娘一直在流泪，她的泪水源源不断，就好像茧丝一样长。

我娘说："我们家完了，我们家变成了湖，湖也好呀，我们可以养鱼，但村长不肯把湖承包给我们家，我们家以后吃什么呀，怎么养活你们呀。"

我娘的眼泪让我们难受，就好像我们田里的那一池水成了娘的眼泪，或者我们家的田全是因为我娘的泪才变成汪洋一片的。我们心里也有了一个湖泊，并且掀起滔天巨浪。如果村里人讲的是事实，那村长就是个坏蛋，不可饶恕。

我们问妈："爹是不是被村长倒挂在树上的？"

妈说："你爹不肯说，我也不知道，但不是他还能是谁。"

我娘说得对，不是村长谁还敢这么干。我哥虽然崇拜村长，事关我们爹，我们一致决定以牙还牙。

我们爬到村头的树上。从这里往下看，一切都变得很小。村子也很小。村长家的房子本来是村子里最大最高的，里面可以开直升机，但从树上看去，不过如此。村子里的人自得其乐，该干什么干着什么。我们对他们的脑筋很好奇，很想打开他们的脑壳看看，是不是像村长家的手扶拖拉机那样生锈了。冬天，村长很少用拖拉机，我们有一天把拖拉机的盖子打开，发现里面的铁管子绽放出暗红色及天蓝色的花朵，就好像它们像植物一样活了。我们在树上看风景时手中紧握着一根绳子。

我们把村长倒挂到树上是迟早的事。村长走路一直昂着头，望着天边，从不低头看脚下，好像脚下的土地并不存在。村长走路的样子看上去目光远大。他将迟早落入我们的陷阱里，也就是说他将不可避免地一脚踏入我们的绳圈里面。我们一拉，他就会被倒挂在树上，就像村里人传说的那样，他用这种办法把我爹倒挂在树上。

这一招非常古老，电视里播的武侠片，无论英雄狗熊都用这一招，《天龙八部》如此，《射雕英雄传》也这样。我们都相信电视上飞檐走壁的功夫，相信只要我们好好练，总有一天我们会像鸟儿一样飞到天空上。

一天早晨，村长终于落入了我们的手心，被倒挂在村头的香樟树上面了。村头的香樟树有两棵，一棵在左，一棵在右，村长被吊在左边那一棵上。那些脑筋生锈了的村民开始聚集过来围观，他们开始不明白村长这是在干什么，都以为是在练功。只见村长左右晃荡，在起劲挣扎。村里人平时习惯于讨好村长，于是就使劲鼓掌，口中赞叹：

"好啊，好啊。"

村长很愤怒，但他倒挂着，喊不出声。其实喊出来了，只是用不上劲，所以声音很轻，被村民的掌声掩盖住了。村长一脸怒容被村民们理解为他因为练功在憋气。

我们看到我爹往村头奔了过来。我们想，爹来得正是时候，于是我们从香樟树上钻了出来。我爹正在向村民打听出了什么事，我们就说：

"爹，你不用打听了，是我们挂了他。"

话音刚落，刚才喝彩的村民一下子安静了下来，他们如梦初醒，才知村长是被我们收拾了。很多人身体发颤，好像天要塌下来了。我们掏出我们的小鸡鸡，开始把尿撒到村长的头上，谁叫他把尿撒到我们院子里呢。我们说：

"爹，我们给你报仇啊。"

我爹抖得比别的村民更厉害，整个身体像散了架的发动了的手扶拖拉机，他颤抖着一歪一歪地来到村长面前，然后扑通跪了下来，捧住村长的大腿，痛哭道：

"村长啊，不是我叫他们干的啊……两个小孩子不懂事啊。"

我们被爹这样子搞蒙了，爹不是扬言要杀村长嘛，现在我们替他报仇，他竟吓得这样子。爹抬头向我们怒吼：

"两个小畜生，谁叫你们这样干的？你们吃了豹子胆了是不是，你们也不瞧瞧是谁，他是村长啊，这村子都握在他手心啊。"

我们有点慌了神，毕竟这个人是我们爹。我们一慌，绳子就松了，村长头朝下，直刺大地。大地没事，没被刺中，村长的头却缩进脖子里，变成了一只缩头乌龟。我爹连忙把村长扶了起来。村长站稳，扭着脖子，艰难地把缩进去的头伸了出来，然后掸了掸身上的灰尘，他没看人群一眼。周围村民不敢发出一点声音。

我爹还跪着，在道歉，他说：

"小孩子不懂规矩，我回家好好修理他们。"

村长看了看天，然后抡起腿，狠狠地踢了我爹一脚，我爹像一个皮球，落入河道中。河里结着薄冰，我爹落下去时，冰撞出一个窟窿，然后我爹就落入水中。我爹人高马大，却不会游水，他在河道上大呼"救命"。

村长一个人走远了。村民们看着河道上挣扎的爹，幸灾乐祸地讪笑起来。

四　我们梦见自己变成了两只青蛙

我们家里笼罩着恐怖的气氛，我爹我娘的神色都不对了，眼珠变小了，眼白大面积增加。恐怖的气氛是要传染的，看到他们这样，我们也慌了起来，好像有什么灾难会降临到我们头上。

我认为恐怖是有声音的：证据一，感到恐怖的人，总会像兔子一样竖起耳朵，好像恐怖最先到来的是声音；证据二，更多的时候恐怖好像是无声的，但会在无声中弄出一点儿声音，比如寂静里一根针落地，在我们（主要是我爹娘）的听觉里会放大成一把剑，成为钢的声音，铮铮作响，就好像这把剑已架在我们脖子上；证据三，恐怖让我们听到心脏的跳动声，快速而有力。

我娘不再让我们出去了，怕村长找我们麻烦，但她关不住我们，我们照样在村子里疯跑。当然，尽量避开村长。

剑一直没临到我们头上，相反，我们家小麦田的水也慢慢退了下去。在太阳的照耀下，被水浸泡后发黄的小麦叶子又慢慢变绿了。随着小麦变绿，我爹娘的脸上开始出现卑微的笑容，但眼神里还是带着多疑和警觉。他们目前还搞不清村长为什么把水放了，搞不清这意味着什么。

我们有一天不小心撞上了村长。我们倒挂过他，他一定生气，大凡是人轮到这种事都会生气。我们见到他当然挺不好意思，村长却对我们很客气，好像倒挂一事从未发生过。一如从前，他见到我们脸上开出了花朵。我们仔细研究过村长的脸，发现他的脸变化多端，有时候是黑色的，像夜空中飞来飞去的蝙蝠，有时候他笑是在笑，脸会变成蛇一样的信子，冷瑟瑟的，有时候（就是看到我们的时候）他脸上会开出艳丽的花朵。那天村长喝了酒，呼吸里酒气冲天。村长喜欢喝酒，但从来不醉。

村长说："你们俩好几天不见了，在哪里耍流氓？"

我们说："没有，村长，我们只是爬爬树。"我们说完就后悔了，因为树会让村长想起被倒挂的事。

"听说你俩想娶我四个女儿？你们是有志不在年少啊，志存高远啊。"村长话说得像我们语文老师。

我们嘿嘿傻笑，说：

"村长，要是你不愿意，那就算了。"

村长高声地笑起来，说："你们想赖婚吗？不想做我女婿？"

我们说："不是这个意思，不是这个意思。"

村长想了想，问："你们成天爬在树上跳来跳去干什么？"

我们说："我们在学鸟儿飞翔。"

村长说："你们怎么学的，试试看。"

我们就爬到树上，从一棵树跳到另一棵树，其间展开想象中的翅膀，有时候我们从树上飞到田地里。我们飞的时候，北风呼呼地吹着脸，吹着脖子，很冷但也很爽快。村长说：

"你们还真的会飞呢？好好练，你们会越飞越远。"

爹娘看见我们同村长玩得这么好，这么和谐，并且村长还要我们做他的女婿，他们脸上终于有了谦和而感激的笑容。他们想，一切都过去了，他们终于可以吁一口安心的气了。他们的眼珠黑了起来，眼白减少。他们又下地经营田里的小麦，施了一次肥料后，小麦重又变得绿油油的。

我爹认为生活一下子变得这么温馨和谐是因为他被村长踢到了河里，是他的忍耐和牺牲精神让村长对我们变得宽宏大量。对这种想法，我们感到不满且愤慨，但他是我们的爹，我们没办法反驳他。

寒冷持续了一段日子，下起了雪。过了一天，树上，田里，房子上，路上，都是雪。雪一停，我们便在雪地上撒野。村长的长手又提起我们，村长的两只手像一根扁担，提着我们跑。他往山上跑，山路不好走，一会儿，村长整个身子变得热气腾腾，但我们被寒风吹得快成了冰块。

村长说："雪这么厚，棉花一样，正是练习飞翔的好时机。"

我们挺紧张的，练飞翔，我们自己会练的啊，村长来做什么教练呢。考虑到我们正被村长提着，不敢出声，怕村长生气把我们扔到万丈深渊。

一会儿，我们来到一个斜坡上，斜坡上原来是草，现在草已被雪覆盖。村长说，这个地方练习最好。他说，他把我们提着，然后他会像铁饼运动员那样转动身子，再把我们扔了，我们会像导弹一样飞出去。

听他这么说，我们吓得魂都没有了。村长这样不是把我们当飞鸟而是把我们当铁饼啊。我们在村长的手臂上瑟瑟发抖。

村长说："你们害怕了？"

我们逞强："不是害怕，我们冷。"

村长说："玩一会儿就不冷了。"

村长说完，身子就转动起来，他转得真是快啊，比发电机的叶轮转得还要快。我们在他的手臂上听到风声过耳，像惊雷似的。当速度快得使我们听不到风声的时候，村长突然放了手，于是我们像两块铁饼一样飞了出去。村长说：

"你们把手臂伸开来，就像鸟儿打开翅膀。"

我们张开了手臂，手臂一张开，我们有了点飞鸟的感觉。一会儿，我们在远处的坡上落了下来。雪真的就像棉花，落下去时我们整个儿钻进雪地，或被雪温柔地包裹，毫发不损。我们便由衷地高兴起来。

我说："我在天上至少飞了十分钟。"

我哥说："至少二……二……二十分钟。"

十分钟也好，二十分钟也好，这是我们至今在天空待的时间最长的一次，也是飞得最远的一次。我们又练了几回，身子出汗了。村长说，我们去找一个洞休息一会，我教你们一些飞翔的方法。我们说，好。

我说过，我们这边的山上到处都是洞，我们随便找了一个休息。我们坐在村长边上，因为身体活动开了，身体之间相互产生了吸引力。我们不由自主靠在村长的身上。

村长说："你们会游泳吧？那你们肯定知道怎样让自己浮在水面上。"

我们说："只要吸足气就可以。"

村长说："对呀，要在天上飞，也要吸足气，所以，憋气的时间一样要长。鸟儿为什么能在天上飞，也是因为憋足了气，只是鸟儿有两个肺，一个憋着，另一个还可以叽叽喳喳地叫个不停。你们想要飞，要练憋气。"

我们相信村长说的，村长说的很有科学道理啊，我们尊重科学，我们开始试着憋气。练了一会儿，村长又说了：

"这样吧，你们俩比一比，谁憋的时间长。"

村长让我们站到他跟前，他伸手把我们的脖子掐住，我们开始了憋气比赛。不知憋了多久，我就难受了，我想要挣脱村长的手，但村长死死地掐住了我们。村长说："坚持，坚持。"他的脸看上去很狰狞。也许是我憋气，双眼花了，才使村长的脸看上去扭曲变形了。我感到自己快要死了，觉得自己的眼珠快要像子弹那样射出去了。这时候我才疑心村长这是要杀了我们。我的舌头伸了出来，越伸越长，我看见了自己的舌头，我的双手垂了下来，已无力挣扎。这时村长突然流下眼泪，放开了我们，然后把我们紧紧地搂在了怀里。

村长哭着说："你们好样的，憋了那么长的气，比鸟儿憋的还长，你们一定会在天上飞。"

见村长泣不成声，我们的心也软了。我们说：

"村长，你哭什么啊？"

村长说："我为你们骄傲。"

村长越来越像我们的老师了，我们的老师也喜欢哭，我们只要在运动会或什么比赛中取得成绩，为她争了光，她就会哭，并说同样的话：

"我为你们骄傲。"

村长把眼泪擦掉，笑了起来。他说：

"你们不是想娶我家四个丫头吗？那你们叫我一声爹。"

我俩都不好意思，低下头。村长说：

"怕难为情吗？"

结果我哥先叫了，他看着村头轻轻叫了声："爹。"

村长突然又哭了，哭得像一个娘们。我见他这么悲伤，为了安慰他，也叫了他一声爹。他把我们搂在了怀里。

外面很冷，山洞里很暖和。村长的身体暖烘烘的，我们攀缘在村长身上，村长此刻很软，像我们的玩物。

躲藏在这样的山洞里让我们想起一些童话故事。童话故事总是发生在山洞里面。我说：

"村长，你像一只大灰狼。"

村长说："什么大灰狼，我没听过呢，你们给我讲一讲。"

我哥争着要讲这故事，他口吃，讲了半天没讲清楚。村长要我来讲，我把故事讲了一遍。

村长说："这个故事很有趣啊，我们演这个故事吧。你们说我是大灰狼，我就扮大灰狼。你们在洞里待着，我来敲门。"

我们很高兴村长喜欢玩这个游戏，这方面他比我们老师好多了，老师可不愿意扮演大灰狼。

村长就出去了。他说：

"你们等着，我去搬石头。"

"搬石头干吗？"

"我们要做一个门啊，我们要玩真的，真的玩起来才有趣。"

我们当然也喜欢玩真的。

村长搬来了一大堆石块。他说，现在他会把洞封了起来，这样大灰狼来敲门也进不来了。他开始封洞口。我们在洞里，看到石块一块一块地垒起来，洞门越来越小。我们见村长干得满头大汗，问他要不要帮忙。村长说，我们正在做游戏，你们在里面待着吧。

村长过去是一位石匠师傅，他的手艺高超，没多久，他把洞完全封住了。洞里一下子全黑了，没有一丝光线透进来。我们听到村长在外面用石块敲门，他说：

"孩子们，快开门，我是你们的妈。"

我说："你不是，你是大灰狼。"

"孩子，快开门，你们不开门，你们就会饿死的。"

我们不会开门，我们才不会上这个当。我们说：

"你是坏人，我们不开门。"

一会儿，洞外没了任何声音。我们叫：

"村长，村长。"

过了好久，村长才发出声音说："你们真聪明，我确实是个坏人。你们好好待着，我给你们去弄点吃的来吧。"

然后，我们听到村长远去的脚步声。

洞里面很黑，我们等着村长而不是大灰狼的到来。我们不知道过了多少时间，肚子饿了，我们开始着急起来，村长怎么还不来啊。我们去推那石门，但石门垒得死死的，怎么也推不开。我们口渴饥饿，两眼发昏。幸好洞里面还比较暖和，暖和让疲倦的我们昏昏沉沉。我们后来相拥着睡了过去。

我做了一个梦。我梦见我和老大变成了两只青蛙，其中一只钻到了二丫头的怀里，另一只钻进了村长老婆的肚子里。

2005 年 1 月 14 日

致　谢

编书的过程实际上是对文学生涯的一次回顾，其间想起自己得到过诸位师长好友的帮助，心里充满感动，在此特别向发表本书作品的刊物以及编辑致谢。

　　这本书最早的作品是《敞开的门》，发表于1997年《收获》第二期。这是我写作生涯发表的第二篇小说。我当年是直接寄给《收获》的肖元敏老师的，很快得到了回复并刊发了出来。在重读这篇小说时，我感受到《收获》的宽容，《收获》接纳了我的稚嫩。我还读到了早年文字里的安宁和细微，我希望自己能一直拥有这一品格。谢谢《收获》。

　　《标本》是我对结构的一次尝试。它是一个圆形结构，故事的开始就是结束，或者说故事结束在故事开始的地方。这部小说里首次出现了天柱以及关于天柱的意象——一个到处都是虫子的世界。正是这部小说为我的长篇处女作《越野赛跑》打下了基础。在《越野赛跑》里，天柱被赋予更复杂的含义，是一个在现实世界里卑微活着的人们的灵魂的逃逸之地，一个"自我"的栖居之所。这篇小说刊发于1999年《山花》第七期。

《1958年的堂吉诃德》发表在1999年《江南》第四期。这个故事有现实素材，我把素材做了一些超现实的改造。小说里那个不能发电的水库就在我老家边上。和小说的故事一样，水库是大跃进时期所造，当年我老家行政上曾短暂地属于宁波，《宁波日报》刊登过关于水库工地的报道。水库东边有一片水杉，秋天水杉变成绛红色，倒映在水库里，分外夺目，如今红色水杉林意外地成了网红打卡地。

《家园》发表于2002年的《花城》第三期，我仅花三天时间就把小说写完了。在写作过程中，万物花开，诸神飞翔，语言源源不断地涌现，我甚至感到打字都来不及。这在我小说写作中是极少出现的情形。一般来说，我有相对稳定的写作节奏，每天大约写下一千字左右的文字就停工。《家园》是我写作生涯的一次例外，我喜欢这篇小说里面犹如热带植物般不断生长的想象力。

《鸟》最初以《像一只鸟儿》刊发于2001年《天涯》第二期，这次做了一些修订，题目也因此做了调整。《水晶球》刊发于2003年的《红豆》杂志。这两篇小说也一样有超现实的幻想气质。这正是本书的风格，一种从大地上飞升而起的写作，但天马行空不是凭空而来的，它最终指向我们的现实。或者说我写下的只不过是现实世界的投影，一个关于现实的梦境。

　　《田园童话》的写作感受几乎和《家园》一致，它发表于2005年《上海文学》第十二期，虽然写作时间上和《家园》相隔三年，但那种天真烂漫的童话式的叙述在这篇小说里再次回归，这种方式让我感到自由，当你飞起来时，你想写什么就有什么，这种写法给人一种"无所不能"的写作幻觉。《田园童话》很好玩，也很悲剧。我一度想改写一遍世界经典童话，也许将来有一天我会把这个愿望实现。

　　最后感谢对这些作品进行过评论和阐释的批评家们。感谢浙江文艺出版社KEY-可以文化出版了本书。

2023 年 1 月 28 日

一本书打开一个世界

欢迎订购、合作

订购电话：0571-85153371

服务热线：0571-85152727

KEY- 可以文化　　　浙江文艺出版社　　　京东自营店

关注 KEY- 可以文化、浙江文艺出版社公众号，
及浙江文艺出版社京东自营店，随时获取最新图书资讯，
享受最优购书福利以及意想不到的作家惊喜

.